白い女の謎

ポール・アルテ（著）
平岡敦（訳）

Le Mystère de la Dame Blanche

― 登場人物 ―

オーウェン・バーンズ　美術評論家、アマチュア探偵
アキレス・ストック　バーンズの友人で助手役
ジョン・ウェデキンド　ロンドン警視庁の警視

リチャード・ルイス　オックスフォード署の警部

マチュー・リチャーズ　バックワース村に暮らす資産家の老人
マーゴット・ピール　マチュー・リチャーズの長女
ジョン・ピール　マーゴットの夫
アン・コーシャン　マチュー・リチャーズの次女
ピーター・コーシャン　アンの夫
ヴィヴィアン　マチュー・リチャーズの後妻
エスター・エイディー　リチャーズ家の教育係

リーシア・シーグレイヴ　バックワース村の占い師
ハリー　バックワース村の少年
ジャック　バックワース村の少年

ビリー　バックワース村の少年
スロアン　リチャーズ家の公証人
《白い女》　？

目次

白い女の謎

天眼、墓地にありて、カインを眺む。

――ヴィクトル・ユゴー『諸世紀の伝説』

プロローグ

死とは何だろう？

純粋に抽象的な概念か？　それとも色や形を持った具体物か？

死の色を想像してみるのも、なかなか詩的なのでは？

わたしは赤がぴったりだと思う。ペストの大流行を思わせる赤き死……あるいは服喪や葬式の黒。深い闇、絶対的な混沌、虚無の黒か。

青も悪くなさそうだ。恐ろしくてたまらないことを、《青い恐怖》と言うではないか。それはたぶん、青がもっとも冷たい色だからだろう。

もっとも冷たい色？　いや、それなら白がある。なんといっても白だ。輝くばかりの白。白い死、それはもっとも純粋で不可避の、決定的な死だ。地上でもっとも凍えた地域から、この世の果てからやって来た死。あなたがたを永遠に凍りつかせる死……

ときには死が、大鎌を持った骸骨の姿であらわされることもある。巨大な草刈り鎌を持った骸骨……子どもたちが死を描くときに好んで使うのは、黄色い目をして大口をあけた凶暴なワニや、大きな赤い目をして耳をぴんと立てた黒い狼だ……

けれども、死がもっと微妙で突飛な姿であらわれることもある……わざとらしい陽気さをまとっていることさえも。道化師《クラウン》を例にとってみよう。それは誰もが認める笑いのシンボルだ。しかし凍えるような冬の夜、真夜中に家の呼び鈴が鳴り、ドアをあけたらそこに道化師がじっと立っていたならば、それでもあなたは笑えるだろうか？

砂時計についても同じことが言える。普通ならそれはキッチンやゲームで使う、ありふれた道具にすぎない。けれども朝、目を覚まし、キッチンテーブルのうえに砂時計が置かれているのに気づいたらどうだろう？　朝食のあいだにその砂粒が、ゆっくりとこぼれ落ちていく。一生の最期を前にして、時が流れていくように。

そう、死はこんなふうに、好んでわれわれと戯れ、ありとあらゆる姿を見せる。もっとも思いがけない面、まことしやかな面も含めて……

人里離れた森の空地に、狼の群れが近づいてきたらどうか？　それはあなたを震えあがらせるに充分だ。たとえ群れの真ん中に、きゃしゃであどけない、全身白ずくめの少女がいたとしても同じこと。恐ろしいのはなにも変わらない。それならさらにこの場面から、狼の群れを取り去ってみよう。ほっそりとした白い幻のような女がひとり、あなたのほうにゆっくりと歩いてくるとしたら……さあ、どうだ？　これも同じくらい恐ろしい。いや、もっとかも……

けれども、天使の顔をしたあどけない少女と野獣という鮮やかなコントラストには、とりわけなにか心を捉えるものがある。たしかに死はどんな仮面をかぶっていようとも、ひと目でわかる存在感を発揮し、あなたにメッセージを伝えてくる。ひと言も発せずとも、死はあなたに知らしめる。さあ、わがあとにつき従わねばならぬときが来たのだと……

わざわざこんな例を選んだのは、それが《白い女》の伝説を語るにぴったりだからである。かの有名な《白い女》……ときには《真夜中の洗濯女》[1]、ときには魔女《セイレーン》、またときには裏切られて捨てられた女の亡霊。そしてしばしば、復讐の女神でもある。

何世紀も前からバックワース村にとり憑いている《白い女》がいかなる種類に属するのか、詳しいことはわからない。けれどもひとつ確かなのは、《白い女》の出現が、つねに悪い兆しだということだ。

あなたに《白い女》の話をお聞かせしよう。彼女のことは、よく知っているから。

わたしは彼女の深い意図を理解しているつもりだ。彼女の存在理由、彼女がさまよい歩くわけ、時の流れや物質的な障害もおかまいなく、何年かごとに決まってやって来るのはなぜなのかを。

彼女を崇めるにせよ恐れるにせよ、あるいは憎悪するにせよ、彼女に対抗できる者は誰もいない。彼女は捕えがたく、避けがたい……

あなたは彼女が小道や森のはずれ、池のほとりをさまよう姿を、遠くから目にすることがあるだろう。そんなときは、なにもしてはいけない。ただちらりと眺めるだけにしておかねば。さもなければ、すぐに目を伏せたほうがいい。探りを入れるような目は、彼女を怒らせかねない。現

1　ケルト神話に登場する魔女。

世で被った不幸を、笑いものにされたとばかりに。

けれども、もし彼女があなたのほうへ近づいてきたならば、そう、なす術はもうなにもない。いくら逃げようと、どうにもならない。いや、逃げることすらできないかも。あなたは彼女の天使のような微笑みと、底知れない瞳に心奪われるだろう。澄みきった白い人影に魅了され、体のなかに忍び入る冷気に身動きできなくなる……

それは大河も、この世のどんなものをも凍りつかせる冷気だ。彼女はゆっくりと腕をあげてあなたを指さし、白い手を心臓のうえにあてる。そしてあなたは聞くだろう。氷河がひび割れるような音が、胸のなかで響くのを……

1　インドの思い出

一九二四年九月十三日

汽車は単調で規則正しい振動を繰り返しながら、イギリスの平野を走り抜けていく。もう昼すぎだというのに、太陽はまだ雲に隠れたままだ。マーゴット・ピールは、むかいの席で眠っている若い女を無意識に見つめた。ワニ革の小さなスーツケースが、頭のうえの荷物台にのっている。そのときはマーゴットも、特に注意を払っていなかったけれど。女は頭をうしろにのけぞらせていた。黒い巻き毛が顔を覆い、両手はあごの下に置かれている。スカートの下からのぞくのは、ほっそりとして優美な踝だけだったが、それひとつだけでも、彼女のしとやかな魅力を感じさせるに充分だった。マーゴットは自分の踝にちらりと目をやった。わたしの足だって、文句のつけようはどこにもない。それに顔だちや体つきも。正面のシートのうえにかかる大きな鏡に映った姿を見ながら、彼女はそう思った。三十になろうとしている若い女。きれいな輪郭を描く卵型の顔を、栗色の柔らかな髪が縁どっている。少し血色が悪く、唇は薄すぎるかもしれない。澄んだ大きな目は、左右で微かに虹彩の色が異なり――片方は青というより緑に近かったから――

とらえどころのない虚ろな印象を醸していたけれど、それが運命と戦うことに疲れ、あきらめきった彼女の人となりを充分すぎるほどよくあらわしていた。そのせいで、容姿にまで悪影響が出ているかも、と彼女は思った。美人だけれど、それだけ。もっと人目をひく服装をしたらどうだろう？　そう、眠っている若い女のコートみたいな服装を。コンパートメントの窓ガラス越しに広がる灰色の平野に、鮮やかな赤色がくっきりと際立っている。

だめだめ。しばらく考えた末にマーゴットは思った。前にも派手な服装を試したことがあるけれど、うまく行かなかったじゃないの。はっと目立つ原色より、ハーフトーンの色調がわたしには似合っているんだ。隣のドア側にすわっている夫のジョンも、えんえんと続く列車の揺れに抗しきれず、隅に体を寄せてまどろんでいる。マーゴットは目に涙がこみあげるのを感じながら、しばらく彼を見つめた。ハンドバッグをあけると、まずはくしゃくしゃになった薄いピンク色の封筒が目に入った。ついこのあいだ、妹のアンから届いた手紙だ。マーゴットはそれを何度も読み返した。そしてとうとう三十分前、ジョンといっしょにバッグやスーツケースを抱え、パディントン駅から生まれ故郷のバックワース村にむかう汽車に乗ることになったのだ。バッグにはもう一通、二か月前に役所の戸籍係から送られてきた行政文書も入っている。マーゴットはそれが着いたときから、肌身離さず持ち歩いていた。まるでお守りかなにかのように。

マーゴットは涙に曇った目を閉じ、もの思いにふけった。ウィリアムに誘われてロンドンの有名レストランへ行き、いっしょに夕食をとっていたのはまだついこのあいだだ。ウィリアムは明るくて、元気いっぱいの男だった。銀の食器、きらめくナイフとフォーク、楽しい会話、ウィリアムの陽気な笑顔、そして美しい指輪……まるで昨日のことのようだ。しかしたちまち回想は、もっと遠い過去へと遡った。まだ彼女が二歳年下の妹アンと同じように、なんの心配事もない幸せな少女だったころへと。二人とも母親の愛情と父親の庇護に包まれていた。父親のマチュー・リチャーズ卿は地元でもっとも裕福な一族の末裔だった。そうした幸福な日々を収めた宝石箱、それが村はずれの美しい地所にたつ一家の屋敷、バックワース荘だった。おそらくマーゴットとアンは、地元でもっとも恵まれた、幸せな子どもだったろう。第一次大戦が終わったとき、マーゴットは二十三歳だった。彼女は父親とともにインドへ行き、母親とアンは一家の快適な屋敷に残って、おとなしく二人の帰りを待つことを選んだ。マチュー・リチャーズがインドへ行くのは、仕事のためだった。彼はこれまでの成功で満足し、あとは一族の遺産をゆっくりと食いつぶして一生を終えるような人間ではなかった。株式投資でひと財産築いたあとは、宝石の売買に乗り出し、共同出資者とともにインド北東部の国境近くでサファイアの採掘場経営を始めた。そんなわけで、長ければ半年に及ぶインド行きが決まったのだ。彼はなんでも自分の手で采配を振らねば気がすまなかった。けれども二十三歳になる若い娘の恋愛問題となると、話は別だった……

マーゴットはあるダンスパーティーでインド帝国軍の少佐と出会い、たちまち心を奪われた。けれども父親のほうは、そんな恋の始まりを苦々しく思っていた。わが娘は一介の軍人風情にはもったいないというのだ。彼はマーゴットにも、はっきりそう言った。マーゴットが覚えている限り、それが父娘のあいだに生じた最初の亀裂だった。それまでずっと彼女を可愛がっていた父親が（たぶん、妹のアンよりも大事にされていただろう）、突然、獰猛で嫉妬深い虎に変わってしまったのだ。そう、屋敷にその首が飾ってある、あの恐ろしい虎に変わってしまった。相手が力づくで来るなら、こっちは悪知恵を働かせなくては。マーゴットは白旗をあげるふりをして、ある日、父親が遠くの出張から帰ってきたときに、既成事実を突きつけた。彼の愛娘はそのとき、既婚者となっていた。独立心旺盛なわたしの性格がどこから来ているのか、お父様もよくわかってるでしょうと、彼女は悪戯っぽくつけ加えた。そう言われて父親も、受け入れるしかなかった。けれど若い夫婦があまり勝手な真似をしないよう、これからはしっかり目を光らせるからと釘を刺すのも忘れなかった。そこでマーゴットは、さっさと荷物をまとめた。それが一九一九年の五月半ばのこと。月末に夫は大規模な反乱を制圧するため、アフガニスタン国境派遣部隊に編入された。数日して、マーゴットは死体の身元確認に呼び出された。激戦の犠牲となった兵士たちのなかに、夫も含まれていたのだ。そのときの記憶は、いつまでも頭から離れないだろう。たった三週間で彼女は寡婦となり、ひとり途方に暮れるしかなかった。

先々のことは不安だったけれど、父親に頼る決心はつかなかった。夫の戦友で歴戦の勇士パトリックが、力になってくれた。彼女の窮状を理解していたし、見た目も夫と少し似ていた。彼は心からの善意で援助を申し出、見返りはなにも求めなかった。数週間のうちに二人は少しずつ友情を育み、やがて愛し合うようになった。パトリックは思いやりのある、すばらしい伴侶だった。

彼のおかげでマーゴットは、悲しみを忘れることができた。ところが幸せな数か月がすぎたころ、突然彼はマーゴットのもとからいなくなった。あとから聞いた話では、偵察任務に出されたらしいが、そこから帰ってきた者はひとりもいなかった。この新たな辛い試練のあと、彼女はもう軍人とは付き合うまいと心に決めた。その決意どおり、次の相手は軍隊の通訳をしている、同い年のハンサムなインド人の青年だった。けれど恋の陶酔も、長くは続かなかった。二人のつき合いは、やがて辛い責め苦にさらされた。苦しみは、双方の身に降りかかった。マーゴットの数少ないイギリス人の友人たちは、彼女を軽んじるようになった。イギリス女と恋仲になるなんてと、青年は家族の怒りを買った。とうとう彼はある日殴打され、青痣だらけになって帰ってきた。もう、逃げ出すしかない。でも、どこへ行けばいいんだ？　よそへ行こうと、同じような境遇が待っているだけだろう。もっとひどいかもしれない。

別れの晩のことを思うと、マーゴットは胸が締めつけられた。星空の下で交わした最後の抱擁。もう会えないとわかっているだけに、口づけはいっそう熱く燃えた。幸せへ至る道にはあまりに多くの障害が立ち並び、二人ともとうてい乗り越えられる気がしなかった。そうこうするうちに父親が帰国し、マーゴットは長いこと肺を病んでいた母親の死を知った。そこで彼女もイギリスへ戻ることにした。インドの悲惨な国状、息が詰まるような気候、次々と身に降りかかる不幸、流浪の生活……もうたくさんだ。さっさと国に帰ろう。

妹のアンと父親に再会したときは嬉しかった。アンはすでに結婚していた。父親は怒りの矛《ほこ》を収め、熱烈な歓迎をしてくれた。昔のことは水に流そうときっぱり言ったものの、《独り立ちは高くつく》ということを折に触れて娘に思い出させた。家族といっしょにひとつ屋根の下で暮すのは、傷ついた心に慰めをもたらした。それでもマーゴットはロンドンに移り、父親の勧めに従って宝飾店経営をすることにした。直接的な援助を受け続けるのは、彼女のプライドが許さなかったから。父親の世話にはならないと、どうしても証明したかった。そのとき以来、マーゴットはひたすら仕事に打ちこんだ。過去の失敗にすっかり懲りて、恋愛には見むきもしなかった。そうしてさしたる事件もなく二、三年がすぎ、やがて彼女は取引銀行の副支店長ウィリアムと打ち解けるようになった。初めは純粋な友情だったが、そのぶん長続きした。ウィリアムはせっせと彼女を夕食に誘った。マーゴットにとってそれは楽しみのひとときであり、彼女と外の世界とを結びつけるたったひとつの大事な絆だった。ウィリアムは彼女に対して、いつも明るく生き生きと接した。しかし度を越さないようあえて抑えているのが、マーゴットにはよくわかった。まるで壊れやすい大事な品を、うっかり台なしにしないかと恐れているみたいに。けれど彼だってわかっているはずだ。マーゴットも彼に好意を抱いている、だからなにも台なしにならないということを。

ある晩、二人が週に一度の待ち合わせをしたときのこと、ウィリアムは美しいエメラルドを嵌めこんだ指輪を決死の覚悟で差し出した。彼は気持ちがたかぶるあまり、そのときマーゴットが顔を引きつらせたのに気づきもしなかった。

「マーゴットさん、なんて失礼なことをとお思いになるでしょうが」とウィリアムは、おどおどしたようすで口ごもった。「あなたの店の品でもありませんし。でもそれは、あなたを驚かせたかったからなんです……だからって、つまらないものではありません。コロンビアのムソー鉱山で採れたエメラルドで、世界でも最高級の……」

「見ればわかります」とマーゴットは、喉の奥から絞り出すような苦しげな声で答えた。

「ああ、そうでした。何を言ってるんだ、ぼくは。すみません、うっかりして。動揺してるんです。あなたを驚かせたかったのは……」

「いけません、ウィリアムさん。そこまでにして……」

重苦しい沈黙のあと、ウィリアムは続けた。

「愛してます、マーゴットさん。ええ、そう……ムソーのエメラルドこそあなたにふさわしいと思ったんです。なぜって、最初にお会いしたときから……」

「受け取るわけにはいかないんです、ウィリアムさん」

「じゃあ、あなたは、ぼくを……」

マーゴットは死体のように真っ青な顔で答えた。

「いえ、わたしもあなたを愛しています。その気持ちは、ますます強まってる。あなたもおわかりでしょ。でも……」

「それでは、何が問題だと？」ウィリアムは眼鏡をはずし、彼女の目をじっと見つめながらたずねた。

　マーゴットは目を伏せ、わっと泣き出した。それからバッグのなかをかきまわし、一通の手紙を取り出してテーブルのうえに置いた。

「問題はこれです。お読みになってください。そうすればわかります……どうしてわたしが幸福と同時に悲しみで胸がいっぱいになっているかが」

「幸福と悲しみで胸がいっぱいですって？」とウィリアムは驚いたように言った。「でも……そんなことありえません。ひとは同時に……」

「ともかく、読んでください……」

　手紙を読むにつれ、ウィリアムの顔はどんどんと蒼ざめた。そして読み終えると、彼は汗ばんだこめかみに手をあて、虚ろな目をして口ごもるように言った。

「あなたの亡き夫ジョン・ピールが……生きていたですって？」

2　アフリカの思い出

「この手紙は今朝、届きました」とマーゴットはため息まじりに言った。「明日、再会することになっています」

「あ、あなたは……まだ彼を愛していると？」

「そこが自分でもよく……でもウィリアムさん、わかって欲しいんです。できることならば。ともかく、まずは会ってみないと……彼が今、どうなっていようと、あなたに対するわたしの気持ちがどんなものだろうと、彼を見捨てる決心はきっとつかないだろうと思うんです」

翌日、マーゴットはたった数週間いっしょに暮らしただけで、五年も会っていなかった夫と対面して、ショックのあまり気を失ってしまった。当局の担当者からは、たしかに前もって聞かされていた。ご主人は辛い試練を経てきたので、とても変わってしまいましたと。でも、まさかこれほどとは。彼女の知っているジョン・ピールは、もう見る影もなかった。髪は灰色で、顔は老けこみ、すっかり艶をなくしている。体の左半分には、まだふさがりきっていない傷痕がいくつも残り、気味の悪い赤色に染まっていた。おまけに数々の虐待に耐え続けたせいか、記憶も損なわれているようだ。マーゴットのことや自分の過去は忘れていなかったけれど、それもところどころ欠落している。はっきり覚えているのは、ここ数年のあいだに体験した悪夢に関することだけだった。彼は反乱軍に捕まり、文字どおり奴隷扱いされていたのだ。少しでも反抗的な態度をしたら、殴られたり、鞭で打たれたりと。地獄の三年間を経て彼はなんとか脱走し、カシミヤ地方の小村に逃げこんだ。村人は見るも哀れな彼の姿に同情し、できるだけの手当てをしてくれたが、いちばん近い駐屯地にたどり着けるほど体力が回復するには、さらに数か月かかった。マーゴットが身元確認のときに間違えたのは、ジョンと思しき遺体のそばで見つかった帽子のせいだった。遺体そのものはほかの戦死者たちと同様損傷が激しく、間違いなく夫だと言える状態ではなかった。

　再会はつらく苦しいものだったけれど、マーゴットは初めて会った日と変わらずジョンを愛しているとわかった。喜びを抑えた彼の情熱的な目に、心の底から感動した。まるで飼い主と再会した迷い犬のような目だ。二人は何分ものあいだ抱き合い、熱い涙を流した……

　それから二人は毎日、この五年間の身の上話を少しずつ語り合った。ジョンの話には、ところどころすっぽり抜けているところがあったけれど、彼の健康は見る見るうちに回復した。後遺症は記憶障害と激しい頭痛、そして顔の傷痕だが、それもときとともによくなるだろうと医者は言っていた。こうして二人は灰のなかから、新たな生活を始めた。

　マーゴットは汽車の振動に身を任せ、まだシートの隅で眠っている夫のほうを見て、愛情で胸をいっぱいにしながら思った。**もしもあの苦しい試練を経なかったら、わたしたちは今、こんなに幸せだろうか？　もしかして、冷ややかな目でにらみ合う老夫婦みたいになっていたかもしれ**

ない……

再会から一か月ほどすると、マーゴットはしみじみ思うようになった。わたしはもう人生で、びっくりするようなこともつらいことも、ひととおり経験したのだから、これからは少女時代に思い描いていたような穏やかな生活にむかおうと。そんなころ、妹から最初の手紙が届いた。

親愛なるマーゴット

きっとお父様はそちらに知らせていないでしょうから、わたしが代わりにこうして手紙を書くことにしました。驚かせてしまったら、ごめんなさいね。わざわざ姉さんに伝える必要のないことだというのも、よくわかっています。そちらは万事、うまく行っていることと思います。ジョンも信じがたい苦難から、無事立ちなおっているでしょう。ともかく、ことの初めから説明します。一か月ほど前、お父様は秘書をやといました。知っての通り、それまではわたしが多少なりともその役を務めていたんです。もちろん新しい秘書は、若くて美人です。お父様はこれまでずっと、女性問題が絶えませんでした。お母様が生きていたころからです。そのあたりのことは、たぶんわたしのほうが詳しいでしょうけど、姉さんも薄々気づいていたわよね。ある日、見知らぬ誰かがわが家の呼び鈴を鳴らし、わたしの兄弟や姉妹だと名のっても、別に驚きはしないでしょう。お父様がつき合っている相手は、あまり身持はよくないけれど、見た目はまずまずの若い女だというのは、村の噂ばかりでなく、確かな話として聞いていました。でもまあ、それはしか

たありません。こうしてヴィヴィアンという名の新しい秘書は、たちまちわが家にいすわり、わたしたちの大事なお父様の脇でわがもの顔にふるまうようになりました。お父様ときたら七十にもなって、女好きなところはあいかわらずで。だけど……四十以上も歳の差があるのよ。老人の気まぐれだと、わたしは自分を納得させようとしました。夫のピーターや、わたしたちの教育係だった律儀者のエスターもそう思っていました。ところが先週の土曜日、夕食の席で、お父様はヴィヴィアンと結婚したと誇らしげに告げました。わたしたちに前もってひと言もなしに。それを聞いてピーターとエスターがどんな顔をしたか、姉さんにも見てもらいたかったわ。こんなことが起きるのは、三文小説のなかだけだと思っていたのに。でも、違ってた。わたしたちに新しい母親ができたんです。年下の母親が。言うまでもないけれど、わたしたちの目は節穴ではないわ。ヴィヴィアンがお父様と結婚したのは、きれいな瞳に惹かれただけではないでしょう。彼女の卑しい下心は、誰が見ても明らかです。もちろん、お父様だけは別でしょうけれど。というのがわが家の現状です、姉さん。続きはまた追って連絡します……

そして先週、アンから二通目の手紙が届いた。マーゴットはそれを読み返そうと、バッグから取り出した。内容はほとんど空で覚えていたけれど。

助けて、マーゴット！　あの性悪女は文字どおり、お父様を虜にしてしまったわ。早くもわが

家で、好き勝手に采配を振っています。だけどとてもずる賢いので、いかにも無邪気っぽくふるまって、《悪意のなさそうな》ことしか言わないの……お父様は彼女の気まぐれを、なんでも受け入れてあげてます……わたしとエスターは、小間使い役に格下げされたようなものよ。だからお願い、助けに来て。姉さんだけよ、お父様に少しは言って聞かせることができるのは。しばらく屋敷にいてちょうだい。ジョン義兄さんもいっしょに。あの腹黒い悪女がたくらむ不正と戦い、彼女の色香に目が眩んでいるお父様に対抗するには、どうしても姉さんたちの手を借りなければなりません。お父様も姉さんたちに会えれば、きっと喜ぶでしょう。大歓迎で、何週間も屋敷においてくれると思います。お父様はすっかり有頂天になっています。家族みんなが喜んでお祝いに駆けつけると思っているんです……

「またその手紙を読んでいるのか？」

マーゴットがふり返ると、夫があくびを噛み殺しながら笑っていた。

「ええ」と彼女はため息混じりに答えた。「読み返さずにはいられなくて」

「やってみると決めたのだから、今さら後に引けないじゃないか。だからこうして二人して、新たな波乱に身を投じようとしている……」

「新たな波乱」とマーゴットは繰り返し、ここ数年間に起きた出来事を数えあげた。

彼女が思い出をつまぐるのを、夫のジョン・ピールは黙って聞いていた。

「……もう苦労なんかたくさんだと思ってたのに」とマーゴットは話を締めくくった。「今度は父が質《たち》の悪い女に入れ込んでしまうなんて。父にその女を紹介されても、顔に飛びかからないよう抑えるのにひと苦労しそう……わたしはまだ三十にもなっていないのに、もうすっかり年とって人生に疲れた感じだわ……」

「あなただけではありませんよ……」

マーゴットは赤いコートを着た見知らぬ女をふり返った。彼女もジョンと同じく、ちょうど眠りから覚めたところらしい。やだわ、それに気づかず、この女の前であれこれ心の内を晒してしまった。

若い女はくすんだ顔色をして、なかなかの美人だった。黒く長い睫毛の下から暗い大きな目が、謎めいた重々しい表情でコンパートメントの相客を順番に見つめている。

「申しわけありません」とマーゴットは口ごもるように言った。「眠っていらっしゃると思っていたので。わたしだっていつも自分の不幸を、ところかまわず吹聴しているわけじゃないんですよ……」

若い女は投げやりに肩をすくめた。

「不幸なら、わたしも嫌っていうほど味わってきました。ときには打ち明け話をするのも、悪くありません。でもわたしの経験はあまりに変わっているので、たいていみんな信じてくれないのですが……」

気まずい沈黙がコンパートメントのなかに続いた。若い女は小さなスーツケースを見あげている。マーゴットはなにか言おうとしたけれど、ジョンが身ぶりでそっと制した。

「その判断は、わたしたちがいたしましょう」とジョンは愛想のいい笑みを浮かべて言った。「あなたの打ち明け話を聞かせていただければ、おあいことということで……」

　再び沈黙が続いたあと、若い女はしとやかな手つきで黒い巻き毛を整え、口をひらいた。

「場所はアフリカ、わたしは二十歳そこそこでした……どうしてわたしがアフリカへ行くことになったのか、その思いがけない経緯については措いておきましょう。わたしは連れの男に見捨てられ、現地の人々が暮らす小さな村に残されました。そこで現地の習慣に従い、ひとりの大柄な男と結婚しました。今となっては彼のことを本当に愛していたのかどうか、自分でもよくわかりません。いずれにせよ彼はこの結婚がとても自慢で、わたしをしあわせにしようとがんばっていました。ある日、ムーサは——というのが彼の名前でした——スーツケースを下げて小屋に戻ってくると、おれたちは大金持ちになったぞと高らかに告げました。そして詳しい説明もなく、村を出る支度をするようわたしに言いました。ムーサは川に停めたカヌーの前まで、わたしを連れて行きました……

　まるで昨日のことのように覚えています……すばらしい日でした。美しい景色。太陽の光を受けて、水面《みなも》がきらきらと輝いています。なにもかもがうまくいくように思われました。わたしたちはカヌーに荷物を積み始めました。ところがそこに、豹の毛皮を着た男があらわれ、ぐいっとわたしたちを押しのけてカヌーに飛び乗ると、全速力で遠ざかっていきました。《スーツケース！》とムーサは叫び、逃げる男を捕まえようと川に飛びこみました。まわりには木の幹みたいなものが、いくつも浮かんでいました。それがもぞもぞと動き出し、彼のほうに集まり始めます。ほどなく気味の悪い音と絶叫のなかで、ムーサは赤い血に染まった水のなかに消えていきました。もうおわかりでしょう。木の幹だと思ったのは、獲物を待ち伏せているワニの群れだったのです。ほんの数秒で、わたしはすべてを失いました。夫も家財も、ひと財産になるはずだと、想像していたスーツケースも。続く苦難について、詳しい話は省きましょう。

数日後、近くの町の市場に行き、観光客むけに手作りの品を売っている店を覗いて、どんなにびっくりしたことか。なんとあのスーツケースが、目の前にあるではないですか。間違いありません。ひと目でわかりました。すぐさま店主にたずねると、つい最近手に入れたものだそうです。売った男の外見も、あの泥棒とぴったり一致しました。わたしがなかを見ようとすると、店主は手で制しました。あけてはいけない、あけられないようになっていると言って。たしかに取っ手と錠が、細紐で丹念に縛ってあります。その複雑な結び目は、ムーサが縛ったままでした。《あけると不幸を招く》と店主は言いました。《このままで売らねばならない》と。店主がつけた値は法外なもので、わたしにはとうてい払えませんでした。それにしてもなにより驚いたのは、盗んだ男が中身を確かめようとしなかったことです。謎めいた呪いのせいでしょうか？　ともかく、決意は固まっていました。わたしは店を出ると、たまたま通りかかった黒人の若者に、嫌らしいことをしないでと激しく食ってかかりました。そしてあたりが大騒ぎになった隙にスーツケースを盗み、さっさと姿を晦ましたのです」

そこで若い女は言葉を切り、自嘲気味にうなずくとまた話を続けました。

「わたしは無分別で、しかも愚かでした。だってスーツケースをあける決心がつかなかったんですから。わたしは呪いなんか信じちゃいません。そんなもの迷信だと思っています。でもアフリカでは、ものごとの持つ重みが違うんです……住民、貧困、息の詰まるよう暑さ……みんなしかたなしに、そんな酷い環境に耐えています。ここ、イギリスでは、なかなかわかってもらえないでしょうけど……」

「いいえ、よくわかりますよ」とマーゴットは答えた。「たぶん、誰よりもよくわかりますとも……」

「それなら、続きを聞く準備もできているでしょう。わたしはほどなく、若いフランス人と知り合いました。脱走兵でジャングルに身を隠し、盗みを繰り返していました。それでも、女のあしらいはうまくて……ある晩、わたしは酔った勢いで、謎めいたスーツケースのことをうっかり話してしまいました。翌朝、彼の姿はありませんでした。もちろん、スーツケースも。けれどそれが、彼に幸運をもたらすことはありませんでした。盗品の隠し場所で、殴り殺されていたからです。盗んだ品はほとんど残っていませんでしたが、さいわいスーツケースや衣類は友人に預けてありました。わたしはスーツケースを取り返すため、この身を呈さなければなりませんでした……」

女はうんざりしたような顔をして、すぐにまた先を続けました。

「いつもなら嫌だって言うところですが、さっきもお話ししたように、むこうでは普通が通じませんから……それに男はスーツケースだけでなく、預かっていたわずかなお金もわざわざ返してくれました……」

「それでスーツケースは……やはりあけられていなかったんですか？」とジョンがたずねた。

「ええ……そこでわたしは決心しました。これをあけるのは、ヨーロッパに戻ってからにしようと。そうすれば、不幸な運命がわたしの身に降りかかることはないと思ったんです。数週間、数か月がすぎました。わたしには自信がありました。自分が男たちの注目を集めずにはいないとわかっていたんです。カイロではうまく上流社会に入りこみ、骨董品の輸入をしている裕福なイギリス人の求婚を受け入れることにしました。けれどももうひとり、わたしに言い寄っていた金持ちのエジプト人仲買人がいました。彼は袖にされても簡単にはあきらめず、夫に決闘を挑みました。こうしてわたしは、またしても寡婦となってしまいました。エジプト人仲買人はわたしにしつこく求婚しましたが、さすがにもう結婚はたくさんだという気持ちでした。そして彼といっしょにナイル川をクルージングしているとき、陰険な思いつきから謎のスーツケースの話をしたんです。スーツケースはそのときも肌身離さず持っていましたから……翌朝、確かめると、スーツケースは細紐で縛ってあったものの、結び目が前とは違っていました。重さからみて、中身は変わっていないようです。しかしわたしに恋するエジプト人の姿は、もうどこにもありません。やがて彼の死体が、ナイル川の岸辺に生えるパピルスの茂みから見つかりました。溺死でした。事故か自殺か、捜査によってもわかりませんでした。それからもさまざまな不運がありましたが、ここでお話しするまでもないでしょう。わたしはフランスに、それからイギリスにたどり着きました。そしてようやく昨晩になって、謎のスーツケースをあける決心がついたのです。信じていただけるかどうか、わかりませんが……」

重苦しい沈黙があとに続いた。マーゴットはワニ革のちいさなスーツケースをゆっくりと見あげ、口ごもるように言った。

「まさか、あの……」

「ええ、そうです」と女はモナリザのような笑みを浮かべて答えた。「なかにはまだ、入ったままでした……それが何だったのか、お知りになりたいですよね？」

「それはもう」ジョンは目を輝かし、勢いよくうなずいた。「教えていただけなかったら、わたしたちは我慢しきれずに……」

女はますます愉快そうに笑った。

「でしょうね。でも中身は単に、わたしが今お話ししたでたらめごとです」

凍りついている二人の聞き手を前に、女は頭をのけぞらせ、いつまでもくすくすと笑い続けた。

そしてようやく落ち着きを取り戻すと、こうつけ加えた。

「ごめんなさいね、ほんの冗談だったんです。でも、わかってくださいますよね。だって自分のことを、目の前であんなふうに言われたばかりだったんですから。自己紹介しましょう。ヴィヴィアン・リチャーズ。あなたのお父さんの新しい妻です、マーゴットさん。それとも、あなたの新しい母親って言ったほうがいいかしら……」

3　白い女

バックワース荘の広々とした居間で、ピーター・コーシャンはマーゴットからスーツケースの話を聞いて、涙が出るほど大笑いした。すらりとした中背の男で、髪は褐色、歳は三十から四十くらいだろうか、気取らない物腰をしている。どこか上品さを醸すきれいな口ひげと、えくぼが魅力的な笑顔は、アンをうっとりさせたものだ。少なくとも二人がまだ出会ったばかりで、夫婦になる前には。今はアンも夫の爆笑にむっとして、彼を睨みつけている。

「そんなに面白い話じゃないと思うけど、ピーター」と彼女はきいきいとした声で言った。「あの女の度し難い厚かましさを示す、新たな証拠じゃないの」

「たしかに。でも、なかなかの才能だと思うね」

「その点はわたしも否定しないわよ」アンは抑えきれない怒りで唇を震わせながら、きっぱりと言った。青白い顔と真っ赤な口紅が対照的だ。

アン・コーシャンは姉のマーゴットに似ているものの、もっと痩せてぎすぎすした感じだった。ブロンドの髪をヘヤネットで覆っているせいか、ほっそりした顔だちと薄青色の目が際立っている。北欧風の美人だが、苛立つとたちまち喧嘩腰になった。

「でもまあ、見事な反撃だったな。ユーモアのセンスもあるし。彼女、思ったより大物かもしれないぞ……」ピーターはジョン・ピールのほうを見て続けた。「きみもそう思うだろ？　そんな悪口を聞かされたんだから、もっとむきになってもよさそうなのに……」

「たしかに」と少佐は、肘掛け椅子に深々とすわったまま笑いながらうなずいた。「かなり気分を害したはずだが……なあ、そうだろ？」

マーゴットもうなずいた。

「ええ、もちろん。わたしだって軽率だったと反省してるわ。あのときは恥ずかしくて、腹も立ったけど、ちょっと愉快な気もして……ともかく、最後はうまく収まって、みんな仲よくここに着いたことだし」

「そこがあの女のうまいところなのよ」アンは不満げな声で言った。「無邪気そうに睫毛を瞬《しばたた》かせるだけで、みんなころっと騙されちゃう……」

「スタイルがいいのは認めなくちゃな」とジョンが言った。「でも……黒い髪とくすんだ肌の色からして……生粋のイギリス人なんだろうか？」

「彼女の出自は、よくわからないのよね」とアンは疑わしげに目を細めて言った。「本人も多くは語らないし。しぶしぶ話しても冗談で紛らわして、筋の通らないことを言うだけ。アフリカでの馬鹿げた冒険譚のなかに、案外真実が隠されていたとしても驚かないわ……」

「スーツケース奇譚にかい？」とピーターは茶化すように言った。「小説の題名にしてもいいくらいだ」

「あの女の話は、もうこれくらいにしましょう」とアンは言った。「ジョン、マーゴット、二人はもう休みたいのでは？　荷物は二階の部屋に運ばせたので……」

マーゴットは黙ったまま、居間をぐるりと見渡した。いくつもの思い出が、胸に湧きあがってくる……家族とすごしたこの部屋、幸せな子ども時代の日々がすぎたこの屋敷……なにも変わっていない。黒っぽいオークの羽目板、壁にかかった絵、カーペット、ワックスの匂い。家具は中国風のキャビネットから、ガラス扉のついたチッペンデール様式の書棚までさまざまだった。最後に来たのは半年以上前だった。ジョンが生還した直後、アンとピーターは《奇跡の男》にお祝いを言うため、ロンドンのマーゴット宅を訪れたけれど、父親は同行しなかった。

三十分前、鉄柵扉から地所に入り、柏の古木の下を通って庭を抜け、赤レンガの堂々たる屋敷が徐々に大きく見えてきたとき、マーゴットは不安に捕らわれた。こうやって故郷のわが家に帰ってきたのは、賢明なことだったのか？　ジョンはそんな考えを、おかしがっているようだ。陽気なヴィヴィアンは、なにも気にしているようすはない。それでも……

「マーゴット、聞いているの？」とアンがそっけなくたずねた。「何をぼんやり考えてるのよ？」

「何って……ちょっと……ところで、お父様はどこ？　歓迎してくれるのかと思ってたけど」

アンは振り子時計にちらりと目をやった。針は午後四時半すぎを指している。それから彼女はこう答えた。

「すぐに降りてくるわ。午後はいつも休んでいるのよ……そうそう、姉さんにはまだ話していなかったわね。ほら、お父様はいつでも健康そのもので、医者に行くなんて絶対嫌だと言ってたけど、去年から心臓に問題が出始めて。最初の警報、次の警報、三度目の警報と続いて、わたしたちはとても心配したわ。そしてとうとう、お医者様にきっぱりと言い渡されてしまったの。天国の門番聖ペトロ様と早々に対面したくなければ、あんまり激しい活動をしてはいけない。過度な興奮は避けて、できるだけゆっくり休むようにって。だからわたしたちも、あんまりお父様を不快にさせたり、怒らせたりしないよう気をつけないと……敵側はそう言って、こっちに譲歩を迫ってくるのよ。誰の話かわかるでしょ。つまりはひと言も文句を言わず、黙って耐え忍べってわけ。よくわかったでしょ、姉さん、なかなかやっかいな状況だってことが」

「だから義父《とう》さんが、若いぴちぴちした美人と結婚するのは止められないって？」ピーターはウイスキーを手酌で注ぎながら、皮肉っぽく言った。「それならこっちも、好きに文句をつければいいさ……」

そのとき階段から足音が聞こえて、みんなびくっと体を震わせた。やがてドアがあき、屋敷の主人が姿をあらわした。

マチュー・リチャーズ卿は背が高く、尊大そうな物腰をしていた。この歳になっても、いまだ威厳に満ちている。彼は新来の客に歓迎の意を示した。

「きみたち、屋敷は自由に使いなさい。好きなだけいてくれてかまわないから。マーゴット、もう少し頻繁に、訪ねてくれてもいいんじゃないか？　ジョン、きみにまた会えて本当に嬉しいよ。きみが《生き返った》という知らせを受けて、どんなに喜んだことか。昔はいささか頑なな態度をしてしまい、申しわけないと思っている。いつか許してもらえるといいのだが。なにしろ……まあ、きみもわかっているだろう。きみがアフガニスタンの山中で舐めた辛酸は、尊敬に値する。その点はわたしも高く評価し、心から同情している。だからもろ手をあげて、きみをわが家に迎えようじゃないか。きみのような娘婿を持って、わたしは誇りに思っている。ヴィヴィアン、おまえも同じくらい誇らしいだろ？」

「もちろんよ」若いレディ・リチャーズは急に話をふられて飛びあがり、おかしそうに目を輝かせながら答えた。「インドでの波乱に富んだ出来事を、早く詳しく知りたいわ……」

そのあとピーターはジョンを誘い、庭をぶらぶら散歩した。彼は煙草に火をつけると、ジョンにむかってこう言った。

「ジョン、きみはリチャーズ卿に好感を抱いてるだろうな。それにプリンセスにも……よかったじゃないか。だってここだけの話、彼女とはかなり険悪な状況だから……いやなに、心配するほどのことじゃない。彼女はぼくの冗談が、あんまりお気に召さないってわけだ。とりわけ彼女の恵まれた立場をつつく冗談が。それはさておき、彼女をどう思う？」

ジョン・ピール少佐は無意識のうちに頰の傷を撫ぜ、こう答えた。

「とても美人で……われわれの義父が夢中になったのも無理はない」

「たしかに。でも、見た目のほかは？　彼女のほうもリチャーズ卿を愛していると思うか？」

「軍隊の士官でも、同じような結婚をした者はたくさんいる。若くてかわいらしい新婦が、父親くらいの歳の夫に夢中になっているケースがないわけじゃない……」

「軍服の魅力では？」

「かもしれないが……」

「あるいは、銀行口座の魅力か？」

「そう簡単に割りきれる話じゃないだろう。大恋愛と深い友情、あるいは感謝の気持ちのあいだには、線引きが難しい部分もある」

ピーターは砂利道のうえで、煙草の吸殻をぎゅっと踏みつぶした。

「ははあ、わかった。彼女はさっそくきみも籠絡したようだ」

少佐がにっこり笑うと、傷痕が強調された。

「さっきも言ったとおり、彼女はとても美人だから……」

「どうやらきみは、女性経験に乏しいらしいな。まあ、それもしかたない。長年、未開の地で流謫の身だったんだから……」

「たしかに。イギリスを離れてからずっと、悲しいかな戦争がわが恋人だった。だが、そういうきみは？」

「そうだな……これでも多少の経験は積んでいるからね、美しき顔《かんばせ》の裏に何が隠されているのか、見抜くくらいはできる。もちろん、アンのことじゃない。初め、ヴィヴィアンがただの秘書としてここへやって来たときは、感じのいいひとだと思ったんだが。この古びた屋敷に、新鮮な風をもたらしてくれるかもってね。ところが、だんだんと……（ピーターは拳を握り、ジョンの目をまっすぐに見た）要するに、彼女みたいな若い女が、突然老人と恋に落ちるなんて、不自然だっていうことだ」

するとジョン・ピールは、あいかわらず笑みを浮かべたまま答えた。

「大丈夫、ぼくだって馬鹿じゃない。山の空気にあてられて、すっかり頭がぼけたわけじゃないさ……」

そのころ二階の小さな居間でも、姉妹のあいだで同じような会話が交わされていた。日が暮れ始めると、ランプのひとつも灯っていない快適な部屋のあちこちに影がさした。

「正直言って、アン、あの女について結論を下すのはまだ時期尚早じゃないかしら」とマーゴットは、ため息まじりに言った。「もちろん、あなたの判断は信頼しているわ。それでも、やはり……そもそも、お父様の意志に逆らうことができる？　お父様の選択に反対することが？　わたしにどうして欲しいの？」

「簡単な話だわ。お父様の目をひらかせるのに、力を貸してちょうだい。わたしの言うことは聞かないし、ピーターが言っても無駄だから。前にも試してみたけれど、さっさと追い払われただけ。おまえは嫉妬しているんだって、居丈高に言ったそうよ。ひどいじゃない。夫はもちろん、わたしに対する侮辱だわ。実の娘であるこのわたしが、あのあばずれより見劣りするって？　そうそう、マーゴット、さっきお父様の意志って言ったわよね。まさにそこなのよ、話の核心は。お父様は二週間前に公証人を呼び出し、遺言書を書き直させたの。本人はなにも言わないけれど、どんなふうに変えたのかは容易に想像がつくわ……」

「間違いないの？」

「ええ、だって前の遺言書がごみ箱に破り捨ててあるのを、ちらりと目にする機会があったから。危うくお父様に見つかりそうになって、ゆっくり読んではいられなかったけど。わたしたちの名前以外にも、例えばシーグレイヴっていう名前も見えたわ。覚えているでしょ、《洗濯女》の娘」

「リーシアのこと？　もちろんよ。いっしょに遊んだこともあるじゃない……」

「それが今ではお父様と、つき合いがあるみたいなの……彼女、昔からちょっと変わっていたけど。常識はずれっていうか野生児っていうか、いつも動物を抱いていて。ここ数年、特にお母さんが亡くなってからというもの、そんな調子が続いているわ。家にひとり、閉じこもって。彼女については、いろんな噂が流れている。どうやって生計を立てているのかも、よくわからないし。たぶん、占いの才能を生かしているんでしょう。びっくりするほどよくあたるそうだから。お父様もそう言っているわ。ヴィヴィアンと結婚する前は、星占いをしてもらいに彼女の家をよく訪れていたわ。でもそれは口実で、本当は口にできないほかの動機があったんじゃないかしら。《占い》とやらはずいぶんと実入りがいいようだから、わたしでも怪しいって気がつくわ。前の遺言書に彼女の名前があったのも、疑いを裏づける証拠よ」

　マーゴットは深いため息をついた。

「お父様は昔から女たらしだったから……」

「そうなのよ」とアンは苦笑いを浮かべてうなずいた。「本当か嘘か知らないけど、美しき女占い師はお父様に、もうすぐ《生涯の伴侶》と出会うと予言したとか……ともかく彼女はもっと上《うわ》手《て》の女魔術師に取って代わられた。女魔術師は首尾よくお父様に結婚指輪をはめさせ、遺言書にあったリーシアの名を自分の名前に変えさせたんだわ」

「わたしの記憶では、彼女、悪い娘ではなかったわ。変わり者だったけどやさしくて、怪我をした動物の手当てをよくしていて」

「ええ、たしかに彼女は意地悪ってわけじゃない。むしろ素朴で、ひとがいいんだわ。だからなにも、彼女を非難してるんじゃないの。悪いのは見境を失くしたお父様よ……」

　そのときノックの音がして、ひらいたドアからエスターが姿をあらわした。

「十分ほどで夕食の支度が整うわよ」エスターは抑揚のない声でそう言うと、すぐに踵を返した。

　エスター、律儀者のエスター、とマーゴットは思った。昔のままだわ。ええ、ほとんど変わっていない。艶やかな美しい顔は寄る年波を感じさせず、高い頰骨はややユーラシア的で、うしろできりりと縛った髪とよく似合っていた。もう六十になるというのに、贅肉は少しもついていない。そんなきれいな体の線を、いつも着ている黒いドレスがくっきりと描き出している。彼女はマーゴットが覚えている限り遥か昔から、姉妹の教育係だった。

「姉さんが何を考えているか、わかってるわ」とアンが、深まる闇のなかで言った。「エスターはいつも変わらないわたしたちの味方……第二の母親だった……ママが死んだあと、ほら、姉さんはここにいなかったけれど、わたしは思ったわ。お父様はエスターの忠義に報いてあげるべきじゃないかって。でも、そうはならなかった。お父様にとって彼女は、家具のひとつと変わらなかった。彼女のことなどもう……」

「つまり……エスターと再婚すべきだったって？」

「ええ、そうしてたら、お父様の生涯でもっとも賢明な選択のひとつとなったでしょうに」

「それで……彼女の反応は？　ヴィヴィアンが来てからのってことだけど」

「いつもと変わらないわ。冷静沈着で、馬鹿丁寧で、よけいなことはひとことも言わないで……だけど彼女がヴィヴィアンをこっそり眺めるとき、目の奥にどんな思いが秘められているかよくわかってる……わたしたちと同じことを考えているはずよ。だから、挑戦を受けて立ちましょう」

それから数日は、何事もなくすぎた。田舎の空気がさいわいしたのか、ジョン・ピール少佐は体調がよく、これから仕事をどうしようか考え始めた。義父との仲も良好だった。仕事のことなら心配いらない、とリチャーズ卿は言った。ピーターにしたのと同じように、自分がうまく計らうからと。ピーターはロンドンのシティで保険代理店を経営していたが、仕事は高給で雇った従業員に任せ、本人がロンドンに出向くのは週に二、三回だけだった。その点はマーゴットも同じだった。マーゴットはよく妹と、なにやらこそこそ話していた。ピーターとジョンはビリヤード室で腕前を競い合ったり、三人の若い女連中とブリッジに興じたりして毎日を送った。こうして先祖伝来の広大な屋敷に、平穏な時が続いた。土曜日の晩までは……

＊＊＊

午前零時をわずかにすぎたころ、エスターは寝室が並ぶ二階の廊下に響く足音で目を覚ました。寝ぼけまなこで敷居の前に立つと、廊下の右奥からばたんという音が聞こえた。どうやら書斎のドアが閉まったらしい。廊下の明かりは灯っている。彼女は胸騒ぎがして、書斎の前までそっと歩いていった。ドアは閉じたままだ。耳を澄ますと、書斎のなかで物音がした……やはりなかに誰かいる。彼女はドアをノックした……物音はまだ続いている。やがてドアがあき、パジャマ姿のマチュー卿があらわれた。顔が引きつり、息がはずんでいる。

「ああ、きみか、エスター。信じられないことが起きた……見てみろ……」

エスターは用心深げに部屋を覗きこんだが、なにも変わったようすはなかった。戸棚のドアが大きくあいているだけだ。

背後で足音がして、ピーターとジョン・ピールも駆けつけた。

「どうしたんですか?」

「ほら、見てのとおり誰もいない。彼女は消えてしまった!」とマチュー卿は目を見ひらいて言った。

「でも……誰のことですか?」

「《白い女》がわたしの寝室にいたんだ。それから廊下に出て……この部屋に入った。なのに、文字どおり消えてしまった!」

4　噴水の幽霊

九月二十二日

リチャード・ルイス警部は公用車のハンドルを握り、もの思いにふけりながらバックワース村を走っていた。彼もここの生まれなので、村のことはよく知っている。いつも同じ陰鬱な雰囲気を漂わせ――ちょうどその日、月曜の午後みたいに、どんよりとした天気のときはなおさらだった――レンガや花崗岩の古い家々が、教会を囲んで寒そうに身を寄せ合っていた。空に伸びる教会の尖塔は、鋭い槍の切っ先のようだ。ルイス警部がこの奇怪な事件を任されたのは、もちろんバックワース村が彼の出身地であるがゆえだろう。なにしろ狩り出す獲物は幽霊、正確に言うならば《白い女》なのだ。結局のところ、その二つは同じことなのだが。警察の上層部が事件を深刻にとらえ、捜査を開始したのは、ひとえにマチュー卿という有力者が関わっていたからだ。バックワース村にあらわれる《白い女》の幽霊だって？　ほかの村人たちと同じく、ルイス警部もその話は昔からずっと聞かされてきた。でも、実際に見たとなると……今、思い返してみても、《白い女》の目撃談など真に受けたことはなかった。少なくとも村で暮らしていたころは、酔っぱらいか子どものたわごと、ただの噂話にすぎないと思っていた。たしかに中等教育を終えてからは、ずっと村を離れていた。あれから二十年ほどがたち、そのあいだに立派な経歴を積んだと自負している。褐色の髪にがっちりした体格、カイゼルひげ。やや鷲鼻で、面立ちは真面目そうだ。もとより堂々とした印象を与えるが、新たな任務を授かってその威厳はいや増した。

そういえば、村の奥の院たるバックワース荘の屋敷にはめったに入ったことがないな、とルイス警部は思いながら、リチャーズ家の地所に続く鉄柵の門を越えた。慈善バザーのときに二、三回、足を踏み入れただけだ。屋敷にむかう並木道の真ん中には、優美なニンフ像を頂く噴水が昔のままに残っていた。村の子どもたちの例に漏れず、ルイスは屋敷の住人が羨ましくてたまらなかった。けれどもリチャーズ家は、別に気どった人々ではなかった。マチュー卿はむしろ愛想がよく、礼拝式にも通って村の衆とじっくり話し合う時間を持っていた。だからと言って、聖人だったわけではないけれど……

タイヤの下で砂利を軋ませながら、やがて車は玄関前に止まった。屋敷のしゃれたファッサードが、目の前にそびえ立っている。あの奥で、どんな苦難が待ち受けているのだろう？　苦労の多寡はともかくとして、この事件で手腕が試されるのは間違いない。不安に駆られないわけではなかったが、この先どんな成りゆきが控えているのかまでは想像できなかった。もしわかっていたならば、さっさと引き返していただろう。

ルイス警部は深呼吸して車から降りた。

ほどなく彼は居間の肘掛け椅子に、ゆったりと腰かけた。家中の者が、全員そろっている。紹介や再会の挨拶がひととおり済むと、くつろいだ雰囲気になった。先ほども触れたとおり、リチャード・ルイス警部はこの村の出身だったから。

彼は手帳にメモを取りながら、ざっと現状をまとめた。

「なるほど、わかりやすいように《白い女》と呼ぶことにしますが、その奇怪な人物は二度にわたり姿をあらわしたというんですね。一度目は約三か月前。そしておとといの晩にも、さらに不気味なやり方で、はっきり目の前にあらわれたと。被害者はあなた、マチュー卿でした……」

屋敷の主人はきゅっと口を結んだ。

「被害者というのは大袈裟ですが……」

「なるほど。それについてはあとで触れるとして、まずは順を追って見ていくことにしましょう。六月の半ば、その晩最初に《白い女》を目撃したのは、たしかあなたでしたね、コーシャンさん」

「ええ」ピーター・コーシャンは煙草に火をつけると、そう言ってうなずいた。「何日だったかは、正確にはもう覚えていませんが……」

「たしか日曜日の晩だったわ」とアンが緊張気味に口を挟んだ。「午前中、いっしょに礼拝に行ったはずだから」

「ああ、そうだったかも」とピーターは続けた。「ともかくわたしはなかなか寝つけなくて、煙草を吸いに外に出ました。零時をまわったころだったかな。噴水の近くまで行ったところで、はっと気づきました……」

「玄関の明かりはついていましたか？」

「いいや、消えていたと思うな。けれども月明かりがあたりを照らしていたので、はっきり見分けはつきました。その人物は地所の正面入口から、わたしのほうにゆっくり歩み寄ってきた……なにかおかしいと、すぐに感じました。おそらくその人物が、やけに静かだったからでしょう……はっきりとはわからないが、砂利道を軋ませる足音も聞こえなかったような。それは白ずくめの服を着た若い女でした……おかしなことに、わたしは微動だにできませんでした。暖かな晩だったのに、突然寒気《さむけ》を感じ……顔は見えませんでしたが、彼女が微笑んでいるような気がしました……そして、こっちに手を伸ばしているような……」

「間違いありませんか？」ルイス警部は念を押した。

ピーターは落ち着かなげに拳を握った。

「ええ……でも、あんまり呆気にとられていたので……正直、とても不安でした。村の噂が、突然脳裏に甦ってきたんです」

「それであなたは引き返したと？」

「いいえ、でもそのあと何が起きたのか、自分でもよくわかりません……女は立ちどまり、わたしの背後を見つめました。わたしの知らないなにかが、そこに見えるかのように……それからくるりとうしろをむいたものの、出口の鉄柵扉にむかうのではなく、右に入って芝地を横ぎり、地所を取り囲む鉄柵まで歩いていきました……大きな木の陰で月明かりも遮られていましたが、白い人影はまだはっきりと見えました。そのとき、女が鉄柵をすっと通り抜けたような気がしました。まるでそんなもの、初めから存在していないかのように。そして女は消えてしまった……きっとわたしの錯覚でしょう。影の悪戯で見間違えたに決まってます。でも、たしかに一瞬そう見えたんです。わたしは呆然としていました。アンに聞いてもらえばわかります。そのときちょうど、妻がやって来たので」

話をふられたアンのほうに、警部は顔をむけた。夫に劣らず、当惑しているようだ。

「ええ、ちょうどピーターのところに駆けよったところでしたが……たしかにとても不安げで。でもそのときは、何があったのかわかりませんでした。もう女の姿はありませんでしたが、わたしも一分前に寝室の窓から見ました。遠目だったので、小さな人影にすぎませんでしたが。目を覚ましたら、ベッドに夫がいなくて」

「それで明かりをつけたんですね」

アンは肩をすくめて答えた。

「たぶん……起きたらたいていそうしていますから」

警部はもの思わしげにうなずいた。

「《白い女》はおそらくそれに気づいたんでしょう。窓に灯った明かりに。だから引き返していったんです……」

「かもしれません。わたしは一階に降りて外に出ると、噴水のニンフ像みたいに固まっているピーターのもとに駆け寄りました……正直、そのときは腹を立てていました。まさか《白い女》があらわれたなんて、思いませんからね。夫の裏切りを疑ったんです。女がうろついていたなんて、おかしな説明をするものだからなおさらです……」

「たしかに」とピーターは言った。「でも、あのとき《白い女》のことを話したって、きみはどうせ信じやしないで……ぼくの両頬をひっぱたいただろうよ」

「ええ、そうかも」と言ってアンは微笑んだ。

「ひっぱたいてやればよかったのよ」とヴィヴィアンが面白がって、皮肉っぽく言った。「男なんてちょっと目を離すと、何をしでかすかわからないんだから」

「今回に限って、意見が一致したわね」とアンは言い返した。「でも女のなかにだって、油断ならないのがいるようだけど……」

ピーターは女同士の鞘当てを無視して、つっけんどんに続けた。

「《白い女》が難なく鉄柵を通り抜けたと思ったのは、たぶんわたしの勘違いでしょう。彼女が微笑みながら、手を伸ばしてきたように思ったのも……けれど寒気を感じたのは間違いありません。あの女のなかには、なにか凍りつくようなものがありました……彼女が近寄ってくると、奇妙な冷気が伝わってきたんです」

「なるほど」と警部は言った。「ここまでのところ、事実関係はいささか曖昧だが、それでも気がかりな点は多々ありますな。で、マチュー卿、あなたも《白い女》が目の前にあらわれたとき、ぞっと寒気を感じましたか？」

「ああ」と屋敷の主人は考えこみながら答えた。「たしかに……だが、そもそもの発端から話すことにしよう。その晩は気分がすぐれず、早めに休むことにした。そんな場合、わたしは妻と寝室を別にしている。わたしは少し本を読んでから眠りに就いたが、しばらくして突然目が覚めた。よく覚えているが、手足が冷えきっていた……そんなこと、めったにないのだが。ベッドランプを灯したとき、彼女がいるのが見えた。すぐ目の前、部屋の真ん中に、全身白ずくめのかっこうで。頭にショールをかぶり、ロングドレスかケープを着ている。しばらく前から、暗闇のなかでわたしを見つめていたらしい。そして彼女は、わたしに微笑んだ……」

「また会ったら、彼女だとわかりますか？」

「たぶんな。だがあんなに心ひかれる顔は、これまで見たことがない」

「ありがたいお言葉ね」とヴィヴィアンがふてくされたように言った。

「それから、何があったんです？」と警部はあわてて続けた。

「彼女はしばらくじっとわたしを眺めていた。彼女が近づくにつれ、ますます寒気が体に染み入ってくる。彼女はもう一度、わたしをねめつけると、あげた片手に一瞬目をやり、顔を横にふった……そして気が変わったかのようにゆっくりと引き返し、ドアをあけて部屋を出ていった。ついてこいと誘うみたいに、こちらにむかって微笑みながら。わたしはふらふらと起きあがり、あとを追った……すると廊下のつきあたりにある書斎に、彼女が入っていくのが見えた」

「女がドアをあけて部屋に入り、閉めるのを見たんですね？」

「そうだ。だが彼女を勝手に帰らせるわけにはいかない。いくらうっとりするような美人だからって、きちんと説明はしてもらわねば。だからわたしもまっすぐ書斎に入り、ドアを閉めた。部屋に女の姿はなかったが、どこかに隠れているのだろう。窓に鍵がかかっているのは、すぐに確かめた。しかし戸棚のなかにも、回転式大鏡の裏にも見あたらない。これはおかしいと思いながら部屋をくまなく調べたところで、ノックの音がした。エスターだった。ほどなくほかの連中もやって来て、いっしょに部屋を調べたが、不思議な女はどこにもいなかった。煙のように消えてしまったんだ……ともかくご自分の目で、現場をご覧になるのがなによりでしょう、警部。そうすれば、状況がよく把握できるはずだ」

「もちろんそうしますから、ご心配なく。ここまでのところで言えるのは、二つの事件に明らかな共通点がいくつもあるということです。闖入者の姿かたちも同じなら、ふるまいも同じ。冷たい感じも、謎めいた消え方も同じです。つまりあらゆる状況からして、われわれが今相手にしているのは、この土地に伝わる《白い女》だってことです」

「警部、あなたはあの伝説を信じているんですか？」とジョン・ピール少佐が、口もとに引きつったような笑みを浮かべてたずねた。

「いや、まったく。だが現状をまとめるとそうなると、わたしは言いたかっただけです。今回、二度にわたって女はあらわれました。過去にもここ、この屋敷に姿を見せたことがあったんでしょうか？」

マチュー卿は身ぶりで否定した。

「わたしの知る限りなかったな。だが村でたずねれば、ほかにも目撃談が集まるだろう……」

「まあ、そうでしょうね」と警部はため息まじりに言った。「でもあることないこと、あれこれ聞かされて、選別するのに苦労しそうだ……それに問題は、謎の訪問者が実質的になんの罪も犯していないってことなんです。せいぜい、不法侵入くらいで。だからこそ彼女のふるまいを、しっかり思い返していただきたいんです、マチュー卿。なにか威嚇的なところはありませんでしたか？　あなたの話をうかがっていると、まるでやさしい天使みたいに感じられるので……」

「それはいい質問だ」とマチュー・リチャーズ卿は、うなずきながら答えた。「たしかに彼女は一貫して、敵意あるふるまいはしなかった。だが、どう言ったらいいか……そこにはあらゆる種類の天使がいた。いい天使も、悪い天使も……微笑みは必ずしもにこやかではなかった。ときには不気味で……」

「あなたはそう感じたと？」

「よくわからない……うまく言いあらわせないんだ……ともかく、明かりをつけて最初に彼女に気づいたとき、奇妙な衝撃を受けた。ひと目見ただけで、これは最悪の天使だと感じた……」

「例えば、死の天使とか？」

「ああ、警部、そのとおり。だが、彼女の魅力的な微笑を見たら……」

「となると、身の危険を感じるようなことはなかったわけですよね。あなたの場合も、コーシャンさんの場合も」

「で、このあとどうするつもりかね？」

「よろしければ、とりあえず現場を見てみることにしましょう」

こうしてルイス警部は、ほどなくマチュー卿の寝室を調べ始めた。ふかふかのカーペットを敷いた床には、とりわけ念入りに目を凝らしたものの、怪しいものはなにも見つからなかった。洋服ダンスやベッドに面した戸棚のなかも、異常なしだった。窓をこじあけたような形跡もない。

警部はナイトテーブルに置かれていた本を、なにげなく手に取った。

「スターンの『センチメンタル・ジャーニー』ですか」と警部は愉快そうに言った。「偉大な古典だ……」

「たしかに。ヴィヴィアンが大好きな本で……」

「事件の晩も、あなたはこれを読んでいたんですか？」

「いや……別の本だったが、どこかに置き忘れてしまったようで。それがそんなに大事かね？」

「いえいえ、思うにもっとも重要なのは、謎の女がどうやってここに入りこんだのかです。屋敷は夜間、施錠されているはずでは？」

「ああ、それに鍵をこじあけた形跡もなかった。だからといって、ここは要塞というわけじゃないからな。問題はむしろ、やって来た女がもうひとつの部屋からどうやって出たかでは……」

「ではさっそく、そちらに行ってみましょう」

書斎は廊下の西側のつきあたりにあった。廊下の両側には部屋が十室ほど並んでいて、そのほとんどが寝室だった。一階から二階にのぼる中央階段は、廊下のちょうど半ばあたりに通じている。階段をのぼりきったすぐ右側はエスターの部屋、正面はヴィヴィアンの部屋で、その隣は夫の部屋だ。

その名前が示すとおり、書斎は壁面が本棚で埋まったこぢんまりとした部屋だった。中央のテーブルには見事な地球儀がのっている。窓はテーブルに面して、西側にあいたひとつだけ。そのまわりを重厚な壁掛けが囲んでいる。同じ壁面のむかって右の隅に、細かな彫刻を施したブロンズ製の台に取りつけた、回転式の大きな鏡が置かれていた。南側の壁、部屋に入って左側には、衣装棚代わりの大きな洋服ダンスがある。あとはスツールが二脚、肘掛け椅子、テーブル、小さな円卓が、部屋に備えられた家具すべてだった。ルイス警部はそれらを丹念に検分したけれど、収穫なしだった。彼は屋敷の主人にたずねた。

「この部屋に入ったとき、窓にはたしかに施錠されていたんですね？」

「ああ、誰にたずねてもらってもいい。例えば、エスターも……」

「はい」と教育係は答えた。「マチュー卿から状況を説明されて、すぐにわたしも見てみましたから……」

「もしかして女は、あなたがたが入ってきたときドアの陰に隠れ、そのあとあなたがたが背をむけている隙にこっそり逃げ去ったのでは？」

「それはありえません」とエスターは続けた。「だってマチュー卿がこの部屋に入ったとき、わたしは廊下にいましたし、ほかの人たちもすぐに駆けつけましたから……その時点で誰もこの部屋から、ドアを通って逃げられませんでした」

「そのとおりです」とピール少佐も言った。「エスターさんがちょうどこの部屋に入ろうとしているとき、わたしは廊下に飛び出しました……そのすぐあとに、ピーターも自分の部屋から出てきました」

ピーター・コーシャンはうなずいた。

「なるほど」と警部も納得するしかなかった。「それでは不可能ですね。あなたがたの証言を聞く限り、女はこの部屋から逃げられなかったはずだ（そこで警部は屋敷の主人をふり返って続けた）。となると、マチュー卿、お気を悪くされたら恐縮ですが、あなたの……」

「何だって？」とマチュー卿はむっとしたように言った。「わたしの証言が疑わしいと？」

「いえ、とんでもない。あなたが嘘をついているとは、少しも思っていません。ただ、悪夢を見たのかもしれないと。ほら、人はとっさに感じたことを本当の体験だと信じて……」

「悪夢の何たるかくらいわかっている、警部。きみと同じくわたしだって、もちろんその可能性は考えた。あの恐ろしい出来事があったその瞬間にも、これは夢じゃないかって何度も自問したほどだ。だが、すべてがとぎれなく起きたことだった……女はわたしの寝室を出た。わたしは彼女から目を離さずそのあとを追い、続いてここに入った。その直後にエスターもやって来て、わたしと顔を合わせた……きみはわたしたち二人とも、ボケ老人扱いするかもしれないが、だったら娘婿もその仲間に加えにゃならんことになるぞ。ピーターはその女がわが家を取り囲む堅固な鉄柵を難なくすり抜けたのを目にしているんだから」

「いやまあ、可能性の話をしただけですから」と警部は、当惑のあまり顔を真っ赤にして謝った。

「どんな可能性も、まずはいちおう徹底的に検討しておかねばならないので……」

「でも事件の真相は、本当にここで見つかるのかしら」とアンが重々しい表情で口を挟んだ。

「とおっしゃいますと？」

「村にひとり、《白い女》役にぴったりだと衆目一致する者がいるんじゃないかと……」

「ほう、誰だね、それは？」とマチュー卿は、口をひらきかけた警部に先んじてたずねた。

「お父様もよくご存じのはずよ」とアンは言い返した。「シーグレイヴの娘……ついでに言うなら母親も《洗濯女》なんていうあだ名のとおり、生きているころは魔女だという評判だったじゃない」

「リーシアが？　彼女が《白い女》だって？　だったらわたしが見て、気づくはずじゃないか？」

「ええ、もちろん、お父様、そのとおりよ。でも彼女が真夜中、廃墟の脇や池の畔をさまよっているのを見かけたっていう人が、何人もいるので……」

「アン、おまえは誤解している。それはただの馬鹿げた噂で……」

「お父様は最近、彼女に会ったんですよね？」アンは父親に立ちむかうように言った。

「最近？　ああ、そう……」

「誰なの？　そのシーグレイヴさんっていうのは？」とヴィヴィアンがそっけなく言って、夫を恐ろしい目で睨みつけた。

「前にも話したじゃないか。トランプ占いをしている女さ……それがとてもよく当たってね。わたしの人生にとても大きな幸運が訪れると、彼女が予言した数日後、きみと出会ったんだ」

5　リーシアの予言

九月二十七日

実のところ、リーシア・シーグレイヴとは何者なんだろう？　ほかの人々と同じくピーター・コーシャンの脳裏には、そんな疑問が渦巻いていた。屋敷で事件が持ちあがった一週間後の午後、こうして彼はリーシアのもとを訪れたのだった。占って欲しいという口実で、彼女の謎めいた人物像を見定めてやろうと心に決めて。彼女とは多少話をしたこともあるので、難しい企てではないだろう。アンも夫の手腕はよくわかっていたし、父親がリーシアに丸めこまれているのではと疑っていただけに、諸手をあげて賛成した。《あの女の策略と奸計を暴き、追いつめてやるのよ》とアンは冷たく、きっぱりと夫に言い渡した。

リーシア・シーグレイヴの家は、村の北に位置する小さな丘をのぼる街道の端にあった。地味な山荘で、半ば草木に浸食されている。階段から続く木の回廊は、もともと見事な出来栄えだったが、ときとともに荒れ果て、今はあちこち蔦に覆われていた。西側に目をやると、ガラス張りの広いテラスが建物の脇についている。ひらいたガラス戸の縦框《かまち》には、カラスが一羽とまっていて、ピーターが近づいても動かなかった。リーシア・シーグレイヴの友だちは、あたりをうろつく野生動物だけ。噂によると彼女には、傷ついた動物を治療する並はずれた才能があるらしい。

ピーターが入口のカリヨンを鳴らすと、リーシアがドアをあけてひと言こう言った。

「ああ、あなたでしたか……お待ちしてました」

「待っていたですって？」ピーターは驚いた。「わたしが来ると、誰かから聞いたんですか？」

「いいえ、でもわかってました」

ピーターは笑いをこらえた。占いどおりだったとあとから言《ア・ポステリオリ》ってみせるのは、お人好しをひっかける常套手段のひとつだ。おれがそんな手にのるほどおめでたいと思っているなら、むしろこっちは仕事がしやすいというものだ……

それからしばらくして、彼は革の肘掛け椅子にゆったりと腰をおろしていた。肘掛け椅子の側面を覆う細かな傷は、飼い主の脇でまどろむ二匹の猫が爪を研ごうと思い立ったときの名残りだろう。リーシアはやや逆光ぎみのなか、きれいな観葉植物に囲まれ、柳の肘掛け椅子に腰かけている。アンと同い年のはずだが、どことなくとっつきにくい外見と、いささか突飛な服装のせいでもっと年下に見えた。ぴったりとした黒い絹のズボン、花模様の刺繍が入った同じ絹の真っ赤なチュニク。体はほっそりとして、しなやかそうだ。どちらかというと細面で、栗色の長い髪が謎めいた茶色い大きな目を引き立てている。猫みたいな女だというのが、衆目一致した感想だろう。でもあれは入念に研究した仕草だ、とピーターは思った。あんなうわべだけの人間に騙されてたまるか。でもこちらの手の内は見せず、相手に合わせて控えめな態度を崩さないようにしなければ。

「ひとつ占ってもらいに来たのですが。でもあなたのことだから、それも先刻ご承知なんでしょうね？」

するとリーシアは、見下すような、面白がっているような笑みを浮かべて答えた。

「ここに来る人は、たいていそのためですから……」

「実のところわたしが知りたいのは、自分の未来についてではありません。もちろん、それも教えてもらえればありがたいですが……本題は例の《白い女》の件です。どうやらこのところ、わが家に白羽の矢が立てられたようなので……つい先日も、マチュー卿の屋敷に《白い女》があらわれたのはご存じですよね？」

「ええ、村はその話で持ちきりですから。それに数日前、ここにも警官が来ましたし。もちろん、占いのためではなく。ルイス警部といって、昔からの知り合いですけど」とリーシアは愉快そうにつけ加えた。「だからいろいろ訊問するときも、なんだかとても気まずそうで……まあ、それはどうでもいいでしょう。コーシャンさん、あなたもその事件を直接目撃したひとりだとか。それに前にも、《白い女》を見ているんですよね？」

「そうなんです。でも……」

「だったらまず、その話から聞かせてください。事の次第を明確にとらえるには、じかに目撃した人の証言に勝るものはありませんから」

これでは役目があべこべだと思いながらも——質問するのは彼女じゃなく、おれのほうなのに——ピーターはこっそりリーシアのようすをうかがいながら、こと細かに体験談を語った。あの茶色い大きな目。まるであれが、彼女を動かしている原動力のようだ。

「これでおわかりになったでしょう。謎めいた《白い女》について知ることが、わたしたちにとってどんなに重要か。占い師としてだけではなく、地元の住民としての見解も聞かせてくださいい。あなたはここで生まれ育ったのだから、《白い女》が何者なのかも、よく知っているはずだ……」

「わたしはいわゆる占い師とは違いますが、それはまあいいでしょう。《白い女》についてお話しするなら……」

リーシアはほっそりとした両手の指先を絡ませ合いながら、遠い目をした。

「《白い女》のオーラ、彼女が村に及ぼしている影響は、誰にも否定できないでしょう。わたしが思うに《白い女》とは、美と神秘の輝きに包まれた模糊たる存在です。彼女の目撃談をいくらつき合わせようとも、その正体を突きとめ、白日のもとにさらすことはできません。素人の目からすると彼女の意図は、夜の闇に閉ざされたような不可解なものに思えるでしょう……けれども、わかる人にはわかります。《白い女》は神が描いた調和と生命にとってなくてはならない要素なのだと。彼女は光であると同時に闇、うつろう時のように避けがたい、無慈悲なものなのです……」

リーシアがこんな調子でえんえんと続けるものだから、ピーターが途中で遮った。

「その口ぶりからして、あなたは《白い女》の熱狂的な信奉者みたいですね」

「ええ、たしかに。彼女にインスピレーションを受けて、詩を二、三編書いたほどですし……」

「おや、あなたは詩もお書きになるんですか？」

「ええ、ときたま」とリーシアは、つまらなそうに肩をすくめて答えた。「ときには自分から、ときには霊感《インスピレーション》に導かれるがままに……」

「といいますと？」

「俗に《自動筆記》なんて呼ばれていますが、要するにトランス状態で紙に文章を書きつけるんです。無意識によって喚起された言葉を。こんなことを言うと、おかしいかもしれませんが」

「とんでもない」とピーターはあわてて答えた。「自分では経験ありませんが、話には聞いてます」

「もしかして、義理のお父様から？　そんなふうにして書いた詩をひとつ、マチュー卿にお渡ししましたから、あなたにもそのお話をしたのでは？　あるいは、原稿をご覧になったとか？」

ピーターは少し考えてから、きっぱりと首を横にふった。

「いいえ、なにも聞いていませんね。どんな詩なんですか？」

「ああ、もう覚えていません。そんなふうにして書いた詩は、たくさんあるので……お義父様に訊いてみたらいいのでは……（それからリーシアは、眉をひそめて続けた）ところでコーシャンさん、《白い女》についてご質問の意味が、どうもまだよくわからないのですが、要するに何をお知りになりたいのですか？」

ピーターはきれいな口ひげを撫でると、ためらいがちに答えた。

「そう……わたしや、わたしたちみんなにとって大事なのは、《白い女》の脅威がどれほどのものなのかということです。それにあの女が、近々またあらわれるかどうかも……」

「だったら話は早いわ」と彼女は言って、立ちあがった。「カード占いをしてみましょう。好みはありますか？　伝統的なタロットカード？　それとも予言カード？」

ピーターは肩をすくめた。この女、おれを大馬鹿扱いしていやがる。

「それはあなたのほうが、よくおわかりでしょう、シーグレイヴさん。わたしより経験豊富なんだから……」

「わかりました。それでは、少しお待ちください」

そう言ってリーシアはベランダから出ていった。そして一、二分後、彼女が頭に紫色のターバンを巻いて戻ってきたとき、ピーターは吹き出しそうになるのをこらえた。こんなちゃちな小道具で、説得力が増すとでも思っているんだろうか？

リーシアは肘掛け椅子にすわると、二人のあいだにあるローテーブルに椅子を近づけ、ピーターの前に大判のカードを一組置いた。裏面はオカルト趣味の絵柄に覆われている。

「リラックスしてください、コーシャンさん。少し体がこわばっているようなので……」

《いやはや、あきれたもんだ！》彼は心のなかで面白がった。

「わたしが選んだのはこのカードです。初期のシャーマンが抱いた自然観に近い、古くからのシンボルに基づいています。基本にあるのは共鳴原理で……」

「といいますと？」

「つまりあなたが今、ここで行った選択が、神のお告げを決定づけるのです。だからこそ意識をしっかり集中させ、カードを選ぶ前によく考えるようお願いしているんです。そこが大事な点です。このカードデッキから三枚を選んで、前に並べてください。そのときはまだ、表をあけないように」

ピーターが言われたとおりにすると、選んだ順にカードをゆっくりひらくようリーシアは指示した。三枚のカードを見つめるその顔に、当惑が広がった。しばらくして、リーシアは首を横にふった。

「わたしがなにかへまをしでかしましたか？」とピーターはたずねた。

「そういうわけではないのですが。このカードが示しているのは、《白い女》とは関係なく……あなたのことらしいので。さらに占いを続けますか？」

「もちろん、ぜひ続けてください。もしかして、わたしはもうすぐ億万長者になるとか？」

「冗談めかしてはいけません、コーシャンさん。そもそも大金が手に入るかどうかなんて、占いではわかりません。金塊やお札のカードなどありませんから」

「義父《ちち》の話では、ヴィヴィアンとの出会いをぴたりと言いあてたとか……」

「たしかに。でも、そんなにはっきりとではありません。ただ恋愛面で、近々とてもいいことがあるだろうと告げただけで」

「だったら、的中したも同じでは？」

「いいえ、必ずしも」とリーシアはそっけなく言い返した。「でも、それはいいでしょう。一枚目のカードをよく見てください」

「もしかして、わたしの身になにか不幸があると？」

「そうは言ってません。ともかく意識を集中させ、何が見えるかを話してください。大事なことです。それはあなたの過去に関わっているのですから」

「と言われても、十字架しか見えませんが。ただの十字架しか……」

「いいえ、これは逆むきに置かれたアンデスの十字架です。特に吉兆というわけではありませんが、心配にはおよびません。おそらく誰か、避けるべきだった人物との関係をあらわしているのでしょう」

「思いあたることはありませんが……ああ、そうだ！　数か月前、保険の外交員をひとり雇ったんです。とても優秀そうに見えたけれど、結局いろいろと問題を引き起こして」

「二枚目のカードは現在をあらわしています」

「嵐の絵のようですね……」

「まさしく。それはあなたが今、苦難の時期にあることを示しています。占い師でなくたって、そのくらいわかることでしょうが。違いますか？」

ピーターはしぶしぶうなずくと、最後のカードに意識を集中させた。矢が天にむいた絵が描かれている。

「ではこれが、わたしの未来というわけですか？」

「そのとおり。未来はどちらかといえば、幸福なものでしょう。その可能性が高いとはいえ、確実ではありません。いいですか、あなたは幸せな、とても幸せな運命にむかっています。でも、気をつけないと。その道には、いくつもの罠が仕掛けられているかもしれない……幸福に達するには、持てる力のすべてを発揮しなければなりません。みんなと力を合わせて……いやむしろ、誰かある人物と力を合わせて。わたしに言えるのはここまでです。成功はあなたの手の内にあるということだけ。あなたはきっと、巧みに問題を解決していくことでしょう」

「ふむ……」とピーターは考えこみながら言った。「それは結局、《天はみずから助くる者を助く》ということでは？」

「そこは考え方しだいでしょう。けれどもあなたの場合、とてもはっきりしています。あなたの目の前には、よく似た二つの閉じたドアがある。そのむこうには、幸福と死が隠されている……正しいドアを選ぶのはあなたです……あるいはそのまま通りすぎ、この矢が示す鮮烈で危険な道へと乗り出さない選択もある……さあ、どうします？」

長い沈黙のあと、ピーターは笑い出した。

「なるほど。《白い女》の話はたしかに出てこない……で、どうなんです。彼女はまたわたしたちのところへやって来ますか？」

「本当にそれをお知りになりたいんですね？」とリーシアは、疑わしそうに目を細めてたずねた。

「だって、そのために来たんですよ」

「だったら、もう一枚カードを引いてください。今度は、意識を集中させなくともけっこうです。共鳴現象は作用しませんから」

ピーターは少しためらってからカードを引いた。大きなネコ科の動物が、深い森のなかをそっと走り抜ける絵だった。

「ジャガーです」とリーシアは重々しい声で言った。茶色い大きな目がきらきらと輝いて、やけにカードを凝視している。「少なくとも、話ははっきりしているわ。ジャガーは住みかとしている大陸で、食物連鎖の頂点に位置しています。捕食動物はなく、その気になればまわりの生き物を根絶やしにすることもできる。つまりこのカードに、吉兆は皆無です。だからもし《白い女》がまたあらわれたなら、覚悟をしなければなりません。今度はただではすまないでしょう。ジャガーと同じく彼女は、人を生かすも殺すも意のままなんですから……」

6　天使の通り道

十月四日

その晩、バックワース村の空気はじっとりと湿気を帯びていた。しかも池の畔ならば、なおさらだ。よどんだ水面《みなも》から立ちのぼる靄《もや》があたりに広がり、森を抜けて村まで続く小道にゆっくりと流れこんでいく。夜の十一時すぎだった。こんな時間に寂しい池のまわりを散歩しようなどと思うもの好きがいるだろうか？　けれどもビリーとジャック、ハリーはここで待ち合わせをした。三人とも歳は十くらい、村いちばんの優等生とはお世辞にも言えない連中だ。とりわけハリーは札付きの悪たれ小僧で、手癖が悪いことでも有名だった。大人たちからは顰蹙を買っていたけれど、仲間の少年たちには一目置かれていた。彼に感化された悪童たちのなかに、パン屋の倅《せがれ》ビリーや、両親が宿屋《三頭の鹿》亭を営むジャックもいた。

ビリーは池のうえを流れる靄をぼんやりと眺め、ぶるっと体を震わせながら言った。

「用もないのに呼び寄せたわけじゃないよな、ハリー。ここはなんだか気味が悪いや……」

「前にも来たじゃないか、この臆病者が！」

「そりゃそうだけど、夜おそく、こんな時間だと……」

「おい、ジャック」とハリーは挑戦的な笑みを浮かべて言った。「おまえはどう思ってるんだ？　おれの話につき合って、これまでがっかりしたことがあったか？」

「もちろん、なかったけど……」相手は口ごもるように答えた。「でも、このところ、変な噂が……」

「おまえもびびってるのか？　あんな幽霊話をほんの少しでも信じてるなんて、言わないでくれよな。《白い女》なんて、サンタクロースと同じ嘘っぱちさ。さあ、いつまでも池ばっかり眺めてないで。まるでそこから、化け物の軍団が飛び出してくるみたいに。おれについてこい。もっと面白いものを見せてやるから……」

そして三人は一列になって土手沿いを進み、森のなかに入っていった。懐中電灯を手にしたハリーは、突然立ちどまって藪の奥を照らした。あとの二人もぎょっとしてのぞきこむと、そこには罠にかかったキツネがいた。

「ほら、戦利品だ」とハリーは言って、誇らしげに胸を張った。「罠を仕掛けたのはおれじゃなく、間抜けな密猟者のレオナードだけどな。前からあいつをそっと見張ってたから、罠のありかはほとんど全部わかってる……」

「で、どうする？」とジャックが口ごもるようにたずねた。「密告するのか？」

「馬鹿野郎、そんなことするもんか。獲物を先にいただいちまうんだ」

と突然、ビリーが叫んだ。

「まだ生きてるみたいだ……かわいそうに。このままにしておくわけにはいかないな」

「何するんだ？」とハリーは疑わしげにたずねた。

ビリーは石をつかんで拳をあげた。

「ひと思いに殺してあげよう……」

「やめろ！」とハリーは叫んだ。「この、あほう。売り物にならなくなるぞ……」

「どのみち、そんなことしても意味ないさ……」とジャックも、キツネのうえに身を乗り出して言った。「こいつはとっくに死んでる。ほら、血が固まっているじゃないか」

「わかってる」ハリーは怒りをこらえかねてうめいた。「今日の午後、見つけたときには、もう死んでたんだ。なのにこいつは、獲物をただ台なしにしかけたんだぞ……まあ、いい、池に戻って作戦会議といこう。おれの計画を詳しく聞かせてやる」

ほどなくして三人は、池に通じる小道の端で相談を始めた。靄はいくぶん晴れて、丸い月がぼんやりとかすんで見えた。

「キツネの毛皮はけっこういい値で売れるんだ」とハリーは切り出した。「密売ルートをつかんどかなきゃいけないが、それはおれにまかしておけ。大事なのはレオナードをぎりぎりで出し抜けるよう、監視をしっかりすることだ。おれたちで順番に見張れば、やつの獲物を大部分、横取りできるだろう……」

「なるほど」とジャックが言った。「でも、あんまりぴんと来ないな、おまえの計画。危ない橋を渡るわりに、実入りが少なそうで……」

「危ない橋だって？　どこが危ないっていうんだ？　レオナードが訴え出るとでも？」

「いや、それはないだろうけど……」

「虎穴に入らずんば虎子を得ずって言うだろ（ハリーは腕にはめた時計を見せて続けた）。これは酔っぱらい親父からもらったとでも思ってるのか、腰抜けども。お前らもみんなと同じなのか？　ただ群れに従ってる、なんとかの羊みたいに」

「パニュルジュの羊[1]だよ」とビリーが言った。

「知ったかぶりをしてるがいいさ。せっせと本を読んで、牧師のたわ言を聞いて、せいぜい偉くなるんだな……どうせ、たかが知れてるだろうが。人生で大切なのは機を見ること、挑戦を恐れないことだ。哀れなやつだよ、おまえに教えてやりたいね、おれがこれまでどんなにすごいことをしてきたか……（ハリーは嘲るような目をした）なあ、おい、ビリー、おまえを見てると太った牝牛を思い出すよ。さもなきゃ、パニュルジュの羊だな。毛を刈られ、おとなしく草を食んでろ。人間たちを太らせるためだけに……」

「そっちこそ、草なんか食えるのか」ビリーがむきになって言い返した。

1　ラブレー『パンタグリュエル物語』のなかのエピソードで、一頭の羊を海に投げこんだら、群れの羊がみなあとを追ったという話に由来する。

するとハリーは手近な藪の葉をむしって口に入れ、挑みかかるようにもぐもぐと噛み始めた。

ビリーは輝きを増した月明かりの下で、藪に近づき目を凝らした。

「おい……やめたほうがいいぞ。その草はたしか……」

「黙れ」とハリーは言った。

「おい、やめとけよ。そんなもの食べたら……」

「黙れって言っただろ」

けれどもハリーは、すぐに顔をしかめた。

「くそ、やけに苦いな、この葉っぱ」

ハリーはそう言って口の中身を吐き出し、これ以上羊の話をしたら、顔面に一発お見舞いするぞと脅した。そして毛皮を売りさばく計画について、得々と話し始めた。けれども十五分ほどすると、さっきよりさらにひどいしかめ面をして腹を押さえた。あとの二人が帰ろうと持ちかけても、ハリーは月明かりの下で池を見つめながら、まるで自分自身に話しかけるように、いつまでも商売の話を続けた。そして突然、力尽きたみたいに道を引き返し、木の切り株にへたりこんだ。

「大丈夫か？」とビリーが心配そうにたずねる。

「なんでもない。すぐによくなるから……」

「誰かいるぞ」とジャックが小声で言った。

「何だって？」

「ほらあそこ、小道のところに……」

「足音は聞こえなかったが」ハリーは両手で頭を抱え、うめくように言った。

「だったら、見てみろよ」

ハリーとビリーがジャックの視線の先を追うと、ぼんやりと光る影がゆっくり近づいてくるのが見えた。それは徐々に女の白い人影になった。数メートルのところまで来ると、姿がはっきりと見てとれた。うっとりするほど美しい若い女。肩に羽織ったケープと頭にかぶったショールが、月光の下で純白の輝きを放っている。

「おまえら、動くんじゃない」とハリーがかろうじて声をあげた。「こんな女ひとりにびくつくことないさ」

そんなことを言われても、ビリーとジャックはたまらず脇に退いた。女はまっすぐハリーのほうへむかってくる。雪のように白い顔が微笑んでいるのが、三人にはっきりと見えた。ハリーは体がこわばっているのか、彫像さながらじっと動かない。すると女は、彼にむかって片手をあげた。女がその額に手をあてると、ハリーはふらっとよろめいて地面に崩れ落ちた。女は最後にまた、あとの二人に微笑みかけるかのように顔を左右にふると、くるりとうしろをむいて、もと来たほうへと引き返していった。

二人は、地面にぐったりと横たわる友人に駆けよった。

「ずいぶん具合が悪そうだ」とジャックが口ごもるように言った。

「ああ、これはまずい」とビリーも答えた。「なんだか……」

「おい、ハリー、目を覚ませ」とジャックは叫んで、友人の頬を何度も叩いた。けれどもいっこうに反応がない。

やがてジャックは恐怖で目を見ひらき、ビリーをふり返ってまた口ごもるように言った。

「おい、どうしたらいいんだ？」

7　並はずれた敵

アキレス・ストックの手記
十月九日　ロンドン

わたしはセント・ジェイムズ・スクエアにあるオーウェン・バーンズの快適なアパートで、肘掛け椅子にゆったりと腰をおろして新聞をめくる合間に、わが友をこっそり観察していた。太った大きな人影は行ったり来たりを繰り返しながら、暖炉の棚板に絶えずもの思わしげな視線を投げかけている。そこには中国風の模様で飾られた美しい陶器が鎮座していた。彼の機嫌をうかがい知るのは難しかった。どうやら相矛盾する感情が、交錯しているらしい。いつもなら、もっとわかりやすい態度を示すのだけれど。わたしはオーウェンとはしばらく会っていなかったので、何日かいっしょに過ごそうとロンドンにやって来たのだが、彼はいつもとようすが違っていた。《タイムズ》紙に載ったこの記事と、関係があるのだろう。オーウェンはアメリカの美術商が黒幕となった大がかりな骨董品密輸事件を解決したばかりで、記事では彼の探偵としての才能が褒めそやされていた。

「新聞の第一面に、きみの写真がでかでかと出てるじゃないか。それが気になってるのか？」とわたしは思いきってたずねた。

「まあ、それもあるが……」

「気持ちはわかるさ。敵は逮捕されたとき、きみを許さないと毒づいたそうだし……」

「あんな気取り屋のヤンキー野郎なんかどうでもいいさ、アキレス。それにあいつは、与《くみ》しやすい敵だったしね。美術商という看板を掲げているわりには、芸術的センスのかけらもない。捕まったのも身から出た錆ってわけさ。ぼくにとって、本当の敵はほかにある……」

「ほう？　それはいったい何者なんだい？」

「ぼく自身の自我《エゴ》さ。きみも知ってのとおり、ぼくは何年も前からそれと必死に戦っているんだが、その粗雑な絶賛記事のせいで、またぞろ自我《エゴ》が疼き出している……でも、ぼくの話はこれくらいにしよう。最近、手に入れた品について、きみの意見を聞かせてくれたまえ」

オーウェンはそう言って暖炉のうえの花瓶をつかみ、よく検分するようわたしに手渡した。

「中国製の陶器だな。なかなかいい出来をしている」わたしは少し間をおいてから答えた。

「ほかには？　時代は明、それとも金？」

「ふむ……」わたしは花瓶を眺めながらためらった。「底部の黄色がかった白色からは、はっきりわからないな。あせた青色の洗練された花模様からすると、前者の可能性が高そうだが、龍の模様は細部が少しばかり凝りすぎなような。思うに、中間的な時代ではないかと……」

「ははあ」とオーウェンは茶化すように言った。「さては罠を察知して、警戒したな。きみみたいな専門家にふさわしい態度じゃないぞ。コッツウォールドの高級食器会社のトップを務めているくせに……」

「そうかもしれないが」わたしは痛いところを突かれ、しぶしぶ認めた。「でも、相手がきみだからな、オーウェン」

「いずれにせよ、大間違いさ。この花瓶はただの模造品なんだから。でも、たしかになかなかよくできている。高名な美術評論家たるこのぼくまで、まんまと騙されてしまったくらいだ」

オーウェンは拳を握りしめ、顔をしかめて続けた。

「じっくり調べてみたが、判定は揺るがないな」

「いったいどこで手に入れたんだ？」

「ホワイトチャペルの質屋で買ったんだが、あくどいやつさ。これまで何度も、贔屓《ひいき》してきたっていうのに」

重苦しい沈黙のあと、わたしはたずねた。

「それで、どうするつもりなんだ？」

「仕返しをしてやろう」

「仕返しだって？　でも、どうやって？」

「このぼくを侮辱したんだから、それに値する罰を与えてやる。今夜、これから店に出かけて……」

「何だって？」わたしはむかむかしてきた。「どうかしてるぞ、オーウェン！　力づくで懲らしめようなんて、とんでもない。ぼくがいっしょに行くと思ったら大間違いだからな。見損なったよ。ともかく、ぼくをあてにするな」

オーウェンは復讐心をたぎらせた表情で、首を横にふった。

「なにも棍棒を手に乗りこむ気はないさ。それはぼくのやり方じゃない。店に行って、大暴れしてやる。ああいう輩には、そのほうがずっと効くだろうよ。店のいちばん大事な商品をかっさらい、テムズ川に放りこんでやるんだ……こっちだって、損得ずくじゃない。あいつに作法ってものを教えてやるだけだ」

今聞いた友の言葉にショックを受け、息を整えようと深呼吸していると、オーウェンは頭をのけぞらして大笑いし始めた。

「おいおい、アキレス」と彼は腹を抱えながら言った。「その顔ったらないな。鏡で見せてやりたいよ。このぼくが、そこまで身を落とすと本当に思ったのか？　こんな小芝居を打ったのはほかでもない……いやはや、おかしすぎる」

「ほかでもないって？」とわたしは大声でたずねた。

「いやなに、きみの友情を試したまでさ。ぼくについてくる覚悟が、きみにあるかどうかを……」

「地獄までついてくるかって？」

「まあ、そんなところだ」オーウェンは急に口調を変えて答えた。「今度託された事件にはきみの協力も仰ぐつもりだが、どうやら恐るべき相手が待ちかまえているようだからね。われわれがこれまで立ちむかったことのない、並はずれた敵が」

「間違いないのか？　《怪狼フェンリル》事件や《混沌の王》事件を忘れちゃいないだろうに？　幽霊、姿なき殺人者、化けもの狼……」

「あれよりさらに難事件さ、アキレス。この事件の犯人は、もっとも恐るべき敵だと言ってもいい」

「ずいぶんと気を持たせるじゃないか」わたしは陽気な声を出した。さっき一杯食わされたのも、もう頭になかった。「それじゃあ……冥界の王ハデスとか？」

「いやいや」

「それじゃあ、悪魔《サタン》自身？」

「あと一歩だが、悪魔とは違う」

「じゃあ、何者なんだ？」とわたしは苛立ったようにたずねた。

「この世でもっとも仮借ない敵、なすすべのない絶対的な敵……言いかえれば、死そのもの……」

　わたしは少し逆光になったオーウェンの動かない人影を、声もなく見つめていた。背後の暖炉は炎の光で、周囲が赤く染まっている。

「じゃあ、説明しよう」と彼は続けた。「さもないときみときたら、今にも気を失いかねないようすだからな。《白い女》の話は聞いたことがあるだろ？　田舎の言い伝えに出てくる《白い女》さ。藁ぶき屋根の下で語られる女、日暮れとともにあらわれる妖怪だ。ときにはなにといって害のない、ただの幽霊にすぎないこともある。まだこの世にあったころ被った酷い仕打ちを嘆いて、泣いているだけでね。ときにはまた、恨みを晴らそうとあらわれた亡霊のこともある。つまりは悪の天使、死の天使だ……オックスフォードシャー州のバックワース村にあらわれたのは、初め前者の《白い女》かと思われた。女は囲いの鉄柵を幽霊のようにすり抜け、立ち去ったそうだ。事件があったのは夏の初め、リチャーズ家の屋敷の庭だった。そして二、三週間前、女は再び同じ場所にあらわれた。今度は当主の寝室にまで入りこみ、別の小部屋に逃げこんで煙のように消えてしまった。そこまでは誰にも危害は加えていないが、さらに数日後、《白い女》がまたしても人々の話題にあがる事件が起きた。ただひとを驚かすだけの天使から、悪の天使へときっぱり姿を変えて。

夜中の零時近く、三人の少年が池の畔をぶらついていた。なかのひとり、ハリーという名の少年が、不注意からか虚勢を張ってか、毒草の葉を口に入れてしまった。一部はすぐに吐き出したものの、彼は気分が悪くなり始め……そのとき例の《白い女》があらわれた。まるで死が迎えにきたかのように、女が冷たい手を差し出すと、少年は怯えた友人たちの前で体を硬直させ、ばったりと倒れこんで息を引き取った。検死の結果、死因は毒草の摂取だった。

普段なら、少年たちの荒唐無稽な証言など、誰もまともに取りあげなかっただろう。けれど前述の出来事があったあとだけに、ただ無視するわけにもいかず、事件を担当した地元警察の警部は大いに頭を悩ませた。ルイス警部といって、どうやらあまり経験豊富とは言えないらしく、結局ロンドン警視庁におうかがいを立てた。われらが旧友ウェデキンドはほかの事件で手いっぱいだとかで、若いルイス警部に力を貸してやって欲しいと、ぼくに頼んできたというわけだ。こんな厄介な事件には関わりたくないっていうのが、ウェデキンドの本音だろうがね。そうそう、話はまだあって、村の女占い師がこの事件をずばり予言していたっていうんだ……われわれを待ちかまえている謎の概要は、ざっとこんなところだな、アキレス。きみも手伝ってくれるね？　明日朝、パディントン駅から始発の列車に乗るつもりなんだが」

「死神と対峙するため、あるいは地獄に下るために！」とわたしは冗談めかして言った。「楽しそうなことだ。でもできれば、美女がわんさかいる太平洋の島にでも行きたかったけどね……」

「だったら言わせてもらうが、いちばんの美女は地獄にいるんだぜ。それにこの事件でも、美人にはこと欠かない。女占い師、マチュー卿の新妻、それに二人の娘も、みんな若くて美人だとルイス警部が言っていたよ。となると外見から言って、謎めいた《白い女》の仮面の下には、このうちの誰かが隠れているのかもしれない。つまり今回の使命は、もっぱら美女に目を凝らすことにある。どうだ、行く気になっただろ？」

「そうだな」わたしは同情するふりをして答えた。「そんな恐ろしい謎に、きみひとりで立ちむかわせるわけにはいかないじゃないか……」

8　毒草、白い女、そしてキツネ

アキレス・ストックの手記（承前）

十月十日

その日、昼近く、オーウェンとルイス警部、それにわたしはハリー少年が運命と遭遇した池の畔にいた。どんより曇った空の下に広がる景色は、一面の灰色だった。よどんだ水面《みなも》をつつきまわす元気な鴨の、鮮やかな青緑色の羽毛を除けば。

「二人の少年には別々に、何度も繰り返し訊問しました」とルイス警部はつっけんどんな口調で説明した。「二人の証言には間違いもなければ矛盾もない、曖昧なところもありませんでした。彼らが言ったとおりの場所から、罠にかかったキツネも見つかりました。（警部は右側にある木の切り株を指さしながら続けた）ハリーはあそこにすわりこんでいて、そのむこうが毒草の藪です。少年が最近、茎を引きちぎった跡も、はっきり残っていました。彼がここで吐き出した茎も見つかったし、検死の結果、胃のなかからも、草の残留物が確認されました。少年が中毒死したのは間違いありません。話はそれで終わりです。遺体からは、なにも不審な痕跡は発見されませんでした」

「そもそもこんな危険な藪は刈り取ってしまおうと、思わなかったんですかね？」とわたしは口を挟んだ。

警部は肩をすくめた。

「見てのとおり、ここは荒れ果てた場所ですから、釣り人もほとんど訪れません。それに土地の人間は、毒のある植物のことはよく知っています。ビリーのような子どもでもね。彼は友人を止められなかったことで、ずいぶん自分を咎めていました。先ほど説明したような状況で、毒草を食べるよう多少なりともそそのかしてしまったわけですし。三人がここに着いたのが、午後十一時くらい。ハリーが死に至る葉を食べたのが、十一時三十分ごろでしょう。それから二十分ほどして、彼は《白い女》があらわれたあとに息を引き取りました。午前零時ごろ、ジャックとビリーは村に戻って、ちょうど店じまいしたばかりの《三頭の鹿》亭——あなたがたが部屋を取った宿屋です——に駆けこみました。経営しているのは、ジャック少年の両親だからです。息子とその友人の話はにわかには信じがたかったものの、彼らは少年たちのあとについてここまでやってきました。そして零時十五分ごろ、事件を確認したのです」

ルイス警部はため息をついたあと、話を続けた。

「要するにこれは、馬鹿げた意地の張り合いをした少年たちの、ありふれた悲劇です。よくありがちな、痛ましい事故にすぎません。状況ははっきりしています。奇妙な女の出現を除けば……」

オーウェンは黙ったまま、池の岸辺を飛びまわる鴨をもの思わしげな目で追っている。わたしはたずねた。

「ぼくが聞いたところでは、ハリーは村の鼻つまみ者で、みんなから嫌われている不良少年だったとか……」

「たしかに。彼がしでかした悪さは、数知れません。だからって、殺したいと思うかというと……それに今言ったとおり、彼の死は事故にほかなりません。殺人事件かもしれないという仮定は、成り立ちません」

「でも《白い女》の謎は説明がつかない。死神が被害者を迎えに来たまさにそのときにあらわれるなんて、偶然とは思えないのでは？」

ルイスは暗い目で二人の連れを見やり、深いため息をついた。

「屋敷で起きた出来事を調べるよう依頼されたとき、ちょっと心配だったんです。面倒な事件に関わることになるんじゃないかって……でも、ここまでとは。初めはマチュー老人や周囲の人々の証言を疑っていました。魔法みたいにあらわれては消滅する女だなんて、噂や伝説から生まれた集団幻覚現象だろうってね。ジャックとビリーを訊問しているあいだもまだ、そう思っていました。しかし何度繰り返したずねても、二人の証言は少しもぶれません。彼らは《白い女》が小道をくだってくるのを、はっきり見たと言っています。女は苦しむハリーに歩みより、片手を伸ばした。すると友人は、体をこわばらせて崩れ落ちたのだと。女はあいかわらずゆっくりした足どりで、道を引き返していった。二人は怯えきっていたけれど、それも無理はないでしょう……こんな大変な事態を前にして、馬鹿げた作り話なんかするとはとても思えません。自分たちの役割を小さく見せるためだと？　二人は多かれ少なかれ、責任を感じていたから？　でも、あんな話をしたからって、状況が変わるわけではありません……よほどの嘘つきでもない限り、彼らは真実を語っていると断言できます。あるいは、彼らが真実だと本気で信じていることを」

「たしか二人は女が近づいてきたとき、突然寒気を感じたと言ってましたよね？」

「そんな気がしたとか。けれど二人が怯えきっていたのと、気温が下がっていたことを考えると……」

「彼らはその女がどんな外見をしていたか、詳しく話しましたか？」とオーウェンはたずねた。

「ええ、女は白いケープのようなものを羽織り、同じく白いショールを頭にゆったりとかぶっていたそうです。着ている服は、まるで屍衣のようで。髪は見えなかったので……」

「顔はどうです？」

「にこやかで美しく、雪のように白かったとか。でも、知っている顔ではありませんでした。ついでに言えば、マチュー卿や娘婿のピーターも同じように証言しています」

「白いクリームで化粧をすれば、うまくごまかせるのでは？」とわたしはたずねた。「あるいは単に、仮面をかぶっていたとか？」

「そうかもしれません。ともかく二人が言うには、間違いなく女性の体型と、歩き方をしていたそうです。それにしても、どういうつもりなんだ？　おかしなかっこうで歩きまわったりして」とルイス警部は、突然怒りに駆られたように叫んだ。「何者だか知らないが、いったいどうやって事故が起きるのを予見し、ぴったりの時間を見はからって幽霊ごっこを始めたんだろう？　まったくわけがわかりません」

「けれども、たしかそれを予見した人物がいたのでは？」とオーウェンは、うっすらと笑みを浮かべて言った。「村の女占い師、リーシア・シーグレイヴは……」

「たしかに。でも厳密に言うならば、彼女は《白い女》がまたあらわれるだろうと述べただけです。それもピーター・コーシャンに訊かれて話したにすぎません。そこのところをつまびらかにしたければ、彼らに直接たずねてください。予言の件は、屋敷のみんなもコーシャンから聞いて知っていましたし、おそらく噂はたちまち村中を駆け巡ったことでしょう。言いかえれば、《白い女》がまたあらわれるだろうということは、みんなが知っていたわけです。だから白い衣装をまとって少年たちの前にあらわれるくらい、誰でもできました。白い女の意図は何か、どうしてタイミングよく事故の現場にあらわれたのかについては、とりあえずあとまわしにして……

リーシア・シーグレイヴのことは、彼女が小さかったころから知っていますが、多くの点で謎めいた存在です。特異な才能の持ち主で、それを売り物にロンドンで小さな占いの店をひらき、定期的に通っているようです。そのあたりのところや、彼女の経済状態についても、補足的な手がかりを集めているところです」

「要するに」とわたしは口を挟んだ。「あなたが見るいちばんの容疑者ってわけですか？」

「ええ、でも何の容疑だと？」と警部は苛立たしそうに言った。「幽霊を演じた容疑？　占いをした容疑？　それともどのようにしてか、事故を引き起こした容疑？　占い師としての名声を高めるために？」

「問題の時刻、彼女にアリバイはあったのですか？」

「いいえ、家で寝ていたそうです。まあ、たいていの人がそうでしたが、なかには……そこにもうひとつ、不可解な点がありまして」とルイス警部はつけ加え、袖口の裏を額にあてた。「謎の女が若い美人だとするならば、もうひとり気がかりな人物がいるんです。マチュー卿の若妻ヴィヴィアン、旧姓マーシュ。彼女の供述が、どうも曖昧で。自分から進んで言おうとはしませんでしたが、ヴィヴィアンはその晩、宿屋に閉店時刻までいたんです。つまり少年たちが《白い女》を目撃する直前まで。三十分ほど前にやって来て、店の隅にひとりでそっと腰かけていたそうです。宿屋の主人やほかの客たちがはっきり確認していますし、それは本人も否定はしていません。もともと《三頭の鹿》亭にはよく来ていましたが、連れもなしにふらりとやって来ることはめったにありませんでした。その晩は夕食のあと、専用の寝室にひきあげたので、屋敷ではヴィヴィアンが出かけたことに誰も気づいていませんでした。けれど彼女の言い分が、さらに奇妙で……

本人曰く、アンドリュー・ムーグとかいう昔の男友だちと待ち合わせをしていたというんです。昼間のうちに彼からメッセージが届き、大事な用件で至急会いたいと言われたけれど、それ以上詳しいことは書いていなかったとか。実は昔つき合っていた相手だが、あまり素性のよくない男で、夫にこの話はしないで欲しいとこっそりわたしに打ち明けたのです。しばらく黙っていたわけも、それでわかります。会ってもろくなことにならないと思っていましたが、結局ムーグは来ませんでした。それで彼女はこっそり家に引き返したのだそうです。このまま男が姿をあらわさなければいいと思いながら……こちらでもムーグについて調べてみましたが、今のところ手がかりはありません」

「たしかに奇妙な話ですね」とわたしは考えこみながら言った。「純粋に物理的な面から見れば、出来事の時系列からして、ヴィヴィアンが少年たちの前で《白い女》を演じるのも可能だったでしょうね」

「男から来たというメッセージは、ごらんになったのですか?」とオーウェンがたずねた。

警部はきっぱりと首を横にふった。

「いいえ。さっさと燃やしてしまったとか。少なくとも本人はそう言っています。少年を相手にするのとは違い、あまり根掘り葉掘り訊くわけにもいきません。おわかりのとおり、なかなかデリケートな問題ですからね。まったくもっておとぎ話みたいに荒唐無稽なことばかりですが、今のところいわゆる犯罪行為は確認されていませんし。ハリー少年の件はどうやら事故死のようです。《白い女》も、少年たちの幻覚にすぎないかも。でも、本当にあらわれたのだとしたら……」

警部は何度目かのため息をついたあと、わが友のほうを見て続けた。

「それで、あなたのご意見は、バーンズさん？　あなたがお偉方連中から絶大な信頼を得ていることは知っていますし、それだけの能力を備えていらっしゃるものと思っています。でも今回の事件には、とまどっておられるのでは？」

「正直言って、予想はしていましたがね」オーウェンは両手を背中にまわし、池に顔をむけて答えた。「それにさらなる驚きが待ちかまえているのではないかと、心配もしています。でも、あなたのご質問に答えるなら、今のところさっぱりわからないのは、どうしてこんな手のこんだ策を巡らせるのか、その動機です。この怪しげな事件に、なにか意味があるとすればですが。質《たち》の悪い悪戯？　なにかの前兆？　象徴的な、あるいは神がかり的な行為？　それはよくわかりません。バックワース荘の住人たちから話を聞けば、もっと事態が明確になるのでしょうが」

「今日の午後にでも会えるでしょう。あなたがいらしたことは、すでに連絡してありますから」

「でも、ルイス警部、謎ときにはさしあたってあなたがいちばん有利な立場にあると思うのですが……」

この指摘にわたしはいささか驚いた。自分以外の人間に真実の解明をゆだねるなど、いつものオーウェンらしからぬことだったから。

「警部、あなたはわれわれと違って地元のことをよく知っておられる」と彼は続けた。「この村の生まれですからね？」

警部はそんなふうに信頼を寄せられて、びっくりしているようすだった。笑顔を取り戻して、思わずひげを撫でている。

「たしかにわたしはここで、十五歳まで暮らしていましたが……」

「生活は今より楽ではなかったでしょうね？」

「もちろんです。残念ながらわたしは、お屋敷に生まれたわけでもありませんし」と警部は冗談めかして言った。「母はとっくに亡くなっていますが、貧乏暮らしに耐えてわたしを学校に通わせ……まっとうな道を歩ませようと、ずいぶん苦労したものです……いや、それは少々大袈裟かも。わたしは同じ年ごろの少年たちと変わりありませんでした。父親は早くに亡くなり、ほとんど記憶にありません。でも、不満はありませんでした。わたしたちはここで幸せでした。町っ子が知らないものが、すべてそろっていましたから。野山、森、自由……わたしが村を出たとき、リーシアはまだ六、七歳だったでしょう。その後は会う機会もありませんでした。だから久しぶりに会ったときは奇妙な感じがしました。彼女を容疑者のひとりみたいに訊問せねばならず、ばつが悪くて。彼女も子どものころは、苦労が多かったと思います。父親は初めからいませんでしたし。つまり、父親は誰だかわからないという意味ですが。それでも彼女は、逆境に負けませんでした。見た目は野生児のようですが学もあり、なかなか美人になったと認めねば……」

「あるいは、美しき幽霊に？」とオーウェンはまぜっかえした。

「ご質問の意味はわかりますよ、バーンズさん。そこはなんとも言えません……たしかにリーシアは変わり者ですが、ここ数日見聞きしたことからして、事件の影響は彼女の身にも及ぶのではないかと心配しています。リーシアは整骨師として知られ、魔法使いだとも言われています。《白い女》は彼女だと思っている者すらいます。いえ、ここ最近の出来事だけが問題なのではありません。夜、ネグリジェ姿の彼女が取り乱したようすで、裏通りをさまよっているのを見かけたという人もいて……」

「でも」とわたしは口を挟んだ。「《白い女》はリーシアが生まれる前から存在したのでは？」

「わかってますとも。でも噂話に理屈は通用しません。それにリーシアの母親は、《夜の洗濯女》とあだ名されていたメアリ・シーグレイヴですからね。父親のわからない娘を産んだせいで、さらに悪口がひどくなりましたし。わたしは子どもだったので、よくは知りませんが、とても美人だったということです。黒い巻き毛を長く伸ばして」

「つまりは、この母にしてこの娘ありってことですか」とオーウェンは言った。「《白い女》の伝統は、世代から世代へと受け継がれていく。けれどもそこには、なにか一貫した論理があるはずです。おたずねしますが、警部、あなたが覚えている《白い女》とは、いったいどんな女でしたか？　青白い幽霊？　恨みに満ちた亡霊？　それともハリー少年を呼び寄せた、運命をつかさどる腕？」

ルイス警部は頭を掻きながらじっと考えた。

「哀れなハリー少年のようなケースは、記憶にありませんね。死者が出るような事態は、これまでほかにありませんでした。《白い女》の出現は、しばしば悪い予兆と受け取られてきましたが……」

「なるほど」とオーウェンは、懐中時計に目をやりながら言った。「じゃあ、昼食にしましょうか。もう十二時近い。田舎の空気を吸っていたら、俄然食欲が湧いてきましたよ」

9　二つの顔を持つ男

アキレス・ストックの手記（承前）

「……まあ、災い転じて福となすという諺もあることだし」とマチュー卿は、肘掛け椅子にゆったりと腰かけて言った。「たしかに悲劇的な出来事ではあったが、おかげでわたしの話は真実だったと確かめられたのだから。ルイスのやつ、わたしが夢でも見たんじゃないかと疑っていたらしい。こっちはあいつのことを、赤ん坊のころから知っているんだぞ。これでようやくみんなが、本気にしてくれるだろう」

すでに午後二時をまわっていた。オーウェンとわたしはマチュー卿の屋敷にいた。案内役のルイス警部は、わたしたちがマチュー卿の寝室と書斎を検分するのにもつき合った。オーウェンは書斎で、回転式の鏡を長々と調べていた。そのあと警部は、わたしたちの調査の邪魔にならないほうがいいと言って、先に引きあげた。屋敷の主人は威厳たっぷりだった。きれいに撫でつけた白髪まじりの髪、それを引き立てる赤紫色のジャケットと落ち着いた物腰。やや堅苦しい、気難しげな表情は、暖かみのある笑みで適度にやわらげられている。歳のわりにはまだまだ元気そうだが、頬骨のあたりが灰色がかっているのと、小鼻がうすっら紫色をしているのには、なにか健康上の問題が隠されているのだろう。

「それでバーンズさん、きみの考えは?」とマチュー卿は続けた。「もちろん、お噂はかねがねうかがっていますよ。それに最近の活躍ぶりも、新聞で拝読している。いやはや、大したものだ。またしても犯罪者をひとり、監獄送りしたそうだが……」

「いえ、それは買いかぶりってものですよ。あの手の悪党は、簡単に罠にかかるんです。むこうのアキレス腱さえわかっていればね。やつを餌でおびきよせたんです。ぼくが持っている美術品をどうしても譲らないと言い張り、わざと価値を釣りあげて。するとむこうは盗もうと画策して、たちまち罠に落ちてしまいました」

「お見事」とマチュー卿は賞賛した。「われわれを悩ましている事件でも、その手腕を発揮してもらえるものと期待していますよ。それで率直なところ、どんな第一印象を? ほかの連中と同じく、われわれの話を疑っているのでは?」

「もし疑っていたら、ここまで足を運んではいません」とオーウェンは落ち着いて、自信たっぷりに答えた。「作り話にしては、突飛すぎると思いますし。それにあなたがご自身で指摘したように、ハリー少年が死んだ状況から見て、この事件を真剣に捉えねばならないでしょう」

「きみがそう言うのを聞いて、ほっとしたよ。本物のプロといっしょに仕事をするのは、いつだって気持ちのいいものだ。実を言うとわたしはこれまでの人生で、常にそれを行動の指針にしてきたんだ。ということで、まだ質問がおありならば……」

「ええ、いくつか。《白い女》がどうやってあなたの寝室に侵入したのか、なにかお考えはありますか？」

「単純にドアから入ってきたのだろう。わたしは眠りが深いほうなんでね。むしろ不思議なのは、書斎からどうやって逃げ出したのかなんだが」

「それはとりあえず、本題ではありません」とオーウェンは、相手を見下すような口調で答えた。「その問題については、すでに二、三、仮説は立てていますが、もっと手がかりが集まって、しかるべきときが来たら検討することにしましょう。《白い女》があらわれたのを見たとき、どんな印象だったかもおうかがいしたいのですが」

マチュー卿はあごを撫でて答えた。

「そりゃ、衝撃だったとも。けれども初めは、どれほど恐ろしい出来事が起きたのか、計りかねていた。あとから考えるにつけ、まだ震えが止まらないくらいだ。池の畔で、あんな事件があったことだし……今になってふり返ると、よくわかる。女の微笑に、親しげな感じはまったくなかった。もしエスターがすぐにやって来なかったら、ことはあれだけですまなかったかもしれん」

「たしかに」とオーウェンはうなずいた。「それに《白い女》は、夏の初めに屋敷の庭で、娘さんのご主人であるピーター・コーシャン氏の前にも姿をあらわしたんですよね。そのときもアンさんが駆けつけたのに驚き、あわてて立ち去ったとか」

「ええ、そうです。これまで関連づけてみたことはなかったが」

「あともうひとつ、リーシア・シーグレイヴさんについてうかがいたいのですが。噂によると、あなたは彼女と親しいとか」

屋敷の主人は表情を変えた。

「ああ、彼女のことはよく知っている。定期的に占ってもらいに行ってるからね。ひとがなんと言おうと、彼女には才能がある。人間の心理に通じていて、勘も鋭い。彼女の予言にはいつも驚かされ、大いに満足してるとも」

「村では彼女について、毀誉褒貶《きよほうへん》があるようですが……」

「そんなもの、妬《ねた》み嫉《そね》みにすぎん。恩知らずな連中だ。彼女にはいろいろと世話になり、病気を治してもらったりしているのに……それをすっかり忘れているんだろうか？」

「ルイス警部の話によると、リーシアさんはロンドンでも店を構え、占いの才能を発揮しているとか」

「そのとおり。何人も客を紹介したが、彼女の占いに不満だった者はいなかった」

「それなら」とオーウェンは悪戯っぽく応じた。「ぼくが次の客になるとしましょう」

「きみのように優れた人物なら、必ずや彼女の才能を認めることだろう。それはさておき、質問の意味はわかっているとも、バーンズさん。ハリー少年の悲劇的な死の責任を彼女に押しつける噂が、遠からず流れ始めることだろう。たとえ今はまだ、聞こえてこなくても。これでも長年の経験から、ひとを見る目はあるつもりだ。だからはっきり言っておこう。そんな話はとんだ嘘っぱちです。きみも彼女に会えば、よくわかるはずだ」

オーウェンは礼儀正しくうなずくと、こう言った。

「今回の出来事で、ご家族のなかがごたごたしていなければいいのですが」

「いや、そんなことはない」とマチュー卿は答えた。「ご存じのとおり、うえの娘が夫を連れてわが家にやって来たところでね。婿はほんの二か月前まで、死んだものと思われていたんです。彼が無事だったという嬉しい知らせに、わたしの結婚も加わって、この古びた屋敷にも幸福の風が吹くことだろう。すごい男だよ、ジョンは。いささか見くびっていたのは、申しわけないことをした。そこのところはきちんと……」

それからマチュー卿は、あまり面白くもないインド旅行の思い出話を始めたが、そのあたりのことはすでに読者もご存じのとおりだ。次なる証人は、まさしくそのジョン・ピール少佐だった。

「……わたしはここに来るまで、《白い女》の話を聞いたことがありませんでした」とジョン・ピールは切り出した。「でも、なんだか古い友だちのような気がします。五年の長きにわたる俘虜生活のあいだ、ずっとつきそってくれていたような。こんな苦しみは早く終わらせて欲しいと、できれば何度も頼みたかったくらいです。なにもあなたの同情をかおうとしているのではありません。ただあの恐ろしい試練のあいだ、わたしの精神状態がどのようなものだったのかを、お伝えしようとしているだけです。わたしにとっては、死が解放だったのです……正直、捕らわれの身だったあいだ、どうやって生きる意欲を持ち続けることができたのかわかりません。希望があったかって？　とんでもない。わたしは弱い人間ですから、自分が置かれた真っ暗な混沌状況に、なんの光も見出せませんでした。今となっては理解のつかない力で、ただ生にしがみついていたんです。とはいえ必死に戦ったことは、今後悔してません。マーゴットと再会し、ここで快適に暮らす幸せをようやく手にしたのですから」

少佐はがっちりした体格の男だった。歳は四十前だが、早くも白くなり始めた髪のせいで、四、五歳は老けて見えた。まだ体力は充分回復していないらしく、深いしわが刻まれた大きな顔の頬は少しこけていた。けれども自信に満ちた笑みのおかげで、ほどなく元気を取り戻すだろうと思われた。共感を掻き立てる笑顔だ。もっともその印象は、見る方向によって変わるかもしれないが。左側の頬には醜い傷が何本も走っていて、獣じみた感じがする。とりわけ、横顔しか見えないときには。

「ですから」と彼は続けた。「《白い女》の話はたしかに謎めいていますが、わたしはさほど不安に感じてはいません。どう言ったらいいか……地獄から戻ってきた者には、死も恐るるに足りないんです」

「それじゃあなたは、これまで一度もバックワース村に来たことがなかったと？」

「ええ、一見穏やかそうなこの村に来て初めて、噂話もいくつか耳にしました。まあ、イギリスの村は、どこも同じようなものでしょうが。あなたのご質問に先まわりして答えるならば、ここでどんな噂が流れているのか、あまりよく知りません」

「でも」とオーウェンはにこやかな笑みを浮かべて言った。「どんな感じを受けましたか？　ひとりの人間として、状況を素早くとらえるのに長けた軍人として。もちろん《白い女》に関して、うかがっているのですが」

ジョン・ピールは曖昧な身ぶりをした。

「どう言ったらいいのか……鏡に自分の顔を映してみたときと、ちょっと似ているかもしれません。そこには二つの側面があります。ひとつは明晰で理性的な側面、兵士の視点です。こんな馬鹿げた話につき合うな、とそれはわたしに語りかけます。もうひとつは謎めいて、不安に満ちた側面。そこではどんなこともありえます。ひとは緊急事態に直面すると、なにもできなくなってしまうと、わたしは経験的によく知っています。あの晩がまさにそうでした。わたしたちは義父とエスターさんを助けに、書斎に駆けつけました。二人とも、お互いのパニック状態が伝染し合って取り乱していました。でもわたしは帰国して以来、もっとつらい出来事を経験していますからね」

「おや」とオーウェンは驚いたように言った。「この事件にはさらにもっと謎があると？」

「いいえ、わたしはただ、マーゴットとの再会のことを言っているんです。彼女とはもう会えないものと思っていました。少なくとも、夫という立場では無理だろうと。何年もの時を経て、再び彼女をこの腕に抱くことができた幸せは、どんなに手厚い看護を受けるより効果がありました」

「よくわかりますよ」

「すべての不幸がたった数秒のうちに、魔法の杖のひと振りで消え去ったかのようでした。わたしたちは過去を葬る決心をしました。それはマーゴットにとって、よりつらいことだったでしょう。彼女は別の男とつき合い始めていたと、わかっていましたから。だからって、しかたないでしょう。普通は五年ものあいだ、なんの音沙汰もなく姿を消したりしませんからね」

「それにしても、信じがたい出来事ですね」とオーウェンは言って、煙草に火をつけた。「ぼくはかねがね、波瀾万丈の人生だけが生きるに値すると公言していますが、あなたはそれを嫌というほど味わったわけだ。奥様はあなただと信じて遺体の確認をしたとき、いったいどんなお気持ちだったことか……きっと恐ろしい試練だったに違いありません。けれどもある意味、そんな誤解がかえってよかったのかもしれません……」

「と言いますと？」とジョン・ピール少佐は顔を曇らせてたずねた。

「生死がわからず不安に苛まれるほうが、死という現実を受け入れるよりつらいこともあります……」

「そうですね」とピールはしばらく間を置いてから言った。「おっしゃるとおりだ。これまで、そんなふうに考えてみたことはありませんでしたよ」

そこでジョン・ピールは暇を告げ、入れ替わりに彼の妻がやって来た。マーゴットは美人で、エレガントな身なりに似合わず自由奔放そうだった。フリルがついた青緑色のタフタのドレスが、左右で色の違う目とよく似合っている。魅力の一端は、その目にあるのだろう。どうやらわたしと同じくオーウェンも、彼女のにこやかだが謎めいた、夢見るようなまなざしに心惹かれたらしい。

わが友はハリー少年が死んだ事件の晩について、巧みな弁舌でそれとなく彼女から聞き出した。しかし答えは、さっき夫のジョン・ピール少佐から聞いたのと同じだった。マチュー卿の寝室と隣り合った自分たちの寝室で、早めに寝てしまった。眠りを妨げるような物音はなにもしなかった、とマーゴットは断言した。もちろんオーウェンの意図は、彼女がそっと寝室を抜け出して池へ行き、《白い女》を演じたのではないかを確かめることだった。物理的にはそれも可能だろう。けれどもわたしには、彼女のような女《ひと》がそんな陰険で怪しげなことをするとはどうしても思えなかった。彼女のなかには、なにか清浄無垢なものがある。ドレスの首もとを飾るレースのフリルが、天使のような顔を際立たせていた。

それにマーゴットは、《白い女》の謎にあまり動じているようすはなかった。幼いころ、話に聞いていた記憶が曖昧なのだろう。たしかに噂は、身近にあったはずだが。オーウェンが父親の再婚の一件をたずねると、今度ははっと身がまえた。

「知らせを聞いて、どう思ったかですか？」とマーゴットは、当惑したような表情でたずね返した。「どう言ったらいいのか……妹が手紙で知らせてくれたので、その口吻に影響されているとは思うのですが、ともかくびっくり仰天でした。でもわたしは、夫に再会したショックがまだ続いていたので……なんと言ってもいちばんの驚きは、わたしとジョンがバックワース村にむかう列車のなかで、父の再婚相手と偶然出会ったときのことでしょうね……」

そしてマーゴットは、ヴィヴィアンにまんまと一杯食わされた話をした。奇妙奇天烈なスーツケースの話は、オーウェンに大うけした。

「結局のところ、冷静に考えて彼女のことをどう思いますか？」

「そうですね……彼女とは多かれ少なかれ友だちになりました。初めは怒り心頭だった妹も、少し態度を和らげましたし。とはいえ、まだ財産目当てだとは思っていますが。ともかく状況は、前よりよくなってます。皮肉の飛ばし合いなしに、ブリッジのテーブルを囲めるようにもなりましたし。最近、この屋敷や村で起きた事件のおかげで、かえって雰囲気が和らいだとも言えるでしょう……」

「なるほど」とオーウェンはうなずいた。「でもわたしの質問には、まだちゃんと答えてもらっていませんが……」

それまでぼんやりと虚ろだった彼女の目が、にわかにオーウェンの目をじっと見すえた。

「わたしは争いごとが好きな人間ではありません。辛い思いを嫌というほどして、状況に合わせて生きていくことを知りました。たとえどんなにとんでもない状況でも。わたしだって馬鹿ではないけれど、だからといって父を非難する気はありません。ともかく、今はもう……父とは和解しました。それがみんなにとっていちばんいいんです」

オーウェンはマーゴットのきっぱりとした返答に驚いたかのように、しばらく無言でいた。彼がリーシア・シーグレイヴについてたずねると、マーゴットは少し言葉を濁した。リーシアとはもう何年も会っていないので、なんとも言えない。彼女のことならわたしより詳しい者が屋敷にいるだろうと。

マーゴットが引きあげると、わたしはわが友にどう思うかたずねた。

「さあね」とオーウェンは不機嫌そうに言った。

「どうやらきみの伝説的魅力も、今回ばかりは真価を発揮しなかったようだな」とわたしは茶化した。

オーウェンは肩をすくめた。

「誰もがみんなに好かれるわけじゃないさ。でもまだ結論を出すには早い。彼女を《白い女》の候補者リストから外しちゃいないさ」

次にエスターが呼ばれて、居間にやって来た。黒ずくめの服を着て、歳はいっているが気品がある。頬骨の張った美しい顔は、寄る年波にもほとんど損なわれていなかった。オーウェンはまたしても壁に突きあたった。少なくとも、最初はそうだった。教育係の女はとても丁寧な物腰で、明快な答えを返したけれど、自分の感情を露わにしようとしなかった。とはいえ彼女は屋敷の現状について、なにはばかることなく認めた。若い後妻を迎えてからというもの、主人のマチュー卿にいささか変化があったこと、その結果屋敷の雰囲気も前とは違ってきたこと、大きな歳の差が緊張を引き起こしかねないこと、つねに調和が続くとは限らないこと。リーシア・シーグレイヴについては——屋敷とは関わりのない人物なので——エスターの答えもやや曖昧だった。

「彼女がどういう人間か、本当に知っている者は、村にひとりもいないでしょう。みんな相反することを、好き勝手に言ってますが、わたしが思うに真実はその中間にあるんです。きっと真実の一部が……彼女はほかの人々と違っている、それはたしかです」

「マチュー卿はリーシア・シーグレイヴのことをかっているみたいですが」とオーウェンはわざと気がなさそうにたずねた。

「ええ、そのとおりです。マチュー卿はずっと彼女を支えてきました。ええ、そう、ひとになんと言われようが。彼女の力を信じるのは勝手です。わたしには関係ありません」

「その力とやらについてなんですが、聞くところによると、リーシアは《白い女》が最後にあらわれたときのことを、予言していたとか」

「たしかに。ピーターがそう言ってましたね。彼はリーシアのところへ行って、少し探りを入れてきたんです。不幸な出来事があるだろうと話していましたが、詳しい内容は覚えていません。本人に直接訊いてみたほうがいいでしょう」

「あなたは《白い女》について、どうお考えですか？　あなたは《白い女》が屋敷の二階にあらわれた事件の、証人のひとりですからね。そのときのことを、順を追って詳しくお話しいただけますか？」

エスターは事件を思い返しながら、説明を始めた。話が進むにつれ、口ごもりがちになるのがわかった。途切れがちの言葉から、気持ちのたかぶりが感じられる。

「あとからよく考えると、本当にあったこととはとても信じられません……すべてが一瞬の出来事で。マチュー卿は心臓が弱っているので、実のところわたしはとても心配でした。彼は気丈にふるまおうとしていましたが、不安でいっぱいなのが感じられました。おまけについこのあいだ、ハリー少年の身にあんなことがあっても、なにひとつ解決には……」

「おや？」とオーウェンは驚いたように言った。「わたしたちは今さっき、マチュー卿と話したばかりですが、特段ショックを受けたようには見えませんでしたが……」

エスターは前に身を乗り出し、声を潜めた。

「そこはひとの心理を考えなくては、バーンズさん。別にあなたを侮辱するつもりで、言っているのではありません。わたしはずっと昔から、マチュー卿を知っていますから。おそらく、ほかの誰よりもよく知っています。彼は若い妻の前で、面目を失いたくなかったのです。それはそうでしょう。でも心の底では、不安に苛まれているに違いありません。マチュー卿が何を考え、何に苦しんでいるのかよくわかります。わたし自身、彼と同じことを感じているだけにいっそうよくわかるんです。そもそもわたしたちのあいだは、いつもそんなふうでした。たとえ言葉は交わさなくとも、お互い理解し合っています。今、ここ、この屋敷で何が起ころうとしているのか、それが《白い女》と関係あるのかはわかりません……でも、いい結果にはならないことだけは間違いないでしょう」

10　ヴィヴィアンのアリバイ

アキレス・ストックの手記（承前）

エスターが部屋を出ていくと、わたしはわが友をふり返った。

「さて、オーウェン、書斎で起きた謎の人間消滅事件について、新たな証言を聞いたところだが、さっきマチュー卿と話したとき、きみは二、三考えがあると言っていたよな。あれはただのはったりだったのでは？」

「いいや、どうして？」

「だったら、その考えとやらを聞かせて欲しいね」

「まあ……ちょっと待って。そうそう、ひとつはただの作り話じゃないかってこと。動機はわからないが、マチュー卿の嘘っぱちかもしれない。第二の仮説は現場の配置に基づいているが、まだ技術的な点をいくつか確認しなければ。あとひとつはおそらくもっとも大胆だが、もっとも単純な仮説でもある。つまり……」

そのときノックの音がして、ヴィヴィアン・リチャーズがあらわれた。そして彼女といっしょに、官能の波が居間に押し寄せた。わが友が嬉しそうに目を輝かせるのを見ただけでも、ヴィヴィアンの魅力のほどがわかろうというものだ。彼女は鮮やかな赤色のサテンのドレスを着ていた。それがくすんだ肌の色とことのほかよく似合い、肩まである長い黒髪を引き立てている。はじけるような笑顔、茶目っけのある小ぶりな鼻、大きな黒い目。そして仕上げはすらりと伸びた手足。これらの要素をすべて数えあげたら、彼女は《白い女》の候補者リストでトップに来そうだ。

オーウェンはヴィヴィアンが緊張をしないように気を遣い——彼女のほうはそんなこと、必要としていないと思うのだが——すぐには捜査の一件に触れなかった。愛想のいい前置きが続いたあと、彼はにこやかに切り出した。

「さて、ひとつあててみましょうか。あなたはフランス系ですね？　ほんの微かに、フランス訛りがあるような……」

「あたらずとも遠からずってところかしら。わたしはイギリス生まれですが、しばらく大陸で暮らしました。父はマルチニック島の出身です。ソルボンヌに通ったあと、若い軍人のあとを追ってアフリカに渡りましたが、彼は……でも、わたしの半生を語っていたら、時間がなくなってしまうわ……」

「いやいや、ぼくは打ち明け話が大好きなんです。謎めいたスーツケースの登場する話も」

「あら、ちょっとした冗談のつもりだったのに、いつになったら許してもらえるのかしら？」

「ぼくは少しも責めちゃいませんよ。気の利いた悪戯やサプライズは、大好きですから。それがなかったら、人生はどんなに味気ないことか。それはそうと……（オーウェンはちょっと間を置いて、手帳をめくった）ああ、あった……アンドリュー・ムーグ。たしかそういう名前でしたよね、あなたが昔つき合っていた男性は。彼は先週の土曜日、あなたを宿屋に呼び出したとか？」

「ええ」とヴィヴィアンはため息まじりに言った。「それについてはルイス警部から、すでに根掘り葉掘り訊かれてます」

「けれども今のところ、ムーグの足跡は判明していないので……」

「驚くにはあたりません。アンドリューはいつだって、風来坊でしたから。そんなわけで、きっと……でも、それが本当に重要なことなんですか？」

　オーウェンはその質問を聞き流して、こうたずねた。

「じゃあ、古くからのつき合いだったと？」

「ええ、でも、いい思い出のあるつき合いではありませんでした。わたしにはほかにも男がいただろうと夫は気づいていますが、細かい話はあまり聞かせたくありません」

「最後にムーグに会ったのはいつですか？」

「二年ほど前に、ベルギーで」

「それじゃあ、二年もしてからどうしてまた会いたいなどと？」

「わたしにも、わけがわかりません。でも彼は、いつも一文無しでしたから、さしずめお金をせびろうとしたのでしょう。きっとわたしが最近結婚したことを、どこかから聞きつけたんです」

「それじゃあ、お金を持っていったんですか？」

「とんでもない。たとえ昔のラブレターを金儲けのネタにするつもりだったとしても、一ペニーだって渡すものですか」

「彼はまた姿をあらわすと思いますか」

「そうあって欲しくないわね」

「もしムーグから連絡があったら、ぼくかルイス警部に知らせてください。では、その晩の話に戻りましょう。午前零時二十分前ごろ、宿屋は店じまいをしました。あなたはそのあと、どうしました？」

「そのあと？　もちろん、まっすぐここに戻りましたよ。途中、池の畔で《白い女》ごっこをしたりせずにね。もしそれをおたずねなら」

「そのとおりだと思いたいところなんですが、話をはっきりさせるためには、もう少しおたずねしないと。だってあなたは夜中に屋敷を抜け出したことを、初めは内緒にしていたので」

「すでに説明したとおり、わけははっきりしています。また蒸し返すんですか？」

「いいえ、それはいいとして、あなたがここ最近の出来事をどう捉えているのか、おうかがいしたいのですが」

「言いかえれば、謎めいて荘厳な《白い女》の陰に、誰が隠れているのか？」とヴィヴィアンは皮肉っぽい口調でたずね返した。「もしかして、それはこのわたしじゃないかって？」彼女はそう続けて片足を伸ばし、体の線を際立たせた。

「たしかに外見的には、よく似ているようですね」とオーウェンは、感嘆するような声で応じた。「どうやら《白い女》は、とても美人らしい……いくつもの証言、とりわけあなたのご主人の証言によると」

「だとしたら先日の晩、寝室にあらわれた《白い女》を見て、わたしだと気づいたはずでは？」

「そこなんですよ、問題は。ご主人は《白い女》が誰だかわからなかった」

「それなら、どうしてほかを捜さないんですか？　屋敷の外を。あるいはその闖入者は、単に仮面をつけていたのかもしれないし」

「あなたに心あたりの人物はありますか？」

「そうですね……あるような、ないような。わたしは他人の意見に軽々しく同調するタイプではありませんが……火のないところに煙は立たないとも言いますし」

「村の女占い師のことをほのめかしているのですか？」

ヴィヴィアンは肩をすくめた。

「だって彼女は、池の畔で起きた事件のことを予言していたそうじゃないですか。それに日ごろから、怪しげな品行だったとか……もしわたしがここに来て、マチューと出会わなかったら、今ごろかわいい魔女さんが代わりに妻の座についていたかも」

オーウェンは笑いをこらえた。

「たしかにその線に関する証言も、すでに得ています。それはさておき、一連の出来事はここでどう受けとめられているんでしょう？　屋敷のなかはうまくいっていますか？　雰囲気は悪くないですか？」

ヴィヴィアンは深いため息をついた。

「わたしが一生懸命、雰囲気を盛りあげていますから。仲良く暮らすのは、えてしてとても高くつくんですよ、バーンズさん」

そのとおりですと言ってわが友は礼を述べ、部屋を出てドアを閉める彼女をうっとりと目で追った。それから彼は、わたしに声をかけた。

「見ただろ、アキレス、彼女の足首？　いやあ、完璧な美しさだ」

「えっ、気づかなかったな」

「じゃあ、何をいったいぼんやり見つめてたんだ。まあ、それはいい。じゃあお次は、アン・コーシャンが比較に耐えるかどうか拝見と行こう」


マチュー卿の下の娘もすらりとした長身の美人だったが、ヴィヴィアンに比べると北方系で、気位が高く近寄りがたい感じだった。ぎゅっと丸くまとめた金髪、尊大そうな表情、薄いブルーの目、優美な顔つき。まるでおとぎ話に出てくる雪の女王だ。ひと言で言えば、《白い女》そのもの。たちまち彼女はわたしのなかで、第一候補者の位置をヴィヴィアンから奪ってしまった。わが友をちらりと見やると、どうやら彼もわたしと同意見らしい。

わたしたちは彼女とともに、バックワース村で起きたさまざまな事件をふり返ってみたが、新たな情報は得られなかった。リーシア・シーグレイヴに関する彼女の見解は、ヴィヴィアンと一致していた。もっと悪意に満ちているくらいだ。このあたりに有害な人物がいるとすれば、それは《洗濯女の娘》を措いてほかにない、というのだ。

「子どものころは、いっしょに遊んだこともありました」とアンは言った。「当時はとっつきにくくて謎めいたところが、面白い子だという印象でした。そのあと学校へ通うようになると、あまり会う機会もなくなりました。父がリーシアに占ってもらいに行くようになっても、さほど気にしていませんでした。けれどもある日、父が彼女のために散財しているのを知ったんです。ヴィヴィアンが来るまで、わたしが父の秘書代わりをしていましたから。そのときから、わたしはリーシアを別の角度からみるようになりました。彼女が自分の評判を活用して、何をたくらんでいるのかがわかってきたんです。でも、お生憎さま。リーシアはゴール寸前で、別の女に追い抜かれてしまいました。わたしの新しい《ママ》になった女に。そうは言っても、歳はわたしより若いんですがね」

　話が先に進むにつれ、アンのきれいな手は激しく動きまわり、口調が辛辣さを増すのにわたしは気づいていた。

「なるほど」とオーウェンは言った。「その種の状況は、いつでも微妙ですよね。少なくとも最初のうちは。たいてい最後には、慣れてしまいますから」

「ええ、まさにそこが危ういところなんです。なにしろヴィヴィアンはコツを心得てますから、まんまとうまくみんなに取り入ってしまいました。彼女の手管はよくわかってる、このわたしまでも。そういうところは、本当にうまいんです。姉のマーゴットやご主人のジョンでさえ、彼女のやり口に屈しかけてます。さらにはここ最近の事件をうまく使って、さらに絆を深めようとしています。脅威を前にして、家族の連帯感が高まるみたいに……」

「脅威といいますと？《白い女》の脅威ですか？」

「ええ、まずは。でも、それだけではありません」

「ずいぶんと心配そうですね」

「決まってるじゃないですか」と彼女は声を荒らげて言い返した。「今や危険はあらゆる方向から迫っています。長年続いていた屋敷の平穏が、何か月も前から徐々に乱れ始めました。いずれ劣らぬ特異な事件が次々に起きて……まずはある晩わたしと夫が、噴水の近くで奇怪な女を見かけ、そのあとジョンがまるで死者の王国から舞い戻ったみたいに、突然の《復活》を果たしました。秘書が屋敷に入りこんで父と結婚し、マーゴットとご主人がやって来ると、例の幽霊が父の寝室にあらわれました。そしてとうとう不吉な予言が、あんなドラマティックな形で現実のものとなったんです。ほんの三、四か月のあいだ、ずいぶんいろんなことがあったと思いませんか？」

「たしかに」とわたしはなだめるような口調で言った。「でもわたしたちは、そうした謎を解くために来たんです」

「それじゃあ、これからどうするおつもりで？」

わたしは不意を突かれて、オーウェンのほうを見た。わが友は少し間を置いてから、こう言った。

「あなたは現状をうまくまとめてくれました。おかげであちこちから迫ってくる脅威の何たるかも、よくわかりました。警部はぼくたちと同じく、宿屋に部屋を取っていますから、今夜いっしょに検討してみるつもりです。なかなか手ごわい事件ですが、なんとか対処しますからご心配なく……」

わたしたちはピーター・コーシャンといっしょに、並木道にある小さな噴水まで行った。彼から話を聞く前に、オーウェンはわたしにそっと打ち明けた。アンの前では落ち着いて、自信たっぷりにふるまっていたけれど、本当はそれほどではないのだと。

噴水から枯葉に覆われた芝地を斜めに横切り、敷地を囲む鉄柵の前に着いた。そこで謎の女が、煙のように消えてしまったのだ。

ピーター・コーシャンは事件について詳しく語ったあと、こうつけ加えた。

「でもそれは、ちょっと前のことなので。六月半ばだったでしょうか……再び《白い女》が話題になるまで、ずっと忘れていたくらいです。だから今になってみると、あんまり確信がないんです。アンもその女を目撃していなければ、ただの見間違いだと思ったことでしょう」

「それじゃあ、女がこの鉄柵を魔法みたいに通り抜けたというのは、ただそんなふうに見えただけだと？」とわたしはたずねた。

「状況を思い浮かべてください。あたりは真っ暗で、わたしは噴水の近くにいた。そして女がここにむかって歩いていき、姿を消すのを見た……」

「でも、この鉄柵を飛びこえるのは難しそうだ」とオーウェンは言った。「二メートル以上ありますからね。近くに身を潜める場所もまったくなさそうだし。木のうしろに隠れるといっても、十メートルは離れています……鉄柵のむこうに女の姿が見えたかどうか、覚えていますか？」

「たしかに、そんな気がしたんですが。でもほら、ひとは頭のなかで理屈づけて、勝手な想像をするものですから」

「まさにそれが手品《イリュージョン》の原理です」とオーウェンは答えた。「あなたはおそらく、巧みな手品を見せられたのでしょう。ひとつ、ふたつ仮説は立てているのですが、いずれにせよ共犯者の存在が前提となります。それはさておき、この問題よりも重要なのが、例えばシーグレイヴさんの不吉な予言の件です」

ピーター・コーシャンは煙草に火をつけると、事実関係の説明を始めた。

「シーグレイヴに占ってもらったのは、もちろん口実です。わたしは言わば《斥候》として乗りこんだんです。彼女の小細工を見やぶる使命を、屋敷の面々から託されて。そんなこと、義父には内緒ですがね。正直、その素顔は、容易に捉えがたいものでした。彼女のなかには、二人の人間がいるんです。ひとりは純真無垢で、ほとんど感動的なほど素朴な人間。もうひとりは正反対にとても計算高く、驚くほど才気に満ちた人間……わたしに関する占いは、まずまずいい結果となりました。そのあと、《白い女》が何をするつもりなのかをたずねると……シーグレイヴはわたしにカードを一枚選ばせました。アメリカインディアンが使っていたような、古くからあるシンボルを描いた特殊なカードです。わたしが引いたのはジャガーのカードでした。正確な表現はもう覚えていませんが、彼女はきっぱりとこう言いました。捕食者、つまり《白い女》が、新たな犠牲者を待ち伏せしているのだと。メッセージははっきりしています」

オーウェンはもの思わしげにうなずくと、こうたずねた。

「そのカードは、本当にあなたが自分から選んだのですか？　巧みに誘導されたとかではなく」

「そうは思いませんが」とピーターは考えこみながら答えた。「どのみち彼女は好きなことが言えたのだし。わたしが鰐か蛇のカードを選んでも、同じ話ができるわけです。あるいはジャガーをかわいい子猫に見立てて、いいことがあるだろうと囁くことだって……」

「ええ、たしかに」とオーウェンはにっこり笑ってうなずいた。「新聞記者連中もそんなものだ。ささいな事件を取りあげては、戦争の脅威が迫ってるなんて騒ぎ立ててるんです」

「占いの手口はわかっているつもりでしたが、それでもわたしはいささか不安な気持ちを抱えてシーグレイヴのもとを去りました。屋敷に戻ると、冗談めかしてみんなに報告しました。もし彼女が本当に《白い女》だとしたら、近々またあらわれるなんてそんなにおおっぴらに予告しないだろうって。でも、それは誤りでした……数日後、ハリー少年が奇怪な状況で死んだのを知って、わたしたちがどれほど衝撃を受けたか、言うまでもないでしょう」

続く沈黙のあいだ、畑荒らしのカラスが鳴く声が、やけに大きく聞こえた。

「どうやら、これだけははっきりしてます」とオーウェンは言った。「調べが進めば進むほど、パズルのピースはますます謎めいてくる。このまま行ったら、しまいにはぼくも尻尾を巻いて逃げ出すことになるかも」と彼は笑ってつけ加えた。

「ひとそれぞれ、おのれの仕事に専念しなければ」とピーター・コーシャンは応じた。

「仕事といえば、あなたは保険のお仕事をされているとか？」

「ええ、ロンドンに事務所があります。幸運なことに、有能なアシスタントマネージャーがいまして、わたしは毎日出むかずともすんでいます。それに――まあ、隠すことでもありませんから言いますが――金持ちの義父もいることですし」

「つまり《保険業界》は天職ではないと？」

「もちろん、違いますとも。以前はもっと刺激的な仕事をしていたんです。戦争が始まったころは、通信隊で働いていていました」

バーンズが眉をひそめると、コーシャンは言い添えた。

「そのあと、諜報部にもいました。ジョンほどではありませんが、危険な目にも遭ったんですよ。正直、それ以来、気力が出なくて……」

「あなたはこの地方の方ではありませんね？」

「ええ、まったく。父はスコットランド出身で、母はオーストリア人です。子どものころはあちこち転々としましたが、細かな話はやめておきましょう。戦争中に特殊な仕事に就けたのも、バイリンガルだったおかげです」

「われわれはすでに古参兵でしたよ」とオーウェンは応じた。「それでもぼくは、スパイ対策の手伝いをしましたが。思えばあれも、なかなか面白い体験でした……」

「そうだろうとも」とわたしは茶化した。「きみはいつだって鬼ごっこが大好きだからな」


その晩、わたしたちはおいしい田舎料理を味わったあと、《三頭の鹿》亭の隅に陣取り、予定どおりルイス警部も交えて現状分析にかかった。

「それで」と警部はたずねた。「《白い女》の輪郭は浮かびあがってきましたか？」

「ええ」とバーンズは答えた。「外見に基づいて容疑者リストを作ってみました。まず筆頭に来るのがアンで、次にヴィヴィアン、マーゴット、エスターと続きます」

「外見ですって？」と警部は驚いたように言った。「基準はそれだけですか？」

「申しわけないですが、この一件では外見がいちばん大きな要素になるのでは？　例えばあの律儀者のサムに（とオーウェンは言って、カウンターのむこうでもったいぶっている、大樽みたいにずんぐりした宿屋の主人に目をやった）、われらが魔女《セイレン》の役が務まるとは思えません」

「なるほど。でも、それだけが基準ではないでしょう……シーグレイヴのことをお忘れでは？　少なくとも上位三名のなかには入るかと思っていたのですが……」

「彼女に会う時間がなかったので。明日、じっくり話を聞き出しますよ。お約束します。頭のてっぺんから爪先まで、なにひとつ見逃しません。とりわけ足首には注意して。あなたも知ってのとおり、女性の魅力はまさしくそこにありますからね。それに《白い女》は、女らしさにあふれていたといいます。そのふたつを前提にするならば、巻き尺を手に容疑者たちの足首を測れば、自ずと犯人がわかるでしょう。なに、苦労はいりません……」

ルイス警部は何秒間か、オーウェンの顔をしげしげと見つめた。こいつ、頭は大丈夫かと思っているかのように。

「ご……ご冗談ですよね、バーンズさん？」彼は口ごもった。

「もちろんですよ！　謎は深まるばかりじゃないですか。こんな混迷を前にしたら、冗談めかすしかないでしょうが。それにあなたも言っていたように、今のところはっきり犯罪と呼べるようなことは、なにも起きていないのだし。不可解な現象ではあるけれど、警察の捜査対象には含まれません」

「じゃあ……どうしたらいいんです？」

「はて、さて、お祈りでもしましょうか。絶望的な状況でできることといったら、そんなものですよね？」

わたしは呆気にとられた。わが友は手の届かない敵に、今から降参しているかのようだ。結局わたしも、彼の結論に与するしかなかった。これからどうしたらいいのか、それが問題だ。理にかなった議論が続いたけれど、建設的な結論には至らなかった。ビールを何杯もお代わりしても、期待したようなうまい考えは浮かばなかった。午後十一時ごろ、わたしたちはほろよい気分で席を立った。ひと晩眠れば、なにか思いつくだろう。

毛布をかぶるなり、眠気がいっきにのしかかった。ほどなく《白い女》が夢にあらわれた。突然、ベルの音がぼんやり聞こえたけれど、わたしはすぐにまた眠ってしまった。そのあとドアを激しくたたく音がして、また目が覚めた。返事をする前にいきなりドアがあき、闇のなかに目を眩ませる四角い光が射した。見慣れた人影が二つ、飛びこんでくる。オーウェンとルイス警部だ。

「起きろ、アキレス」とわが友が怒鳴った。「リチャーズ家の屋敷に行くぞ！　また《白い女》があらわれた……屋敷じゅう大騒ぎだ」

11　オランダのダイヤモンド商

アキレス・ストックの手記（承前）

十月十一日

午前二時半ごろ、わたしたちはバックワース荘の居間にいた。使用人も含め、屋敷の全員が集まっていた。ヒルデガードは働き者の料理係で、ミミズクみたいな目をしている。小間使いのジャネットは、そばかすだらけの顔をした二十歳くらいの娘だった。不安げなその表情を見ただけでも、屋敷の雰囲気がよくわかろうというものだ。わたしたちは前もって、村のサンダース医師にも話を聞いておいた。宿屋に電話がかかってくるより先に、彼のもとには緊急の連絡があったようだ。

「命に別状はありません」とサンダース医師は帰り際に言った。「マチュー卿は寄る年波で弱ってはいますが、もともと頑強な体をしていますし。強心剤を処方しておきましたから、すぐによくなるでしょう。心臓はもう、正常に鼓動をしています。けれどもこんなことが、あんまり頻繁に起きないようにしないと。あらためて検査をしますから、診療所にお越しになるよう、マチュー卿にお伝えください。できれば、ぐずぐず遅らせないで」

《白い女》はいよいよ、標的を屋敷の主人に定めたらしい。ハリー少年のときのように、マチュー卿を《迎えに》来たのだ。しかも十五分のあいだに、二度も繰り返して。結局屋敷じゅうが大騒ぎになり、闖入者は退散したのだが。

マチュー卿は赤紫色のガウンに身を包み、ソファの端に腰かけていた。わざとにこやかな顔をして、落ち着いた表情を取り繕っているけれど、鼻のうえあたりが紫がかって、血の気の失せた顔色がそれを打ち消している。ヴィヴィアンは夫の脇にすわって、手を握っていた。彼女の暗い目は、いつもの自信をなくしていた。

ルイス警部はみんなの証言を聞いて手帳にメモしたあと、出来事を時系列順に並べ直すことにした。

「午前零時ごろ、皆さんはそれぞれ二階の寝室で、使用人は三階で眠っていました。そのとき、あなたは物音を聞いたんですね、リチャーズ夫人……」

「厳密に言うと、聞いたわけではありません」とヴィヴィアンは答えた。「わたしは目を覚ましたところでした。部屋のなかに、誰かいるような感じがしたんです。誰か見知らぬ人が。マットはわたしの傍らでぐっすり眠りこんでいました……わたしはできるだけそっと彼を起こし、事情を説明しました。でも夫はあまり反応がなくて……」

「払いのけたつもりだったんだが」とマチュー卿が口を挟んだ。「おまえがしつこく言うものだから……」

「それで明かりをつけたら……驚きのあまり血の気が失せました。女が目の前にいたんです。部屋の反対側の隅に。わたしは小さな叫び声をあげました。それを合図にしたかのように、女は片手をあげ、マットのほうにゆっくりむかってきました……」

「そのときはもう、わたしもすっかり目ざめていました」と屋敷の主人は言い添えた。「ヴィヴィアンは夢を見ていたんじゃない……呪われた女が戻ってきたんです。今度は前よりもっと執念深く。そしてすぐ近くまで迫っていました」

「女はあなたに微笑みかけましたか？」

「それはなんとも言えません……女は腕を伸ばしました。彼女の白い手がとてつもなく大きく感じられて、わたしは恐怖で凍りつきました……」

「それでヴィヴィアンさん、あなたは女の顔を見たんですね？」

「いいえ、はっきり見たというわけでは……ほんの一瞬の出来事だったので。わたしは夫を守ろうと、ベッドランプをつかんで女の前にふりかざしました。松明の炎で怪物を追い払おうとするみたいに……」

「するとランプは消えてしまったと？」

「いいえ……さいわい、コードは充分長かったので。女はあとずさりし、それからベッドを迂回してドアにむかいました。女が前を通りすぎたとき、わたしはまだランプを彼女のほうにふりあげながら、はっきり顔を見ました……その顔というのが……なんといったらいいのか、とても美しくて、着ている服のように真っ白で、でも恐ろしげで……女の目にわたしは凍りつき、体が麻痺してしまいました。わざとしたのかはわかりませんが、女は通りしな、ランプをたたき落としました。明かりが消えたのはそのときです。ドアのあく音がして女は出ていき、わたしたちはまた闇に包まれました。どんなに恐ろしかったか、あなたにもご想像がつくでしょう。夫はわたしにしがみつき、体を縮こまらせています。わたしは助けを呼ぼうとしました。すぐには声が出ませんでしたが、やがて絶叫が口から飛び出しました。そのおかげで、屋敷のみんなが目を覚ましたのでしょう……」

「そのとおりです」とジョン・ピール少佐が口を挟んだ。「わたしとマーゴットはベッドから、いっせいに飛び起きました」

「そのすぐあと」とルイス警部が続けた。「あなたも含めて全員が、廊下に出たんですね。料理係のヒルデガードさんや、小間使いのジャネットさんも、叫び声にびっくりして。みんながリチャーズ夫人の話を聞いているあいだ、マチュー・リチャーズ卿はベッドに留まっていました。そのとき、屋敷じゅうの明かりが消えたんですね？　こうして状況はいっきに緊張を増しました。おのおのみんな、ロウソクを灯しに行き、すばやく懐中電灯を手にしたピール少佐がその手伝いをしたと」

「たしかに」とジョン・ピールは、作り笑いをしながらうなずいた。「わたしは元軍人ですから、夜はいつも手もとに懐中電灯を用意しておくんです。《白い女》は逃げたあとでした。でも、どこへ逃げたのか？　まずは女が二、三階の部屋のどこかに隠れていないか、確かめねばなりません。それからジャネットとヒルデガードには、地下室の配電盤を見に行って、飛んだヒューズをつけ替えるよう指示しました。その役をするなら、彼女たちが適任だろうと思ったので。ピーターが別の懐中電灯を手に、ヴィヴィアンといっしょに三階を調べに行きました。わたしは当然のことながら、まずは書斎から検分にかかりました。《白い女》が前回、逃げこんだ場所ですからね……それから五分か十分のあいだ、混乱状況が続きました。わたしたちはロウソク立てや燭台を手に、いたるところ歩きまわりました……」

「そのあいだに」警部は屋敷の主人をふり返り、話のあとを継いだ。「《白い女》が再びあなたの前にあらわれたんですね」

　マチュー卿は重々しくうなずいた。

「そう……わたしはまだ動揺が冷めやらず、ベッドに横になっていた。そのとき、《白い女》が入ってきたんだ。最初はヴィヴィアンか、娘のどちらかだと思いました。逆光になった人影しか見えなかったので。廊下で揺れる光を背景に、ドア枠のなかに浮かびあがる人影しか。しかしゆっくりとした動作や衣服、髪を覆うショール、前に伸ばした手で……はっと気づいたのです。わたしはハリー少年のこと、彼の友だちの証言を思い出し、血管のなかで血が凍りついたような気がしました。わたしは目を閉じ、力の限りうめいた……そのあとのことは、もうなにも覚えていません」

「わたしたちは皆、その叫び声を聞きました」とジョン・ピールが続けた。「けれども誰の声なのか、どこから聞こえてきたのか、正確にはわかりませんでした。屋敷のどの部屋で発せられたとしても、不思議はなかったので。そのすぐあと、廊下の階段のあたりにうしろ姿の人影が見えました。こんな状況だというのに、やけに落ち着いた物腰でした。しかもその人影は、ネグリジェを着ているようです。ほかのご婦人連中はみんな、ガウンを羽織っているはずなのに。そのとき人影がこちらをふりむきました……頭にかぶったショール、蒼白の顔。《白い女》に間違いありません……女はすぐさま反応し、階段のほうに飛び出しました」

「そしてコーシャンさん、あなたもそのとき《白い女》を目撃したんですね。あなたはリチャーズ夫人といっしょに、三階の屋根裏部屋から降りてきたところだった……」

「ええ」とピーターは言った。「でもわたしは、女が突然視界に飛びこんできて始めて気づいたんです。女は階段を駆けおり、一階にむかいました」

「で、あなたは？　リチャーズ夫人」

「ええ……わたしは階段のうえから、ちらりと見ただけです。ピーターのうしろにいたので」

「ちょうどそのとき」と警部は手帳を確かめながら続けた。「エスターさんはマチュー卿の寝室で、気を失っている彼を見つけたんですね。ピール夫人は廊下の端の物置部屋にいて、コーシャン夫人はご自分の寝室にいたと」

三人の女は黙ってうなずいた。

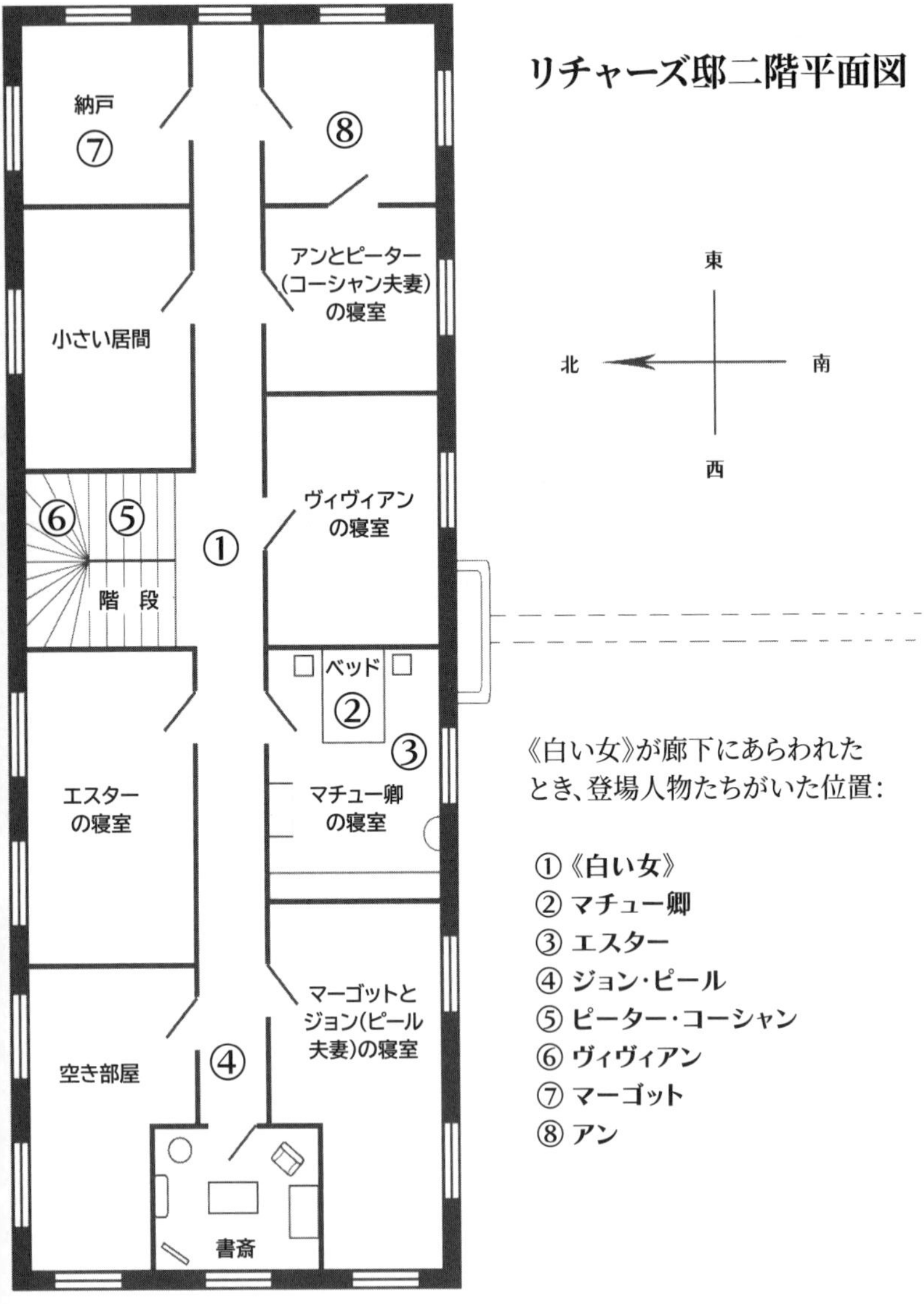

リチャーズ邸二階平面図

《白い女》が廊下にあらわれたとき、登場人物たちがいた位置:

① 《白い女》
② マチュー卿
③ エスター
④ ジョン・ピール
⑤ ピーター・コーシャン
⑥ ヴィヴィアン
⑦ マーゴット
⑧ アン

「わたしはすぐさま女のあとを追いました」とピーターは言った。「でもジョンのほうが、素早かったんじゃないでしょうか。わたしが踊り場まで行ったとき、ほとんどすぐそばまで来ていましたから。わたしたちは残りの階段をいっしょに駆けおりましたが……逃げていく女の姿はもうありませんでした」

「わたしたちは懐中電灯でホールをくまなく照らしながら」とジョンが続けた。「どちらにむかおうか検討しました。明かりはまだつきません……そこでピーターには地下室へ行って、状況を確認してもらうことにしました」

するとジャネットが、困ったように説明した。

「なかなかうまく行かなかったんです……ヒューズの場所はわかりました。いくつか取り替えてみたんですが、まったくだめでした。ときには火花が散ったりして。ちょうどコーシャンさんが着かれる直前に、ようやく直りました」

「電気が通じたとき、わたしはまだホールにいました」とジョン・ピールは言った。「でもすでに、冷たいすきま風が吹きこんでくるのに気づいていました。見ると玄関のドアが細目にあいています。わたしたちは外に出て、屋敷のまわりをまわってみましたが、もちろんもう誰もいませんでした。女が逃げ出す時間は、たっぷりありましたから。そうこうするあいだに、マチュー卿が意識を取り戻しました。わたしたちはすぐに医者を呼び、宿屋に電話して……」

沈黙が続いた。やがてアンが目を輝かせながら、わたしたちにむかって言った。

「それで、これからどうなさるつもりなんですか？」

「そうですね」とルイス警部はためらいがちに言った。「とりあえず屋敷じゅうを細かく調べて、できるだけ手がかりを捜すということですね」

「それだけ？　もっとほかに対策が必要な状況なのでは？　魔女は何度も、この屋敷に入りこんでいるんですよ。そのたびますますわがもの顔に、あちこち歩きまわっているじゃないですか……なのに腕をこまねいて、次の事件が起こるのを待っているおつもりで？」

「もちろん、そんなことはありません。上司とも相談してみるつもりです。監視をつける許可がおりるでしょう。夜になったら見張りの警官を二人、屋敷のまわりに配置します。どうですか、バーンズさん？」

「いい考えだと思いますよ」とわが友は言った。「それはさておき、マチュー卿、あなたと内々でお話ししたいのですが」

屋敷のほかの住人が出ていくと、オーウェンはこう切り出した。

「この事件は、まるで先の見えない深い霧に包まれているかのようです。しかし今夜の出来事を鑑みると、少しずつ霧が晴れてきた気がします。《白い女》があらわれた四つの事件のうち、三件がここで起きています。それにマチュー卿、ますますあなたを標的にしているように思えます。そこでひとつ、おうかがいしなければなりません。微妙な質問になりますが、大事なことです」

老人は顔を曇らせた。

「つまり《白い女》は……わたしに狙いを定めて、襲ってきたのだと？」

「そう考えられるふしが、多々あります」

「それじゃあきみは、伝説を信じているのかね？」とマチュー卿は口ごもるようにたずねた。

「それはまた、別の問題です。ぼくの質問はこうです。あなたがいなくなって、得をするのは誰か？」

「いや、それは……」

「遠まわしな言い方はやめましょう。要するに、あなたの財産を相続するのは誰かです」

屋敷の主人は肩をすくめた。

「理屈から言って、もちろん娘たちだが。それに当然のことながら、ヴィヴィアンも。妻を無防備のまま放りだすわけにはいかないからな。忠実なエスターのことも、少しは考えてやらないといけないし」

「それですべてですか？　ほかに誰か、遺贈する相手はいませんか？」

「ああ、何人かはいるけれど、大した額ではないからな。細かいことは覚えていないが……きみの話を聞いていると、《白い女》はまるでこの屋敷の一員みたいじゃないか。わたしの思い違いかもしれないが、今夜起きた恐ろしい出来事からして、むしろその逆なのでは？」

オーウェンは巧みに質問をかわし、マチュー卿の目をじっと見つめてたずねた。

「あなたに敵はいますか？」

「敵かね」とマチュー卿は苦笑いを浮かべて繰り返した。「ああ、いるとも。それも、たくさん。わたしは長年、金やダイヤモンド、そのほか宝石の類を扱ってきた。投機に専念していた時期の話ではない。この仕事はほとんど、切った張ったの争いだ……勝者もいれば敗者もいる。さいわいわたしは、前者の側だったけれど……後者の連中は皆、わたしを憎んでいるだろう。だから言うまでもなく、わたしはたくさんの敵がいる。とはいえ、もしそのひとりがわたしを殺す気なら、とっくにやっていただろう。今のわたしは、築きあげた財産を管理しているだけなのだし」

「復讐に焦りは禁物だと言いますからね」

「ああ、そうかもしれん。だが、ずいぶん昔の話だから……」

「よく思い出してみてください、マチュー卿。そうした敵のなかに、とりわけあなたを恨んでいた人物はいませんか？」

　老人はじっと記憶のなかを探った。暖炉の炎がその顔を赤褐色に染め、口もとに浮かび始めた笑みを際立たせている。

「ああ、思いあたる名前がひとつあるが、そいつはもうこの世におらん。サム・ジーグラー。オランダ人のダイヤモンド商で、アムステルダムでわたしの主要な取引相手だった。信用できる男だと思っていたんだが、ある日、彼の不正に気づいて問い詰めた。友人を裏切るなど、言語道断だ。わたしは彼に手きびしくやり返しただけでなく、もうこの業界で仕事ができないようにしてやった。彼は破産したあげく、こそこそと逃げ出す羽目になったが、いつかわたしを殺してやると捨て台詞を残していった」

「それはいつごろの話ですか？」

「十年ぐらい前かな。当時やつは五十歳くらいだった」

「それなら、今は六十歳ってことですね？」

「ああ、でもきっと、もうこの世におらんだろう」

「どうしてそう思うんです？」

「彼の妻が窓から飛び降りたからだ。夫が死んだのを嘆いて、そうしたんだろう。まったく悲惨な出来事さ。おかげでわたしも何日か、眠れない夜をすごしたものだ」

「わかりますよ」とオーウェンは言い、無表情な目で暖炉の火を見つめた。「ジーグラーに子どもはいましたか？」

「娘と息子がひとりずつ。名前はもう覚えていないが」

「小さな子どもでしたか？」

「いや、二十歳をすぎていたな……二人とも、まっとうな道には進まなかったろう。息子も死んでしまったんじゃないか。いずれにせよ、昔の話だ……いやはや、疲れました。医者の忠告に従って、しばらく安静にしていなければ。申しわけないが、ここらで、そろそろ……」

12　バックワース村の裏通りで

アキレス・ストックの手記（承前）

わたしたちは昼食時になって、ようやく起き出した。わたしは頭ががんがんしたけれど、宿屋の主人が作る料理は、まさに奇跡をもたらした。美味しいキノコオムレツとビールを一杯味わうと、たちまち元気が戻った。午後二時ごろ、まだテーブルについていたわたしたちのところに、ルイス警部がやって来た。彼は一睡もしていなかった。応援に駆けつけた警官たちの捜査を、ひと晩じゅう指揮していたのだ。たしかに元気いっぱいとは言い難いが、まだしばらく持ちそうだ。

「まったく成果なしです」と警部は率直に言った。「屋敷の二階からも三階からも地下室からも、なにひとつ見つかりませんでした。電気が切れたのは、偶然かもしれないし意図的なものかもしれません。電流をショートさせるのは、どのコンセントからでも簡単にできます。両極をつなげばいいだけですからね」

「外はどうでした？　屋敷のまわりは？」とわたしはたずねた。

「やはり手がかりなしです。はっきりした足跡も残っていませんでした。芝地や砂利道ではお手あげです」

「上司に相談はしたんですか？」とオーウェンが、煙草に火をつけながらたずねた。

「もちろんです。今夜からさっそく、見張りを二人つけてもらえることになりました。でもそれで呪われた魔女が網にかかるか、正直大いに疑問ですが」

「ぼくもそう思いますね。けれど少なくとも、屋敷の面々をなだめる効果はあるでしょう。ところで、ジーグラーの件について、ロンドン警視庁に問い合わせてみましたか？」

「ええ、近々返答があるでしょう」ルイス警部は疲れきったように答えた。

「そちらの線には、あんまり乗り気じゃなさそうですね？」

「はっきり言って、この事件で乗り気になることなんて、ひとつもありませんよ。どこへ行こうと、その先はどん詰まりだ。ここに来る途中、いっきに泥の悪臭が押し寄せてきました。でもこんなぬかるみが待ちかまえていようとは、予想してませんでした。それに昨晩の事件で、容疑者リストからいっぺんに何人も消えました。何人もの女が、と言うべきでしょうか。目撃者の証言や当時の状況を突き合せると、リストのうち三人は《白い女》役を演じられなかったはずです。彼女たちの夫が、確固たるアリバイを証言していますから。それにエスターについても、マチュー卿が」

「それなら」とオーウェンは、煙草の煙を長々と吐き出したあとに大声で言った。「むしろ都合がいいのでは？」

「いいえ、そうなると、疑惑はまっすぐリーシア・シーグレイヴにむかいます。彼女は村で、たちまち犯人扱いされるようになるでしょう。今や警護が必要なのは、むしろ彼女だと思いますね」

「少しばかり、依怙贔屓《えこひいき》があるのでは？」

「前にも言いましたよね。彼女の人生は、決して安楽なものではありませんでした。いつか彼女に手錠をかけることになったら、やりきれませんよ……」

「とりあえずこれからすぐ、リーシア・シーグレイヴに話を聞いてみることにしましょう。もともと、その予定だったのだし。われわれの未来に何が待ちかまえているのか、ついでに教えてもらおうじゃないか、アキレス」

わたしが肩をすくめると、ルイス警部は大きくうなずいた。

「けっこう」と彼は言った。「それもいいでしょう。わたしはたとえ主治医の処方がなくても、あなたがたの許可をもらって少し休ませてもらいましょう……」

＊＊＊

「あのハリーは、本当に悪い少年でした。あんなことになったのは、当然の報いだとまでは言いませんが、無辜《むこ》の犠牲者なんかじゃありません」

リーシア・シーグレイヴは素直にそんな言葉を発した。栗色の大きな目には、執念深そうな光が宿っている。少なくともこれだけは言えそうだ。彼女は言葉づかいなど気にせずに、思っていることを口にするタイプらしい。それは無邪気のようでも、無自覚のようでもあった。しかも開口一番、昨夜はアリバイがないと自ら明かしたのだった。彼女は涼しい顔で肩をすくめ、いつものようにひとりで家にいたと言った。そばには例によって猫が三匹に犬一匹、ウサギ一羽、カラス一羽が付き添っていただけでと。そのカラスは今、ひらいたベランダの窓の縦框《かまち》にとまっている。リーシアは無邪気だが、なかなか鋭いところを見せた。

「あなたがたが何を考えているのか、わかっています。もっとびっくりするでしょうけど、あの少年が死ねばいいと思ったことさえあるんですよ。でもそれは村で、わたしだけではなかったでしょう。例えばウイルソン家では、息子が彼の悪ふざけのせいで片目を失明してますから。そのほかにも……」

リーシアがハリー少年の悪行を数えあげているあいだ、わたしはオーウェンのようすを横目でうかがった。オーウェンは彼女の話を熱心に聞いていた。どうやら彼女の魅力にまいっているらしい。リーシアがわたしたちを部屋に迎え入れたときからそうだった。すべてが彼のお眼鏡にかなったというわけだ。エキゾチックな装飾品、家具、植物、それに部屋のむきも。太陽の光が燦燦と射しこみ、村にむかって心地よい眺望がひらけている。晴れた午後のこととあって、わたしたちのそばですやすやと眠っている小さな猫にふさわしい、暖かく謎めいた雰囲気が部屋を満たしていた。《猫は美と神秘のシンボルだ》とオーウェンは言った。《それは芸術の二つの主要な要素なのです……》まるで彼女こそ探し続けた魂の伴侶だと宣言しているかのようだった。リーシアが告発を終えると、オーウェンはたずねた。

「それじゃあなたには、ハリー少年に恨みを抱く個人的な理由があったんですか？」

リーシアは少し考えたあと、微笑んだ。

「ええ。それに充分な観察眼を備えていれば、この部屋にその手がかりがあるのにも気づいたはずです」

普段のオーウェンなら、伝説的と自負する洞察力に疑問符をつけられ、憤慨のあまり飛びあがるところだろう。けれどもその日は、まったく違っていた。彼は興味津々で愉快そうにあたりを見まわし、降参した。

「わかりませんね。お手あげです……」

「惜しいわね。大事なのは手じゃなく尻尾よ……」

オーウェンは三匹の猫を見つめ、赤毛のトラ猫に目をとめた。

「これか」と彼は突然叫んだ。「尻尾の先が欠けている」

「続けて……」

「ああ、これはハリーのしわざなんですね！」

「そう、ある日わたしは彼に、悪さをしてはいけないとはっきり言ってやりました。すると翌日、かわいそうにこの猫が、悲惨なありさまで帰ってきたんです。助けてあげるには、わたしの持てる知識と技を総動員せねばなりませんでした。先のない尻尾は、そのときの悲しい名残です。たしかに証拠はありませんが、あの悪たれのほかに、誰がこんなことをするでしょう？」

「で……あなたはどうしました？」とオーウェンは、これ見よがしに憤慨しながらたずねた。

「なにもしません。叱ったところで効果はないでしょう。ハリーはいつだって、生殺与奪の権を不当に手に入れた《捕食者》でしたから。わたしたち人間は、動物に対してたいていそうですが……」

「この世はつねに、強者の理屈が通るんです」とオーウェンは重々しく言った。

それから動物の立場をめぐって、議論が続いた。それについてはリーシアとわが友はぴったり意見の一致を見たけれど、長くなるのでここでは繰り返さないでおこう。けれどもそんな議論のなかで、リーシアの人となりや特異な才能が明らかになった。

「動物たちを観察し、理解し、信頼しなくては」と彼女は説明した。「わたしは子どものころ、干し草の束がつまった隣家の納屋で、生まれたばかりの子猫が何匹もいるのを見つけて、大喜びしました。近づこうとしましたが、もちろんそれはたやすいことではありません。けれども忍耐と観察とやさしさが、成功に導いてくれました。触れ合い、理解すること、子猫たちの痛みや不安を無邪気な大きな目のなかに読み取ること、小さな毛玉に手をあて、体の震えを感じること……わたしはそれに長けていました。だから自然と子猫たちを手なずけ、世話ができるようになったのです。きっとそのおかげもあるのでしょう、わたしが人間も含めた生き物の深遠な性質を、より的確にとらえられるのは。だからわたしには、ひとの考えが読み取れるんです……うぬぼれだって思いますか、バーンズさん？」

「とんでもない。あなたは簡明で理にかなったやり方で、ご自分の秘密の一端を明かしてくださいました。それはともかく、あなたがハリー少年の悲劇的な最期を予見していた件は、まだひっかかるのですが」

リーシアは首を横にふった。

「わたしが言ったとおり、というわけではありませんが……」

そして彼女はピーター・コーシャンとのやり取りを詳細に語ったあと、こう締めくくった。

「コーシャンは《白い女》がまたあらわれるだろうかとたずねました。不吉なジャガーのカードを引いたのは彼です……その選択は、運命によって決せられていたのです。こうしてコーシャンは、運命の歯車を始動させたのです。彼はきっとこの不気味な予兆を、まわりの人々に触れまわったでしょう。噂は村じゅうを駆けめぐり、ハリーの耳にも入ったはずです。そして噂の影響で、ふるまいにも変化が生じました。そうしてあの晩、友人たちを池の畔に誘い出すこととなったのです。例によってなにか怪しげな動機で、友だちを驚かせようとしたのでしょうが……知ってのとおり、取り返しのつかない結果になってしまいました」

「不安になりますね」とオーウェンは、自分の手を見つめながら言った。「つまるところ、われわれの一挙手一投足が、ことの成り行きを変えてしまうかもしれないのだから……言葉のひと言、ひと言もまた……」

「だからわたしに質問するときは、よく気をつけてくださいね」とリーシアは笑いながら言った。「あなたが答えるときもですよ。《白い女》の話に戻りましょう。それについて、陰でいろいろ言われているのは、あなたもご存じのはずだ。そこでおうかがいしますが、そうした噂についてどうお考えですか？　根拠があるのか、事実無根なのか、その両方なのか？」

リーシアは顔を曇らせた。下をむいて足もとの黒猫を抱きあげ、それを膝にのせる。彼女が考えこみながら猫を撫でると、ごろごろと喉を鳴らす声が聞こえた。

「わたしの前にも母が、同じ疑いをかけられていました。いえ、もっとひどい疑いを……村人のなかには母に夢中になる者もいたので、悪の化身だの魔女だのと思われていたんです。《夜の洗濯女》とか《白い女》の伝説は、もっと昔からあるものなのに。でもその話は、もうお聞きになっていますよね……たしかに母には奇妙な持病があり、それはわたしにも受け継がれました。でも、ご心配なく。その後、治りましたから……わかりませんか、バーンズさん？　みんながあまり話題にしたがらない病気ですが、真夜中、猫みたいに外へさまよい出て、家々の軒下を歩きまわるんです」

「あなたは夢遊病だったんですか？」

「ええ」リーシアは重々しくうなずいた。「夜中に突然、目を覚ましたら、ネグリジェ姿で通りの真ん中にいるなんて、気持ちのいいことではありません。わたしはここで、何をしているんだと、不安にかられながら……」

「これまでそれを、誰にも話さなかったんですか？」

「話していましたよ、最初のうちは。でもみんな、罪人の言いわけ扱いするので、言っても無駄だとあきらめたんです。それにほかにも、いろいろありましたから。母の評判はもとより、わたしも変人扱いされていました。いつもひとりぼっちで、動物に《異常な》執着をし、おまけに占いをしたりと。でもそのおかげで、ある意味わたしは神秘のオーラをまとうこととなりました。《超常的な》力を持った不思議な女として有名になったのです……だからわたしは結局、黙っていることにしました」

「でも、おわかりでしょう、今はこんな状況ですからね、その評判があなたにとって不利に働くかもしれません」

「それはわかってますが、やましいことはなにもありません。それに、わたしはしっかり守られているので」

「おや、誰に守られていると？」

リーシアは栗色の大きな目でオーウェンの視線をしっかりと受けとめ、にこやかに答えた。

「もちろん、《白い女》自身によってです。わたしたちが現世ですごすこのひとときに終止符を打てるのは、彼女ひとりなのですから」

「それでも、気をつけたほうがいいですよ。言葉の持つ重要性を、あなたはよくご存じだ。それにユーモア感覚は、誰にでも受け入れられるわけではないことも。夢遊病の発作の話に戻りますが、村では誰が知っていましたか？　というか、本気で受けとめていたのは誰でしょう？」

リーシアは肩をすくめた。

「よくわかりませんが……たぶんマチュー卿は」

「ああ、そう、忘れていました。彼はあなたの常連客のひとりだとか。おまけにとても気前がいいようですね」

「ええ、マチュー卿は金持ちですが、けちではありません」

「彼について、ほかにはどんな感想を？」

リーシアの当惑を前に、オーウェンはさらにたずねた。

「何度も占っているのですから、彼のことはよく知っているはずですよね。彼の心の奥底をじっくり探って……」

リーシアは猫を撫でながら、しばらくじっと黙っていたけれど、やがてこう答えた。

「彼のなかには二つの人格があります。ひとりは善人、もうひとりは悪人です。たしかに多かれ少なかれ、誰にでもあてはまることでしょうが、ともかくわたしはそんなふうに感じました。それだけで充分です。ひとを裁くのなんて、わたしの柄ではありませんから」

わたしとわが友は、ちらりと目くばせを交わした。リーシアは猫を愛おしそうに撫でている。

「あなたは自動筆記もしているとか？」とオーウェンはさらにたずねた。

「それが捜査と関係あるんですか？」

「いいえ、個人的な興味からうかがっただけです。どういう原理なのか、どんな結果が得られるのかがよくわからなくて」

「それもまた、わたしの才能のひとつです」リーシアはさらりとそう答えた。「少しも収入にはなりませんけどね。心の緊張をほぐし、混沌とした無意識の領域に触れる方法なんです。そうやって、この手で書いた未知の物語を読むことができればそれでいい。別に文学的な野心などありませんし」

オーウェンは本が詰まった書棚をふり返り、こう言った。

「でも、ここには英文学の傑作が揃っているようですが」

「ええ、大学では文学を学びました」

「オックスフォードで」

「そうです。学士号の取得には至りませんでしたが」

「学費が続かなかったんですね？」

「いえ……まあ、そんなところです。母に無理を言えなかったので。それまでもわたしのために、ずいぶん苦労をかけましたから」

彼女のようすが急変したのを、わたしたちは見逃さなかった。本人もそれに気づいているようだ。オーウェンは気をつかって話題を変えた。

「ロンドンで占いの店をひらいているとか。なかなか繁盛しているようですね」

「たしかに、客の入りは悪くありません」

「あちらにもよく行かれるんですか？」

「基本的には予約制で、何人かまとめて対応しています。ロンドンに行くのは週に二回ほどですね。でも、もし興味がおありなら、ここで試してもよろしいですよ」

「それはありがたい」とオーウェンは嬉しそうに言った。「ぜひ、考えてみます。ロンドンのお宅にうかがうのも悪くありませんが。最後にもうひとつ、自動筆記の件ですが、お話をうかがって俄然興味が湧いてきました。ご迷惑でなかったら、書かれたものを貸していただけませんか？」

リーシアは嬉しそうに答えた。

「迷惑だなんて、とんでもない。でもまず、原稿を整理しないと。読んでもがっかりなさるかも……」

オーウェンはとっておきの笑みで応戦した。

「あなたにがっかりするですって？　あえて言わせてもらいますが、そんなこと想像できませんね……」

リーシアのもとを辞去したあと、わたしたちはバックワース村の裏通りをぶらついた。村の雰囲気に浸れば、《その秘密がもっとよく見えてくる》とオーウェンは言うのだった。家々の正面《ファッサード》やドア、窓ひとつひとつのうしろに、彼は昔から続く謎を嗅ぎ取った。木骨造り《ハーフティンバー》の古い家には、とりわけ注意を引かれたらしい。

「これらの古い石が発する振動を、きみも感じるだろう、アキレス?」と彼はたずねた。「石はわれわれに、なにか伝えようとしている。石は《白い女》の誕生を見た……第一級の証人なんだ
(彼はそこで、深いため息をついた)。空気のなかにも、過去の香りが立ちこめているじゃないか」

「いっそきみも占い師をしてみるといいぞ、バーンズ」

「それも悪くない」

「じゃあ、徐々に真実の光が射し始めたかい?」

「ああ、徐々にだけれど。答えは稲妻の閃光とともにやって来るとは限らない。とろ火でことこと煮る料理みたいに、ゆっくり形をなしていくこともある」

それから彼は、少し崩れかけたレンガ造りの建物を指さした。

「ほら、あれはルイス警部の実家だ。改築するつもりだと言っていたが……」

「だったら、しばらく残業を続けないと」

「アキレス、頼むから、ものごとの現実的な面ばかりを見る癖はやめてくれないか」

「だったらきみも、遠まわしな言い方をする癖はやめたほうがいい。要するに、結論は何だ?ついでに指摘しておくが、われわれは今、大変な問題を抱えているんだぞ。なのにきみときたら

第一容疑者の前で駄弁を弄し、気取って見せている……いや、恥知らずなおべんちゃらを並べている。違うとは言わせないぞ」

「あれは彼女の正体を見破るための駆け引きかもしれないとは、考えなかったのかね？」

「じゃあきみは、彼女が《白い女》だと？」

オーウェンは突然立ちどまり、考えこむように指を口にあてた。

「ぼくはミス・シーグレイヴがこの事件で、なんらかの役割を演じていると思っている。でも、どんな役割を？　首謀者の役割か、被害者の役割か？　問題はそこなんだ」

宿屋に戻っても、ルイス警部の姿はなかった。主人が言うには、部屋にこもりきりなのだそうだ。夕食の時間になっても、彼は出てこなかった。オーウェンは考えをまとめたいので、夜道を少し歩いてくると言った。わたしを誘わなかったところをみると、ひとりになりたいのだろう。

オーウェンはなにか期待しているのだろうか？　《白い女》に出くわすとでも？

彼が出かけた数分後、わたしもコートを着て宿屋を出た。別にオーウェンのあとをつけようという気はない。ただわたしも、少し歩きたくなっただけだ。けれど外に出るなり、早くも後悔し始めた。ことのほかじめじめした夜だった。窓に灯る黄色い明かりが、かろうじて闇を照らしている。小さな懐中電灯を持ってきて、本当によかった。裏通りをあてもなく歩いていると、教会の前に出た。神様の建物には悪魔を追い払う力があるような気がして、わたしは少しほっとした。正直、わたしはびくついていた。事件の要素をひとつひとつ思い返しているうちに、湿った闇が巧みにわたしのなかに染み入り、想像を掻き立てた。炎に引き寄せられるみたいに、わたしは屋敷のほうへと歩き出した。バックワース荘が問題の中心にあるような気がして。

五分後、屋敷の庭を囲む鉄柵が見えた。そのとき、ふと思い出した。ルイス警部の要請で、二人の警官が屋敷のまわりで警護にあたっているはずだ。ここで彼らに見つかり、誤った警告が発せられたらまずい。わたしは用心深く鉄柵に沿って進み、適当な監視場所を探した。ようやく木々のあいだに、屋敷のほぼ全体を眺められる隙間が見つかった。二階の窓にいくつか、明かりが灯っている。あたりは一段と冷えこんできた。わたしは寒さに耐えながら、しばらくじっとしていた。こんなところでいったい何をしているんだと、自分でもあきれていた。新たな事件が目撃できるかもしれないと、密かに期待しているのだろうか？

突然、屋敷の下でなにかが動いた……人影がひとつ、さらにもうひとつ。おそらく二人の警官だろう。彼らは言葉を交わしているようだ。闇に目が慣れてくると、特徴的なケープと帽子が見えた。おかげでわたしは、少し元気づいた。ところがそのとき、第三の人影があらわれた。もっと近く、警官とわたしのあいだあたりに。わたしと同じように、誰か待ち伏せている者がいる。不安の波がわたしを包み、徐々にまた引いていった。人影は白くもなければ、女らしくもなかった。その服装と歩き方から、何者かわかった。わが友オーウェンだ！　あいつめ、ここで何をしているんだ？　見張り番に手を貸そうとでも？　あるいは監視体制が万全か、確かめに来たのか？　オーウェンの意図がなんだろうと、わたしの存在を知らせるのは難しそうだ。へたをするとこっちが、警官に気づかれてしまう。

わたしは道を引き返すことにした。説明を聞くのは宿屋に戻り、暖かい部屋に落ち着いてからでいい。まっすぐ帰るつもりだったけれど、村の大きな十字路のところでふとためらった。南にむかう道は、森のはずれに通じている。そこから小道を抜ければ池に出る。何の気まぐれかわたしはそちらにむかい、ひとまわりすることにした。懐中電灯で照らさないと、道に迷いかけることもあった。けれどもできるだけ、明かりはつけないようにした。まるでひとに気づかれるのを、恐れているみたいに。馬鹿げているのはわかっている。森に住む動物以外、誰もいるはずないのだから。

目的地に着くと、わたしは池を眺めた。薄い三日月の銀色の光を受けて、水面《みなも》が微かに輝いている。この場所には、なにか不可思議なものがあった。夜の冷たい光のなか、深い静寂のなかには。そこではほんのわずかな物音でも、奇妙な響きをあげた。わたしは不安と恍惚のあまり、しばらく動けなかった。ハリー少年が死んだ悲劇的な状況を思い浮かべた。きっとその晩も、今夜みたいだったろう……寒さで手足がかじかんだけれど、頭は冴えわたっていた。仲間の少年たちが証言した悲劇の場面が、次々くっきりと脳裏に去来した。キツネの罠を見つけたこと、引きちぎられた毒草の茎、木の切り株、そして《白い女》の出現……

その瞬間、想像をたくましくするまでもなく、背後から《白い女》が近づいてくるさまがはっきりと目に浮かんだ……わたしは反射的にふり返った。さいわい、白い人影はなかった。けれど、ただの真っ暗闇でもない。むこうの小道に、一瞬なにか光ったような気がした。心臓が激しく脈打っている。わたしは闇にじっと目を凝らした。なにかが動いている……わたしにむかってくる……冷たい戦慄が背筋を走り抜けた。

13　暗闇の星

いきなりドアがあき、ヴィヴィアンが険しい目をして居間に入ってきた。

「風は吹き荒れ、雷鳴は轟きってところだな」ピーター・コーシャンは暖炉の女人像柱に肘をつき、ウイスキー片手に言った。

「なんですって？」とヴィヴィアンは、顔を真っ赤にして言い返した。

「いつにも増して、かりかりしてるみたいじゃないか」

「あたりまえでしょ」ヴィヴィアンは肘掛け椅子にすわりこみながら、耳ざわりな声をあげた。

「こんな状況じゃ、かりかりしないでいられないわ」

そして怒りに満ちた目で、みんなを順番ににらみつけた。ピーター、ソファに腰かけたアンとマーゴット、新聞をめくっているジョンと。

「浴室で涼もうとしているのに、じろじろ見られるのも頭に来るし」

「何の話？」とアンがたずねる。

「わたしたちを警護しているっていう二人の警官よ。少なくとも、そのうちのひとり……窓をあけたら、ほとんど顔と顔を突き合せるほどだったわ。きっとたっぷり見物してることでしょうね。失礼な男！　このままじゃ、すまさないわよ！」

「ふうん……」とピーターは言った。「少しは大目に見てやれよ。ひと晩じゅう、星空の下ですごさにゃならない、かわいそうな男にとっては、きみの姿が大事な興奮剤代わりなんだから」

「それは嬉しいこと。そう言うなら、シェリーを一杯いただけないかしら」

ピーターがおとなしくシェリーを注ぐと、ヴィヴィアンはこう続けた。

「だいたい、こんなふうに見張りを立てたからって、大した効果はないと思うのよね。ただいらいらさせられるだけで。別にこっちからたのんでるわけじゃないのに」

「あらまあ」とアンが不愛想に口を挟んだ。「わたしが提案したのがいけないとでも？」

「そんなこと言ってないわよ。わたしはただ、状況判断をしているだけ……新たな要素に応じて……」

「新たな要素って？」

ヴィヴィアンは煙草に火をつけ、おもむろに答えた。

「マットの話によると、警察は新たな手がかりを追っているらしいの。個人的な復讐という線を……みんなもよく知ってのとおり、マットはこれまでの人生で友人ばかり作ってきたわけじゃないから……」

「ふむ」とジョン・ピール少佐は、もの思わしげに言った。「それじゃあ、敵が外部からやってくるかもしれないと。だったら、少なくとも状況はわかりやすくなる」

「あとは敵の正体を突きとめるだけだ」とピーターが、笑って女人像柱の顔を見つめながら口を挟んだ。「それで、マチュー卿には誰か思いあたる人物があるのか？　かつての敵のなかに、優美な夜の訪問者と外見が一致する者がいるのかい？　彼を脅しにやって来て、昔の悪行を思い出させようとする若くて美しい《白い女》にふさわしい人物が？」

「ええ」とヴィヴィアンは答えた。「マットには心あたりがあるらしいわ。昔の仕事仲間で、もちろん外見や年齢から言ってあてはまらないけど」

　ジョンはじっと考えこみながらうなずいた。

「みんなあの《白い女》に、惑わされているんじゃないだろうか。思うにあれは、土地の伝説をもとにした囮《ルアー》なんだ。それをわれわれの目の前で、ちらつかせてるのさ。だから《白い女》が何者かは問題じゃない。たまたま金で雇われた、端役にすぎないのだから。サーカスの軽業師か、手癖の悪い放浪者か、そんなところだろう。つまりは警察が集中して調べるべきは、金を出している側だってことだ」

「そのとおりかも」とマーゴットが、夢から覚めたかのように言った。「だとすると、ずいぶん手のこんだ復讐計画ってことになるわね。だって何か月も前から、あなたが帰国する前から練られていたわけだもの。《白い女》が初めて屋敷にあらわれたのは、たしか夏の初めだったわよね」

「そうよ、おかしいわ」と妹も加勢した。「《白い女》があらわれたのは、父の前だけじゃないんだし。だってほら、池の一件もあるじゃない……」

「いい指摘だ」とピーターが、当惑したような笑みを浮かべて言った。「事件が起きたのはここだけじゃない。それに……どう言ったらいいか……池の一件は生死にかかわる……致命的なものだった」

「少年たちは大袈裟に話しただけさ」ジョンはきっぱりと言った。「わが合理精神からすると、ほかに可能性は考えられないな」

マーゴットはメダイヨンにはまったきれいなトパーズを弄びながら、おかしそうに夫をふり返った。

「男の理屈って、いつもこうなんだから。白か黒かのどっちか。でも、出来事の論理を突きつめていった先にあるのは、案外それほど論理的でないのでは」

「かもしれないが」とジョンが応じた。「少なくとも、これからは敵にどう対処すべきかわかった。さっきも言ったように、敵は外から来たんだ。それが証拠にあの晩、《白い女》が消えたあとに、玄関のドアが少しあいていたじゃないか……ところで、マチュー卿はどうしてる？　もう寝たのかな？」

「そんなことはないでしょう」とヴィヴィアンは言って、立ちあがった。「ちょっと確かめてくるわ」

ほどなく彼女は、夫の書斎に入った。マチュー卿は仕事机にかじりついていた。明かりは緑色のシェードをかぶせたスタンドと、暖炉の火がちらちら燃えているだけ。

「お休みになったほうがいいわ」とヴィヴィアンは心配そうに言った。

「休むだって？　一日中、ずっと休んでたんだぞ」

「じゃあ、居間にいらっしゃる？　みんなそろってるわよ」

「そうしたいところだが、まだやらねばならないことがあるんで」

ヴィヴィアンは夫のほうに身を乗り出し、額に二度キスをした。

「それならお邪魔はしないけど、遅くならないようにね。お医者様の注意を忘れないで」

若妻が部屋を出てドアが閉まると、マチュー卿はうれしそうな笑みを浮かべたが、しわだらけの顔のせいで、少し嘲笑っているようにも見えた。こんなやさしい女に出会えた幸運に、彼は感謝した。わたしは彼女に見合う男だろうか？　それは疑わしい気がした。これまでの人生で、いいことばかりしてきたわけではないから。その晩、彼はじっくり考えた。長い人生でしてきたことを、公平な裁判官のように天秤の両側に丹念に積みあげていった。良い行い、悪い行い……平衡は保たれている。ぐらついてはいるけれど……片や個人的な満足、片やいくばくかの後悔。それが今は、妙に重くのしかかってくる……

彼は自嘲気味に微笑みながら立ちあがり、可動式書棚の裏に隠した金庫の前に行った。ダイヤル錠をまわして番号を合わせ、扉をひらくと、なかから銘木の箱を取り出す。机に並べたその中身に、彼はじっと見入った。ランプシェードの下から注がれる円錐形の光を浴びて、色とりどりに輝いている。クリスマスのショーウィンドを覗く少年のような、彼の嬉しげな目に、その輝きはきらきらと反射した。

それらの宝石をすべて一列に並べれば、マチュー・リチャーズの人生を跡づけることができるだろう。そのひとつひとつに、思い出がこもっている。原石のままのものもあれば、光沢のあせたものもあり、念入りにカットされたものもあった。彼は二十カラットもある巨大なダイヤモンドを、ことのほか愛おしく思い続け、カットすらさせなかった。このダイヤモンドは、彼が南アフリカで踏み出した勝利の歩みを象徴していた。あちらの大きなラピスラズリは、価値はもっと低いけれど、巧妙な駆け引きの末にはした金で買い取ったアフガニスタンの鉱山から掘り出されたものだった。これらはすべて成功の証だった。どのひとつをとっても、興奮に満ちた人生の思い出が詰まっている。大胆不敵な者だけが得られる、幾多の幸運に彩られた人生の思い出が。けれども宝石のなかには、彼に深い悲しみを残すものもあった。すばらしいカットを施されたこの小さなルビーには、つらい思い出がある……あんなにも激しく愛したのは、おそらくあの女だけだろう。けれども二人を隔てる社会的な障害は、あまりにも高すぎて……結局彼は越えることができなかった。心を押し殺し、世間のしきたりのために情熱を犠牲にした。彼は思い出として、女にこのルビーをあげようとした。けれども彼女は突き返した。受け取るには、プライドが高すぎたのだ。

さらにこんなダイヤモンドもあった。前のものよりつつましやかだが、それに劣らずたくさんの思い出がこもっている……実を言えば、あまり幸福な思い出ではないけれど……その石は友人のサム・ジーグラーから手に入れたものだった。

　宝石をしっかり握ると喉が締めつけられ、後悔が胸にこみあげるのを感じた。たしかにおれの復讐は、常軌を逸していた。それは認めよう。でも、悪いのはどっちだ？　もしジーグラーがおれを裏切らなかったら、なにもなかったのに。馬鹿なやつだ。そのあとやつの妻や子どもたちの身に起きたことの責任は、大半がやつ自身にあったんだ。実はあの一家のことは、警察の訊問に答えたよりもずっとよく覚えている。娘のデボラが生まれたお祝いに、ジーグラー家に招待されたくらいだし。かわいそうに……両親が悲劇的な死を迎えたあと、彼女は奈落の底まで身を落とした。マチューは探偵を雇い、デボラの行方を追った。彼女に救いの手をさしのべ、金銭的な援助をしてやろうと思ったのだ。そしてハンブルクの薄汚れた港町で、ボロきれのようになった彼女を見つけたのだった。落ちるところまで落ちこんで、もう顔の見わけもつかないほどだった。そのときのことは、決して忘れられないだろう。彼女は憎しみに目を輝かせ、マチューの顔に唾を吐きかけた。おまえを見ただけで、胸糞が悪くなるとでも言うように……

　マチューはコレクションきっての逸品《暗闇の星》に目をむけた。混じりけのない水のように澄みきって、うっすら青みがかったサファイアだ。メダイヨンに似た平たいカットが、半透明の色合いを際立たせている。名前の由来は、歴代の所有者がみな不幸に襲われたことにあった。前の持ち主だったマハラジャは、これを買うなり気が触れた。恐ろしい噂にもかかわらず、宝石は高値で売り出された。われこそ挑戦者にふさわしい、とマチューは思った。何者もおれに手を出せない。たとえ最悪の呪いだろうと。たしかに宝石を手に入れたあとも、天の雷が彼の頭上を襲うことはなかった。そもそもこの宝石を買い取ったことすら、用心深く秘密にしておいた。そ
れ以来、何年もの時がすぎた……

けれどもこのサファイアを眺めるたび、マチューはいわく言いがたい奇妙な感慨に打たれた。山の湖にも似た青さのなかには、どこにかひやりとするものがある。運命を見通す力があると言われるこの宝石は、彼になにかメッセージを伝えようとしているのではないか。彼が触れると宝石は震えた。冷たい電流が背筋を伝って、うなじまで走り抜ける。たしかに忌まわしい言い伝えがあるとはいえ、それだけが理由ではないだろう。彼は何度となくひとりこっそりと、その秘密を見抜こうと試みた。宝石をそっとつまみあげ、光源にかざして。これまでずっと、成果はなかった。けれども今、ここ最近の出来事に照らしてみると、謎のベールが剝がれ落ちた。近ごろ読む機会を得た興味深い文章、度重なる《白い女》の出現……メッセージは明らかだ。おれの最期がずんずんと近づいてくる。過ちの代償を支払う時が、ほどなく訪れるだろう……

マチュー卿は頭のなかで、そんな忌まわしい思いを巡らせた。だからといって、くよくよ悩むにはあたらない。どのみち覚悟していたことだ。

外から軽い物音が聞こえ、彼は飛びあがった。窓辺に駆け寄ると、砂利をきしませる足音が聞こえた。彼は肩をすくめた。そうか、屋敷の警護にあたっている律儀な警察官だな。彼は皮肉っぽい笑みを浮かべた。あいつら、まるで自分たちの力で事の成り行きを変えられるとでもいうよ

うじゃないか。ああやっていくら目を光らせようが、なんの役にも立たないのに……

マチュー卿は机の前に引き返し、もう一度《暗闇の星》を眺めた。うっすら靄《もや》のかかった白い人影が、宝石の青みを帯びた輝きのなかに動いたような気がした……顔がはっきり見えた……雪のように白い、うっとりするほど魅力的な顔が微笑んでいる。今ではよく知っている顔が……

14　女を捜せ

アキレス・ストックの手記（承前）

十月十二日

「……なにか動くのが見えました。それがこっちに、ゆっくり近づいてきます。笑われるかもしれませんが、そのときはてっきり《白い女》に違いないと思いました。ようやく人影の正体がわかりました。なんとわが友オーウェンだったんです」

ルイス警部はわたしが池の畔に行った話を聞いて、笑いをこらえるのに必死だった。警部には昨日から会っていなかった。朝早く宿屋を出て、昼になってもまだ音沙汰なし。ようやく夕方に戻ってきた。ほっとひと息ついたのだろう、警部はわたしたちのところへやって来て、ビールジョッキを前に現状確認にかかった。

「ぼくのほうも同じようなもので」とオーウェンも説明を始めた。「警備の具合を確かめようと、屋敷をひとまわりしに行ったんです。まずは誰にも見咎められず、柵を越えました。警官のようすを見に近づいたときも、まったく気づかれませんでした。もちろんあたりは暗くて、屋敷のまわりには木が生い茂っています。これじゃあ難なく屋敷に忍びこめるじゃないか、と思いました。

錠が壊れかけた窓からでもいいし、合鍵さえあれば、二つある通用口からでも簡単には入れます。でもまさか、アキレスも来ていたとは……ぼくが道を引き返したのは、彼が立ち去ったすぐあとだったようです。ぼくもアキレスと同じく、池のあたりをひとまわりしようと思いつきました。闇に乗じて、悲劇の現場をゆっくり見てみようと考えたんです。ひんやりとした森の夜気や、あたりを包む暗闇のおかげで、ぼくの集中力はいつにも増して研ぎ澄まされていました。迷わず小道を歩くのに、ときどき懐中電灯をつけねばなりませんでした。それがアキレスの注意を引いたのでしょう。こちらも池の畔で凍りついている人影に気づきました。池の水面《みなも》は月光を受けて、うっすら輝いています。その瞬間、あの女のことを考えずにはおれませんでした。これまで何度も追いつめながら、捕らえることのできなかった《白い女》のことを。いや、そんなはずはない、と理性の一端が告げてきました……ぼくは自分を抑え、まずははっきり確かめようとゆっくり近づくと、その大きな人影はわが友人だったのです」

ルイスはビールの残りをいっきに飲み干すと、愉快そうにうなずいた。

「いやはや、お二人ほど名高いその道のエキスパートに、何と申しあげたものやら。あなたがたが、そんな娘っ子みたいに神経過敏だったとは！」

「いや、それが大事なんですよ、警部」とオーウェンは、冗談めかして言い返した。「そうした繊細な神経のおかげで、この村や土地、夜の闇の雰囲気を的確に捉えることができたのですから。古石が何世紀も前の忌まわしい過去を小声で語りかけてくる土地柄ゆえ、人々も自ずと想像をたくましくして……」

「ちょっとお待ちを！」とルイス警部は眉をひそめて言った。「ビリーとジャックの証言はただの幻覚だった、とおっしゃるんじゃないでしょうね？」

「いえ、今朝、ジャック少年の話を聞いた限りでは。彼の証言はすでにわれわれが知っているものと、寸分の違いもありませんでした。でも昨晩の教訓からして、最初になにかひとつ誤った捉え方をしてしまうと、あとに続くことの成り行きがすべて違って見えてしまうんです。錯誤の原理とは、あるいは解釈とはそういうものです。ひとは文脈によって、あるいはいくつかのキーワードによって言葉の意味を把握します。条件づけられた精神は、ひとつひとつの文字を難なく判別します。ジャックとビリーは自分たちが見たもの、あるいは見たと思っているものに確信を抱いているでしょう……けれども今、確かめたように、闇に包まれた池の不気味な雰囲気のなかでは、それだけもうまともな感覚ではいられず、知覚に異常をきたしたあげくに……」

「でも彼らは、白ずくめの女がハリーにむかって手を差し出し、最後の一撃を加えようとするのをはっきり見たと言っているのですよ……」

「今、ことの詳細に入るのはやめておきましょう。ただ、先ほどの原則はお忘れなく。それは《白い女》が屋敷にあらわれたときにもあてはまります。繰り返しますが、昨晩の体験は実に有益でした。あなたは大笑いしましたけれど……」

「なるほど」とルイス警部は、しかたなさそうに言った。「今のところわかっているのはこれくらいです。いずれ新たな手がかりが見つかるでしょう。ところでリーシアの家には行ってみたんですよね。その話はまだうかがっていませんが、なにか収穫はありましたか?」

オーウェンは彼女と会った経緯を手短に語ると、こうたずねた。

「警部、あなたはリーシアにも彼女の母親にも、夢遊病の発作があったことをご存じでしたか?」

警部は口ひげを撫でながら、首を横にふった。

「いいえ、調べて確認してみますが、たとえ事実だとしても、リーシアにとって有利には働かないでしょう……みんな、やっぱりと思うだけでしょうから。実際のところ、あなたの見立てによると、彼女が犯人の可能性はあると思いますか?」

「ぼくはあると思いますね」とわたしは口を挟んだ。「彼女はただの変人というわけじゃありません。そう見ている人もいるようですが……」

「たしかに」とオーウェンは言った。「でもそのあたり、ぼくの意見はもっと微妙でね、アキレス。もっと、ずっと。リーシア・シーグレイヴがなんらかの細工に関わっているとしても、誰か人をそそのかしてやらせたんだろう。先日の晩、屋敷を混乱に陥れた人物は、冷静沈着で大胆不敵、しかも敏捷だった。シーグレイヴの体つきも見るからにしなやかそうだが……」

わたしはルイス警部に目くばせしながら、口を挟んだ。

「わが友は巻き尺片手に、しっかり測ったんでね」

「ははあ」と警部はうなずいた。「さては彼女に籠絡されたようですね、バーンズさん」

「なかなか興味深い容疑者ですから、いろいろと調べてみなければ」

「オーウェンはロンドンにある彼女の店も訪れる予定なんです」とわたしは冷やかすように言った。「星のお告げをうかがいに……」

わが友はすぐに言い返した。

「おいおいアキレス、妬いてるのか？」

ルイス警部は咳払いをした。

「お二人とも、もう少し真面目にお願いしますよ。で、バーンズさん、何の話でしたか？」

「さっき描いて見せた荒ぶる《白い女》の役を、リーシア・シーグレイヴが演じたとは思えません。謎めいた表情で裏通りをさまよう姿なら想像がつきますが、禍々しい幽霊の役は無理があります。そもそも、どうして彼女がマチュー卿を脅そうとするんですか？」

ルイス警部は奇妙な笑みを浮かべてうなずき、こう答えた。

「わたしも最初はそう思ってましたよ、バーンズさん。でもそのあと、判断が変わって……」

「昨日から？」

「ええ、わたしは今日、屋敷に行って、いくつか手がかりを得ました。アンの話によると、マチュー卿は遺言書にシーグレイヴの名を書いていたそうです。前の遺言書ですが。というのもマチュー卿は再婚のあと、書きかえたようなので。それが第一点。第二に、シーグレイヴの銀行口座の状況が先ほど判明しました。率直なところ、びっくりしましたよ。ここ数年のあいだに、けっこう小金を貯めこんでいたんです。てっきり貧乏暮らしをしているものと思っていたのに。占いの仕事は、予想したよりはるかに儲かるようです……名士たち、それもかなりの大物が小切手を切っていることが確認できました。そのなかには案の定、マチュー卿も入っていました」

「それで？」とオーウェンは言った。「もしマチュー卿がそんなに気前よく金を払っているのなら、どうして金の卵を産むニワトリの首を絞めようとするんです？」

ルイス警部は口を尖らせた。

「はっきりとはわかりません。マチュー卿の再婚以来、状況は明らかに変わっていますから」

「それはみんなにとって同じでしょう」とオーウェンは、痛いところを突かれたかのように言い返した。「しかも、悪い方向に変わってる。もちろん、ヴィヴィアンだけは別ですが」

「ヴィヴィアンといえば」と警部がおかしそうに応えた。「彼女、今朝文句をたれてましたよ。われわれが配置した見張り番のことで。もってこいの場所にいるのをいいことに、風呂場の窓から覗いているって。件の警官はただの偶然だと言って、猛烈に抗議してましたが、それはまあどうでもいいでしょう。どうやらわれわれの警備体制に、みんなうんざりし始めているようです。マチュー卿自身まで、大して役に立たないとはっきり言ってました……そう話すときの彼は、なんというか、妙な印象でした。それにあなたもああおっしゃることだし、監視は早々にやめようかと思っているところなんですが、どうでしょうね？」

オーウェンは静粛にとでもいうように片手をあげると、しばらく考えてから答えた。

「思うにマチュー卿の再婚については、あなたの言うとおりでしょう。これまで屋敷に保たれていた調和が、あの結婚によって揺らぎ出し、あとに続く出来事を引き起こしたんです……でも、なにかしっくりこないことがあって……」

「どんなことですか？」

「時系列的な問題ですよ。ささいなことに見えますが、すべてをひっくり返しかねない問題です」

けれどもオーウェンはそれ以上話してくれず、熟考の成果をひとり占めした。彼の謎めいた口ぶりは、言葉を覚えたときからずっとなのだろう。

十月二十日

《白い女》の噂が聞かれないまま、一週間が過ぎた。ルイス警部と最後に話した翌日、わたしたちはロンドンに引き返し、警部はほどなくオックスフォードで通常の勤務に戻った。捜査は頓挫し、こんな条件下で続けるのは無駄だろうと思われた。その朝、わたしたちは古い友人でロンドン警視庁のジョン・ウェデキンド警視と再会した。本人が言うには、新たな手がかりが得られたのだそうだ。悪党じみた口ひげと、もじゃもじゃの眉はあいかわらずだが、すっかり白いものが混ざっている。そろそろ引退の時期だなどと言っているが、笑うと暗い顔が朝日のように輝いた。わたしたちを部屋に迎え入れたときもそうだった。

「それで、どうでした？　田舎で何日か過ごすのも、悪くなかったのでは？　だってほら、顔色が少しよくなってますよ」

「あなたもいっしょに来られたら」とオーウェンは答えた。「きっと何歳か若返ったでしょうに」

「なるほど」ウェデキンドは顔をしかめた。「かんばしい成果は得られなかったと……実はわかってました。ルイス警部と電話で話していましたから。つまり収穫なしだった、それだけはたしかだ」

「たしかに。でもぼくたちは肉食系の探偵で、血の滴る肉が好きなんです。残念ながらむこうでは、食らいつきたくなるような本物の死体には出会えなかったので……」

「あいかわらず辛辣ですな、オーウェンさんは」とウェデキンドは言って、にやにや笑いながら葉巻に火をつけた。「でも、池の畔で死んだ少年の一件には、ほんとうに怪しげな点はなにもなかったんですか？」

「ルイスが話したとおりです。間違って毒草を食べてしまった事故死ですね。それでもぼくたち三人は、なにか見落としがないか探してみましたが無駄骨おりでした。だから《白い女》があらわれたのを別にすれば……」

　警視はうなずいてファイルを何冊かざっと並べなおし、なかのひとつを抜き出して机のうえにひらいた。

「わたしたちのほうも、目ぼしい発見はありませんでしたが、まだあきらめるのは早い……もちろんこの種の捜査は、けっこう時間がかかりましたけど。でもオランダの警察はこんな状況でよくやってくれたと言わなければ。まずはアンドリュー・ムーグのことから始めましょう。ひとりだけ、条件に合致する人物が浮かびあがりました。三十歳の男で盗みや詐欺の容疑者ですが、一度も捕まったことはありません。ただ問題なのは、十年近くイギリスを離れたきり、戻った形跡はないということです。大陸でも、音沙汰はないようです。そのあいだに、別人になりすましていなければですが。となると、若妻は嘘をついているような気がしますね」

「ぼくたちもそう思っているのでご安心を、ウェデキンドさん」

「だったら、ぐずぐずしてられない。大金持ちの老人を、死ぬほど怖がらせようとしている者がいる。その老人は若い女と結婚したばかりだ。女を捜せ、老人を殺して得する者を捜せってことです。立ちむかうべき相手が誰かは、あなたにもすぐわかるでしょうに……」

「もちろんです。でもこの仮説には、まだ不確定な点があって。第一に《白い女》が屋敷でひと騒動巻き起こしたとき、リチャーズ夫人には確固としたアリバイがありました。夫のリチャーズ卿と、アンの夫ピーター・コーシャンの証言によるとね。それに美しきヴィヴィアンがリチャーズ家に関わるのは、最初に《白い女》がバックワース荘にあらわれたずっとあとなんです」

「ああ、わかった」とわたしは叫んだ。「この前、時系列的な問題と言ったのは、そのことだったんだな」

「ああ、それもあるんだが、アキレス。きみの優れた記憶力には恐れ入るよ。だとしたらヴィヴィアンは、マチュー卿と知り合うずっと前から計画を準備していたことになる。それには、よほどマチュー卿を攻め落とす自信がないと。たしかに彼女の魅力は、なかなかのものですが……ところで、彼女の過去を洗い出す時間はありましたか？」

「ええ、少しは……ヴィヴィアンの旧姓はマーシュ。結婚前の足取りは、かなり紆余曲折がありますが、それはそれとして、大筋は本人の供述と合致していました。少なくとも、イギリス時代、フランス時代については。となると第二の線、つまり仇敵の復讐という線が、俄然信憑性を帯びてきます。ジーグラーの件も見捨てておけません。たしかに、悲惨な出来事ですから……

一九一四年初頭、サム・ジーグラーは姿を消しました。けれども調書によると、どうやら自ら天国行きの切符を買ったようです。彼の妻は傷心のあまり、窓から身を投げました。でもそのあたりのことは、すでにご存じですよね。ジーグラー夫妻には二人の子どもがいました。息子のコーネリアスと娘のデボラで、事件当時それぞれ二十五歳と十八歳でした。

コーネリアスはベルギーが空爆を受けたとき、大怪我を負いました。回復して退院したあとの足どりは不明です。それから四年後、中型の商船タイガー号の乗組員に彼の名前が確認されました。タイガー号は一九一八年十一月二十七日、モロッコ沿岸で座礁しました。船は暗礁に乗りあげて横転、積み荷も乗組員もすべて岩が突き出た浜辺に投げ出されました。生存者はひとりもいませんでした。けれどもコーネリアスの遺体は、結局見つかりませんでした……もしかして、彼は生きのびたのではないでしょうか？　疑問は残りますが、だとしたらどうしてすぐに名乗り出なかったのかわかりません……

デボラの話に移りましょう。彼女が両親の死によりとてもショックを受けたことは、想像に難くありません。精神を病み、ほんの一時期ですが入院していたこともあるほどです。やがて彼女は身を売るようになりました。いったん、消息がつかめなくなり、その後ドイツのハンブルクにいたことがわかってます。案の定、船乗り相手の売春婦稼業で、町のチンピラに搾り取られていたようです。そのあと、どこで何をしていることやら……いやはや、悲しい話ですよね」

「ええ」とオーウェンはうなずいた。「たしかにひとりの人間としては、悲しい話だと思いますよ。けれども犯罪捜査という面から見ると、さまざまな可能性に富んだ話です。もし二人のうちひとりでも生きているなら、家族をめちゃめちゃにしたマチュー卿を憎み続け、どんなに恐ろしい復讐計画を立てたとしても不思議はありません」

「そのとおり」ウェデキンドは口もとに笑みを浮かべて言った。「もし二人が生きていれば、デボラは今二十八歳、コーネリアスは三十五歳のはずです」

「ふむ……」オーウェンは口を尖らせた。「ここはひとつ、よく考えてみなければ。きみはどう思うね、アキレス？」

「言いたいことはわかってるとも」とわたしは、興奮で声が震えるのを抑えきれずに答えた。

「兄妹どちらかがまだ生きているとしたら、どこに隠れているのか？　どんな仮面の下に、その正体を隠しているのか？」

「いいぞ、続けたまえ。俄然、張り切り出したようじゃないか……」

「もしコーネリアスが生きているとしたら、可能性はひとつ、いや二つある。まずはピーター・コーシャンだ。本人も怪しげな経歴を口にしていたからな。もうひとりはジョン・ピールだが……ついでに言えば、年齢は二人ともおおよそあてはまる。ともかく彼らの経歴を詳細に調べてみれば、はっきりするだろう」

「たしかに。では、お願いできますか、ウェデキンドさん？　うまく行けば、捜査が大きく前進して……」

「わかってますとも、バーンズさん。これでも、この道四十年ですから」

「それはどうも。で……生き残ったのがデボラだった場合は？」

「そちらはもっと微妙だな」わたしはためらいがちに言った。「《白い女》候補と、年齢はこちらも全員あてはまるが、マチュー卿の二人の娘はもちろん除外できる。実の娘が別の人間と入れ替わっていたら、父親が気づかないはずないから。同じ理由から、ヴィヴィアンも違うだろう。もし彼女がデボラだったら、やはりマチュー卿が気づいていたはずだ。すると残るはひとりだが、そちらはもっと慎重にいかないと……」

「リーシアのことを言ってるなら、彼女もヴィヴィアンと同じ理由で候補から外せるのでは」

「いや、そうとは限らない。リーシアは学生時代、しばらく村を離れていた。それも、かなり長期間にわたって。どういう意味かわかるだろ？　デボラはそのあいだに、リーシアとすり替わったのかもしれない。同じころ、リーシアの母親も亡くなっていることだし、二人の外見が似ていれば大いにありうる話じゃないか」

「なるほど。でもマチュー卿が気づかないのは、やはりおかしいのでは？」

「いや、だからこそマチュー卿は彼女に対し、思いやりのある態度を示したんだ。どんな口実をつけたのかはわからないが、デボラは自分の術策をマチュー卿に隠さなかった。さらには相手がほろりとするような話をして聞かせた。《わたしはあなたを誰よりも憎んでいました。でもあなたが本当は善良な人だと、ずっとわかっていました……》とかなんとか。さらに《ドイツ時代の経験》を勘定に入れれば、彼女がそんな小芝居に加えて体にものを言わせたことも想像がつく」

「これはまた、きみは思った以上に策略家だな、アキレス。たしかに、ありえない話ではないだろうが、それもよく検討してみないと……ウェデキンドさん、四十年にわたる謹厳実直な警察官人生に、あと数時間捜査の時を加えていただけませんか？」

「すでにもう、かなりの時間がかかっていますがね」ウェデキンドはぶつくさ言った。「おわかりかどうか知りませんが、関係者全員の過去を洗い出すっていうのは、大変な労力が……その間、ロンドンの犯罪者連中が、ストライキに入ってくれるわけでもないし」

翌朝、わたしはわが友といっしょに遅い朝食を取っているとき、仕事の用事でどうしてもウェッジウッドに戻らねばならないと告げた。オーウェンは嬉しそうな顔も、残念そうな顔もしなかった。彼は何か言おうと口をひらきかけたが、ちょうどそのとき居間の電話が鳴った。

オーウェンは立ちあがり、居間にむかった。しばらくして戻ってくると、彼は沈痛な面持ちでこう告げた。

「アキレス、ウェッジウッドに戻るのは、少し延期してもらわねば。今、ルイス警部から電話があって、《白い女》がまたしても屋敷でひと騒動起こしたそうだ。マチュー卿のもとにあらわれたんだが、これが最後になってもおかしくなかったろう。今度はマチュー卿も、危うく絶命するところだったのだから……」

15 カラスの羽根

アキレス・ストックの手記（承前）

十月二十三日

ルイス警部が言うには、マチュー卿から話を聞くのは退院を待ってからのほうがいいそうだ。そこでわたしたちがバックワース荘にむかったのは、翌々日だった。木曜日の昼すぎ、わたしたちは屋敷の居間でマチュー卿と再会した。ショックの跡がはっきりと残る顔を、青白い笑みが照らしている。首に巻いたスカーフのせいで、弱々しさが際立っていた。

「そうとも」とマチュー卿は語り始めた。「いよいよ最後の審判を受けるときが来たかと思ったよ。女がこの胸に、心臓のうえに手をあてると、ぞっとするような冷たさが体のなかまで伝わって……わたしは意識を失った。気がつくと、心配げな医者の顔が見えて……」

「正確な時間はわかりませんか？」とオーウェンがたずねた。

「いや、すべては突然のことだったので……真夜中だったと思うが、零時かもしれないし、午前四時かもしれない。気絶しているわたしをエスターが見つけたのが、午前五時ごろだったとか」

「ともかくあなたは午後十時ごろ、ひとりでお休みになったんですね。奥様はご自分の部屋で寝ることにして」

「ああ、わたしは少し気が立っていたので。でもこれからは、夜、わたしをひとりにしないとヴィヴィアンは決めたそうだ」

「就寝前に、寝室でなにか変わったことはありませんでしたか？」

「いいや、ナイトテーブルに置いておいた薬を飲み――なかの一錠は睡眠薬だったが――すぐに眠ってしまった。いつもは少し本を読むのに、それすらしないで。そのあと覚えているのは、悪夢を見たことくらいだ。私は熱く照りつける太陽の下を歩いていた。ところがいつの間にか、雪のなかだった。身を切るような寒風に吹かれて、体の芯まで冷えきっていた。そのときはっと目が覚め、自室にいるとわかって安心したものの、寒さはまだ続いていた。そしてようやく彼女に気づいた。この前と同じように、ベッドのむこう端に立っている。わたしの正面に、奇妙な笑みを浮かべて……」

「明かりはついていましたか？」

「電灯は消えていた。小テーブルに灯したロウソクがあったような気がするが、たしかなことはわからない。部屋は薄暗かったが、あの女だと見わけるには充分だった。白いドレス、頭に巻いたショール、美しいけれどどこか奇妙な顔つき……」

「窓はあいていたと？」

「あのときはそう思ったが、ともかくすべては突然のことだったので、断言はできない。わたしは彼女しか視界に入っていなかった。女は不気味な目つきでわたしを見つめながら、宙に掲げた白い手を近づけた。わたしは体が麻痺したみたいに、ベッドのうえから動けなかった。全身、汗びっしょりなのに寒さでがたがた震えていた。パジャマのシャツは、前が大きくあいていた。手はどんどん近づいてくる。寒さもさらに激しくなる。女の手が胸にあてられたとき、強烈な電気ショックを受けたみたいに体が痺れて、あとは暗い穴に落ちていった……」

「その間、十秒くらいですか？」

マチュー卿は少し考えた。

「いや、十秒もかかってないな。わたしが気づくとすぐ、こちらにむかってきたから……ともかく間一髪だったのは間違いない……」

「医者の見立てを聞く限り、たしかにそのようですね」とオーウェンは言った。「今はまず、体力と気力を取り戻していただかないと……」

「なぜそんなことを言うんです、オーウェンさん？」

わが友は不意を喰らったみたいに口ごもった。

「なぜって……死ぬわけにいかないでしょう」

マチュー卿の顔に穏やかな笑みが浮かんだように見えた。

「そう思っていない者もいるようだがね、バーンズさん。もしかしたらきみの力をもってしても、まわり続ける大時計の歯車を止めるのは難しいのではないだろうか……」

マチュー卿がそこで言葉を切ると、オーウェンはたずねた。

「先日、最後に話したことを覚えていますよね？　オランダの宝石商ジーグラーのことを」

「もちろん。あれ以来、彼のことをよく考えていると言ってもいいくらいだ」

「娘のデボラのことでは？」

「ああ、デボラがどうしているか、つかめたのかね？」

「いいえ。でも今会ったら、彼女だとわかるでしょうか？」

マチュー卿は少し考えてから答えた。

「そうだな、あれからずいぶんたつし……最後に会ったときはせいぜい二十歳すぎくらいだったからな、おそらく……」

「どんな外見でしたか？」

「美しい娘だった。母親ゆずりの明るい栗色の髪、整った顔、表情豊かな目。ほかにこれといった特徴はないが……ああ、そうか。彼女が《白い女》に扮して、復讐をしに来たと思っているんだな？」

「それも可能性のひとつということです」とわが友は慎重に答えた。

マチュー卿は首をゆっくりと横にふった。

「きみは間違った手がかりを追っているんじゃないかな、バーンズさん。この事件に合理的な謎解きはできないのではないだろうか」

わたしたちはマチュー卿のもとを辞去すると、玄関ホールで待っていたルイス警部と合流して二階にあがり、マチュー卿の寝室に入った。

「事実関係はわりと単純でしてね。午前五時ごろ、まだ寝つけずにいたエスターはキッチンでコーヒーを淹れようと、ベッドから起きました。彼女はこの部屋の前を通ったとき、微かにすきま風を感じました。ドアの下から吹いてくるのだと、すぐにわかりました。マチュー卿はこの季節、窓をあけたまま眠ったりしないはずです。不審に思ってそっとドアをノックしましたが、返事はありません。彼女はドアをあけ、なかを覗きこみました。案の定、窓が大きくあいています。そしてマチュー卿はパジャマのシャツのボタンをはずし、紫がかった顔をしてベッドにひっくりかえっていました……

マチュー卿はエスターのおかげで命拾いした、と言っても過言ではありません。もし発見があと一時間遅かったら、亡くなっていたでしょうから。彼女はさっそく救急車を呼び、サンダース医師にも連絡しました。医師の診察によると、マチュー卿は激しい心臓発作に見舞われたらしく、今にも鼓動が停まりそうだったそうです。そんな状態が、どれくらい続いていたのでしょう？はっきりしたことはわかりませんが、三時間以上はたっていたと思われます。救急搬送されたオックスフォードの病院でも、危篤状態だと診断されました……今は危機を脱しましたが、日常生活で後遺症が残りそうです。これからは、無理はいっさい禁物です。

事件があった夜、怪しい物音を聞いた者はいませんでした。全員、ベッドですやすや眠っていたと証言しています。ミス・シーグレイヴも自宅にずっといたそうです。ですから誰ひとり、アリバイはありません。ピール夫妻とコーシャン夫妻は別だと言えるかもしれませんが、彼らだって相手に気づかれずそっと寝室を抜け出すことは可能だったでしょう」

オーウェンは部屋をざっと調べてから、こうたずねた。

「ここでなにか手がかりは見つかりましたか？」

「いいえ。小テーブルに蠟が一滴垂れていたくらいで。どうやらマチュー卿の証言どおり、灯したロウソクが置いてあったようです」

「でも、妙だな。窓が大きくあいていたということは、われらが夜の訪問者はそこから入ってきたんだろう。窓のすぐ下の地面は、細かく調べましたよね？」

「もちろんです。ご自分の目でも、確かめてください」

二分後、わたしたちは砂利道から窓を眺めていた。ルイス警部が説明を続ける。

「ご覧のとおり、残念ながら屋敷は完璧に手入れが行き届いてます。少し苔でも生えていれば助けになったでしょうに、怪しいすり傷の跡などひとつも見つかりませんでした。だからといって、この壁をよじ登った可能性は否定できません。身軽な人間なら、そんなに難しいことではないでしょう。縦の仕切りが入った窓が、すぐ目の前にありますよね。そのうえが、問題の窓です。下の窓は枠が張り出していて、幅広の横板がついています。梯子を使えば簡単にあそこまで行き、そこからマチュー卿の寝室の窓に登れます。コツは要りますが、やってやれなくはないですよね？」

「たしかに」とオーウェンは答えた。「でもひっかかるのは、どうして侵入者はそんなに面倒なやり方をしたのかってことなんです。その前までは、難なく屋敷に入ってきていたのに……」

「ああ、なるほど、バーンズさん。とりあえず今は、事実をお話しするに留めましょう。ちなみにわたしはマチュー卿に、一階のドアの鍵を変えるよう忠告したんです。どうしてもと、強く言わねばなりませんでした。それで彼も同意したのですが、まるでわたしの突飛な考えにしかたなく譲歩するみたいな口ぶりでした」

「わかります。マチュー卿が妙にあきらめきっているようすなのは、ぼくらも気づきました。次に《白い女》があらわれたら、ついていきかねないほどだ。敵の破壊工作は、功を奏しているようです……」

「ええ、残念ながら」警部は拳を握り、うめくように言った。「しかも敵はあらわれる度に、ますます大胆になってきます。いやはや、なんとも……」

「それはさておき」とオーウェンは続けた。「幸先のいい、新たな手がかりもつかめましたよ」

彼はそう言って、ウェデキンド警視から聞いたジーグラー家の子どもたちに関する情報を伝えた。

ルイス警部は目にしわを寄せ、二階の窓を見あげながら煙草に火をつけた。

「興味深いですね。なかなか興味深い。あなたの推理はいささか突飛な気もしますが。ただ問題は、どれもこれも確認にとても時間がかかるってことです」

「たしかに」とオーウェンは言って、警部をふり返った。「でもリーシアについては、あなたもすでに一計案じているのでは？　あなたがかつて知っていたリーシアと今の彼女が同一人物か、確かめる手立てを？」

　警部は苛立たしげに何度も煙を吐き出してから、こう答えた。

「ええ、そうですね。同一人物に違いないとは思っていますが、絶対にそうかと問われると……」

「困惑しているようですね。違いますか？」

「まあ……実はあなたがたに、まだ話していないことがありまして。あなたがたにも、ほかの誰にも……」

「というのは？」

「これです」警部は大きく息を吸ってからそう言うと、上着のポケットに手を入れて封筒を取り出した。

　彼は封筒をあけ、なかから黒い羽根を出して言った。

「ちょうどここで見つけたんです。外壁の下の草むらから。一見すると、重要な手がかりとは思えなかったので、自分で取っておくだけにしました。でも、あなたはもうおわかりでしょうね、バーンズさん？」

わが友は重々しくうなずき、わたしのほうを見た。

「どう思う、アキレス?」

わたしは咳払いをして答えた。

「どうと言われても……大きなツグミかカラスの羽根のようだが、それ以上はなんとも……ああ、わかった! ミス・シーグレイヴが飼っているカラスだ!」

重苦しい沈黙が続いたあと、ルイス警部がまた口をひらいた。

「もちろん、確認しなければなりませんが……もしこれが本当にカラスの羽根だとしたら、彼女に不利な証拠がさらにひとつ増えたことになります。でもバックワース荘に忍びこむのに、どうしてわざわざカラスなんか連れてきたのか、理解に苦しみますが」

「ぼくもです」とオーウェンは言った。「それに《白い女》が動く道筋も、ますますもって不可解だ。ひらいた窓から出入りしているんだから。壁や鉄柵を難なく通り抜けることもあれば、ドアや窓をあけねばならないこともある……おまけに今回は、お守り代わりにカラスまで連れてきたとは。《白い女》がリーシアだったとすればですが。あなたがどうお考えかはわかりませんが、ぼくはますます荒れる大波のなかを泳いでいる気分ですよ」

ルイス警部はそのとおりとばかりにため息をつき、こうたずねた。

「とりあえず、この証拠品はどうしましょうか?」

「できればほかの些細な品々といっしょに、証拠品の棚に保管しておいてください。われわれ以外、誰も近づけないようにして。いざ必要にとなったら、急に思い出したふりをすればいいんです。まずはリーシアのカラスから羽根を一本ちょうだいし、それと較べてみなければ。あとのことは、それからです。いずれにせよ、ミス・シーグレイヴに不利な証拠は多々ありますが、司法的な見地からすればどれも軽微なものです。うまいアドバイスはありませんが、突撃の前に今しばらく待ったほうがいいでしょう」

「待つって、何を？」

「ウェデキンド警視の捜査結果をです。手がかりのうちひとつでも脈ありとわかれば、大収穫でしょう。そのあいだに、もう一度ミス・シーグレイヴと会っておくのも悪くない。カラスの羽根を手に入れるためにも。それにあれこれ昔話でもすれば、彼女が本物のシーグレイヴか確かめられます。偽者だったら知らないことがあるはずです。それを見つけ出せるのは、あなただけですから。そうですよね？」

「ええ、もちろん」警部は答えた。「まかせてください」

16　難しい使命

十月三十日

アンは目を閉じて唾を飲みこむと、ドアを小さく三回ノックした。そして返事を待たず書斎に入った。思ったとおり、なかにはヴィヴィアンがいた。

若きリチャーズ夫人は、ライティングデスクに身を乗り出すように体を起こした。

「あら、アン、何の用かしら？」

「ええと、その……振込みのことで。先月の振込みが済んでなかったので……」

「振込みって？」

「父にしてもらう振込み。あなたもわかっているでしょ……」

「打ち出の小槌じゃないんだから……」

「何ですって？」

「いえ、べつに。わかったわ、あとでマチューと確認しておきます。だってほら、今は昼寝の時間だから」

アンは唇を噛んで、わめき出しそうになるのをじっとこらえた。冗談じゃないわ、こんな屈辱的な会話。まるで教会の出口にいる物乞いになったような気分だ。

「そうそう」とヴィヴィアンは、ライティングデスクのうえに広げた書類を引っ掻きまわしながら言った。「どこにやったかしら？　ああ、あったわ。サンダース先生がこの前書いてくれた処方箋……ちょっと薬局まで行ってもらえると、ありがたいんだけど。今日はその暇がなさそうなんで」

アンは彫像のようにじっとしていた。ヴィヴィアンはそんな彼女を眺めながら、処方箋を差し出してさらに続けた。

「どうしたの、アン？　なにも無理なお願いじゃないでしょ？　あなたのお父様の健康がかかってるのよ……ああ、忘れてた。ついでに時間があれば、ヒルデガードのところに行ってみて。買い物のリストを用意してあるから。あれこれあったせいで、買い物が滞ってるのよ。ピーターといっしょに見てくれる？」

「彼は今日、仕事よ……」

「だったらジョンとマーゴットに頼んでちょうだい。アンったら、今日はようすが変ね。まるでのろまのジャネットを相手にしてるみたい」

アンは書斎をあとにすると居間にむかい、クロスワードパズルをしているマーゴットのほうなど一顧だにせず、まっすぐバーカウンターに歩み寄った。マーゴットは解きかけのクロスワードパズルを置き、妹のようすを目で追った。アンはポルトをグラスに注いでいっきに空けると、すぐにもう一杯注いで姉の隣に腰かけた。そしてわっと泣き出し、胸の内をさらけ出した。

「でも」とマーゴットは言った。「ここ最近はけっこううまくやっているように見えたけど」

「ええ」とアンはしゃくりあげながら答える。「食事のときやブリッジをしているときは……でもひとたび現実的な問題になると、ことあるごとにわたしを馬鹿にするんだから」

「あの騒ぎで、わたしたちみんな気が立っているのよ。一段落すれば、うまく行くようになるわ」

「もうくたくたよ！」アンは納得いかずに言い返し、瞼を拭った。「姉さんたちはどうなの？ジョンと姉さんは、ここに来たことを後悔していない？」

「後悔なんてしていないけど……ずっとここにいるわけにもいかないでしょうね。ジョンが仕事を見つけたら、ロンドンに戻らないと」

「わたしたちをあの性悪女のところに残して？」

マーゴットは口をつぼめ、妹の手を取った。

「ひとつ屋根の下で三世帯が暮らしていたら、いつか無理が来るわ。ピーターとあなたもどこかに身を落ち着けるべきよ」

「わたしたちみんな、この屋敷から追い出されて、あの女の天下ってことじゃないの」

マーゴットが黙っているので、アンは話を続けた。

「ジョンの考えはどうなの？　もうすっかり元気になったみたいだけど、よくいつもあんなに落ち着いていられるわね」

「そう見えるかもしれないけど、内心苛立っていると思うわ。だってほら、彼はこれまでずっと、広々とした野山の暮らしに慣れていたし。健康のほうはすっかり回復したけれど、記憶障害だけはまだ残っていて……」

「あら、ブリッジのときなんか、全然そんなふうに見えないけど。なにひとつ見逃さないんだから」

「そうじゃなくて、昔の記憶が曖昧なの。アフガニスタンで体験した悲惨な出来事より前の記憶が……くよくよ考えるのはやめましょうって、彼と決めたんだけど、やっぱり……」

そのとき居間のドアがあいた。

「ほら、噂をすればなんとやらよ」とマーゴットは、うっすら笑みを浮かべて言った。

けれどもジョン・ピールが居間にいたのは、ほんの一瞬だった。妻と義妹に歩み寄るなり、玄関のチャイムが鳴ったからだ。まあまあそのまま、と彼は二人に言うと、踵を返して居間から出ていった。

「これはこれは、ルイス警部さん」ジョンは玄関のドアをあけて言った。「悪い知らせでないといいのですが」

「いえ、ご安心ください。マチュー卿がちゃんと約束を守ってくれたかどうか、確かめにきただけですから。錠の件でね」

「そのことなら大丈夫。わたしが自分で手配し、昨日職人が作業を終えました。よろしかったら、いっしょに見てまわりましょうか」

「ありがとうございます」

台所に隣接する食料品貯蔵室に通じる通用口の前に行くと、少佐はざっと要点を説明した。

「一階から外に出るドアの錠は、すべてつけ替えました。それに差し錠もいくつか。金網のついていない窓には、鉄柵を取りつけました。つまり夜間は、要塞並みに堅固な守りだってことです」

「それならけっこうです、少佐。本当ならもっと前に、そうすべきだったのですが」

「ええ、まあ。でも、まさかこんなことになるとは、思いませんでしたからね。いつもならこのあたりは、とても静かな場所で……」

「わかっていますとも」と警部はため息まじりに言った。「バックワース村でたて続けに重大犯罪が起きるなんて、これまで一度もありませんでした……安らぎの場だったんです。呪われた《白い女》が、地元に伝わる不気味な伝説のなかから蘇ってくるまでは」

「ところで、捜査の進展具合は？」

「順調に進んでいますよ」ルイス警部は慎重に答えた。「でもほら、わたしはここに一日中詰めているわけではありません。絶えずオックスフォードとのあいだを、行ったり来たりしているので。それに追うべき手がかりがいくつもあって……」

「一杯やりながら、そのあたりのことをゆっくり聞かせてもらえませんか？」

「勤務中は飲まないことにしてるんです。それに急ぎの用もありますし。まだ、これから会わねばならない人がいて……」

ほどなくルイス警部は車に戻り、不安げな顔でイグニッションキーをまわしながら、心のなかで《賽は投げられた《アーレア・ヤクタ・エスト》》とつぶやいた。このあとに控えている聴取のことを思うと、冷や汗がにじんだ。延期したいのはやまやまなんだが。エンジン音に続き、砂利道にタイヤが軋む音が響いた。リチャーズ邸を去って村にむかい、宿屋の近くで車を止めた。あまり人目に立たないよう――バックワース村でそんなことが可能ならばの話だが――残りの道のりは歩いていくことにしよう。警部はリーシア・シーグレイヴの家に着くと、眉をひそめて窓を見つめた。割れたガラスの代わりにボール紙が張ってある。それから彼は大きく深呼吸して、玄関の鈴を鳴らした。

三十分後、ルイス警部はだいぶ元気を取り戻していたものの、自分の演じる役割を恥じる気持ちは、まだ拭い去れずにいた。たしかに仕事柄、ときには二枚舌を使わねばならないこともあったけれど、今日はそれがとりわけ嫌でしかたなかった。友好的な雰囲気を醸し出そうと、リーシアが飼っている猫や犬をやさしく撫でたりもした。本当は動物なんて大して好きでもないのに、まったく偽善的なことだ。出された冷たい飲み物もさっさと空けた。女主人が席をはずす時間が長びけば、カラスの羽根を手に入れるという大事な任務を遂行しやすくなるからだ。さいわいカラスはベランダにいた。残念ながら近くに羽根が落ちていないので、カラスの体から直接一本ちょうだいしなければならない。警察学校では色んなことを習ったけれど、鳥の羽根を抜く練習は入っていなかった。

もうひとつの任務は、リーシアが本物かどうかテストすることだった。ルイスはあらかじめ入念に準備しておいた。子ども時代の思い出に関する質問を二種類用意し、本当にあった出来事のなかに嘘の話をそれぞれひとつずつ忍びこませる。もしリーシアが偽者なら、まんまと引っかかるはずだ。最初の試験は合格だった。リーシアは《偽の思い出話》には、覚えていないと首を横にふった。そこでルイスは第二の回想に取りかかった。

「……でもあの悪戯は失敗でしたよね。トミーは茨の茂みに逃げこんでしまい……覚えていますか？」

「ええ、もちろん」とリーシアは楽しそうに答えた。けれども話の続きに眉がぴくりと動いたのは、ちょっと戸惑っているからだろう。

「トミーときたら、とうとう肥溜めに落ちてしまって……ちょうど運よく叔父さんが近くにいて、髪の毛をつかんで……」

「それはまったく記憶にないわ。でも昔の話だから……レモネードをもう一杯、いかがですか、警部さん？」

「いただきます。これは本当においしいですね。いくらでも飲めそうだ……」

女主人が奥に引っこむと、ルイス警部はため息をついた。リーシア・シーグレイヴは偽者ではない、と心のなかで確信した。あとは羽根を手に入れるだけだ。ルイスは軽く口笛を吹きながら立ちあがり、カラスのほうにむかった。けれどもカラスは本能的に危険を察知したのか、ばたばたと羽ばたき始めた。

「そら、静かにしろ。痛くないから……ちょっと撫でるだけだって」

けれどもカラスがさらに翼をばたつかせるものだから、ルイスは身震いした。そろそろと近づいては戻りを何度も繰り返していると、背後でリーシアの声がした。

「お探しのものがあるなら、はっきりおっしゃってくださいな、警部さん」

「べつに、なにも……わたしはただ……」

「羽根を抜こうとしていたと？　それなら、青い大きな壺の裏を見ていただくのが簡単でしょう。たしかそこに一、二本、落ちていたはずですから」

「でも……また、どうして……」ルイス警部はどぎまぎして、口ごもるように言った。

「水晶の玉を覗いて占ったわけじゃありません。ただ、噂に聞いただけで」

「噂といいますと？」

「マチュー卿の寝室の近くから、カラスの羽根が見つかったって。驚いているようですが、ご存じありませんでしたか？」

「それはその……噂は知りませんでしたが、羽根が見つかったのは事実です」

「だったら、どうぞお持ちください。わたし自身のことなら、なにも隠し立てしません。イゾルデは――というのがカラスの名前ですが――わたしといっしょでなければ決してあそこまで行かないでしょう。でもわたしは前にもお話ししたとおり、ここしばらく屋敷におうかがいしていません」

警部は恥ずかしそうに、青い壺に近寄った。そのあいだにも、リーシアは言葉を続けた。

「お仕事なんですから、どうぞご自由に、警部さん。わたしもできるだけ早く、きれいさっぱりと疑惑を晴らしたいですし。おもてを歩くたび、横目でちらちら見られるのは面白くありません。子どもたちときたらわたしに舌を出して見せたり、窓に石を投げたり。家の前に着いたとき、窓にボール紙が張ってあるのに気づかれたのでは？」

「ええ、とんでもない話だ。誰がそんなことをしたのかおわかりなら、わたしが対処にあたりますが……」

「また同じようなことがあったら、お願いします。そうそう、おかしな思い出話のことをうかがってもいいでしょうか？　あれもわけがあるのでは？　もしかして、わたしの正体を疑っているとか？」

ルイス警部はお目当ての羽根を見つけてポケットにしまうと、女主人に近づいた。

「あなたが相手じゃ、かないませんな、リーシアさん。証人訊問の相手がみんなあなたと同じくらい鋭かったら、こっちは商売替えをするしかないでしょう。それはさておき質問にお答えするなら、正体を疑うなんてとんでもない。少なくとも今は、そんなことまったく思ってはいません。でも、ひとつ忠告させてください。もしあなたの立場だったら、この村にぐずぐずしていませんがね。あなたは若くて才能もあり、お金だって持っている。ロンドンで暮らすほうがいいのでは？」

若い女の黒い瞳がきらりと光った。

「そうしたら、いっしょにいる動物たちの世話は誰がするんですか？」

ルイス警部はリーシア・シーグレイヴのもとを辞去すると宿屋に戻り、カウンター席についてビールをたのむと、主人相手におしゃべりを始めた。リーシアを訪ねた経緯《いきさつ》にざっと触れたあと、羽根が見つかった話をどこかで聞いたかどうかたずねた。

「ああ」サムはうなずいた。「客がひとり、二人、そんなことを言ってたな」

「いつごろ？」

「昨日か一昨日か」

「誰だったか、覚えているかな？」

「いや、そこまでは。店じゃいろんな噂が耳に入るんでね。でもここだけの話、リーシアの名前もいっしょに出てきたような……」

「やっぱりか、サム。いったいどうなることやら」

「あんたはよくやってるよ。でもできれば、早く一件落着させたほうがいいだろうな、ルイス。村の連中もかっかし出してるから……」

警部は肩をすくめると、もう一杯ビールをたのんだ。

「サム、ちょっと電話を借りてもいいかな？」


電話が鳴ったとき、オーウェン・バーンズはロンドンの快適なアパートで、ルイス警部の私的なメモの写しを読んでいた。彼は受話器を取ると、大きな声で言った。

「ああ、あなたでしたか。ちょうどメモを読んでいたところです……あなたのご指摘は、大いに参考になります。ぼくも気づかなかった細かな点が、たくさん書かれていて。で、その後、何か？」

しばらく警部の話に耳を傾けたあと、彼はこう言った。

「なるほど、ルイス警部、それでひとつはっきりしました。リーシアはデボラ・ジーグラーではなかったと……」

「ええ」受話器のむこうから、ルイスのぶつぶつ言う声がした。「でも羽根のほうは、彼女のカラスのもので間違いなさそうです。これから専門家に確認してもらいますが、ざっと見たところよく似ています。でも、この羽根のせいで新たな問題が出てきまして。もちろんあなたは、羽根を見つけた話を誰にも漏らしちゃいませんよね？　あなたも、お友だちのストックさんも？」

「漏らすなんて、とんでもない。でも、どうして？」

　警部の説明を聞いて、オーウェンは言った。

「たしかに、羽根の話が漏れたのは奇妙ですね。それが何を意味するのか、考えられることは二つ。でももう少し、じっくり検討するとします。メモの件に戻りますが、いや実に誠実なお仕事ぶりだ。なかにとりわけ二点ほど、気になるところがありまして。ひとつは《白い女》がマチュー卿の部屋に、最初にあらわれた晩のことですが、寝る前に読んでいた本がどこかへ行ってしまったんですよね。知りませんでした……これは思いのほか重要な出来事かもしれません。第二点は論理的な必然性の問題ですが……ええ、事件の時系列における論理的な必然性です。あなたのメモには、すべてを一変させる重要な点がはっきりと示されていました。でも電話では説明しづらいので、のちほどお話ししましょう。とりあえず用心を怠らないで、なにかあったら遠慮なく連絡してください」

17　マチュー卿はどこに？

十一月五日

　赤い残照が地平線のかなたに消え去り、夕闇がバックワース村を包むと、いっきにあたりは冷えこんできた。バックワース荘の広々とした居間では、暖炉の火がぱちぱちと心地よくはぜている。柱時計が午後六時を打つと、マチュー卿は肘掛け椅子から立ちあがって妻に声をかけた。

「ちょっと散歩をしてくるので、娘たちと仲よくくつろいでいなさい……」

　ヴィヴィアンはにこやかな笑みを浮かべてうなずいた。けれども夫が部屋を出てドアが閉まるなり、笑みはすぐに消えた。

「スイス時計なみの規則正しさだな」とジョン・ピール少佐が言って、肘掛け椅子から立ちあがった。

「このあいだから、ああなのよ」とヴィヴィアンが答える。「サンダース先生が薬の処方だけでなく、日課表作りもしてくれたみたいで。朝食、一回目の散歩、昼食、昼寝、二回目の散歩って……あなたの言うとおりだわ、ジョン。なんだか完璧にプログラムされたロボットと暮らしてるみたい」

「それが悪いっていうの?」とアンが食ってかかるようにたずねた。「その《ロボット》がまだしばらくちゃんと動いて欲しいなら、言っておくけど……」

「前はもっと好き勝手にふるまってたのにって思っただけよ」

「まあまあ」ジョンはこれみよがしに咳払いをして言った。「ぼくもいっちょうビリヤードで、指のしびれをほぐしてこよう……ピーターがお待ちかねだ」

「彼によろしく伝えてちょうだい」アンは皮肉っぽく言った。「あんまり遅くならないようにね」

　少佐が居間を出ると、マーゴットがため息をついた。

「なんだってわたしたち、ただ男どもを待って時間を潰してるのかしら?」

「いい質問ね」とヴィヴィアンが言った。「きっと女が天下を取る日も遠くないわ。見てらっしゃい……女が社会をリードしていたことって、過去にあったかしら?」

「ええ、アマゾン族がそうだわ」とアンが肩をすくめて応じた。

「たしかアマゾン族って……」マーゴットは考えこんだ。「弓を引くのにいいように、乳房を切り落としたとか?」

「それは女だけの社会だったからよ」アンがもったいぶって言い添える。

「だったら……子どもはどうやって作ってたのかしら?」

「適当に男を奪い取ってくるのよ」

「まさか、にわかには信じられないけど……」とヴィヴィアンが冗談めかして言った。

そんな調子で会話は続き、十五分ほどしてエスターがやって来た。アンはブラウスにポルトの染みを作ってしまい、着替えに行った。

ビリヤード室ではピーターが簡単なショットをはずしてしまい、苛立たしげなため息をついた。

「幸先が悪いな」とピーターは拳をさすりながら言った。「今夜はどうも調子が出ない。きゅっと一杯ひっかけないか？」

「もう飲むのか？　ゲームを始めたばかりなのに」

「まあ、いいじゃないか。敵を叩きのめしたいっていうんじゃなければ……」

「しかたないな」ジョンはあきらめ顔で答えた。「女どものかまびすしいおしゃべりに耐えられるっていうなら」

二人が居間にやってくる直前、ちょうどアンも戻ってきたところだった。柱時計が午後六時半を告げた。

「おかしいわね」とヴィヴィアンが、時計をふり返って言った。「マットがまだ帰ってこないわ。いつもは散歩するといっても、せいぜい二十分なんだけど」

ジョンがピーターと自分のグラスにウイスキーを注ぐと、こう言った。

「マチュー卿の外出時間を、毎回きっちり測ろうっていうんじゃないだろうね？　医者の処方箋に、それも含まれているならともなく……」「まさかね」とピーターもうなずいた。「さもなきゃ聖女ヴィヴィアンの福音書に書いてあるとか」

彼はそう言っていっきにグラスを空け、大笑いした。

ヴィヴィアンはさっと蒼ざめ、目をぎらつかせた。

「そろいもそろって……いけ好かないわね、あなたたち二人とも」

「いやまあ、真面目な話」とジョンが言った。「そんなに心配することないだろう」

「マットの体調がどんなか忘れたの？」

「それはもちろんわかってるさ。でも、いつもより帰りが十分遅いからって……」

「もうすぐ十五分よ」とヴィヴィアンは答えて、柱時計を不安そうに見つめた。「こんなこと、これまで一度も……」

ピーターはもう一杯ウイスキーを注ぎ、またもやいっきに空けた。少しむせたのか、目に涙が浮かんでいる。彼はヴィヴィアンに近寄り、ずけずけとこう言った。

「そうとも、真面目な話、きみが夫の心配をしているなんて、われわれが本気にするとでも思ってるのか？」

若きリチャーズ夫人はピーターの前に立ち、その目をまっすぐにらみつけながら、冷たく落ち着きはらった声で答えた。

「ええ、心配してるわ。冷静になって欲しいわね」

ピーターはまごついたように顔を紅潮させ、それから聞こえよがしにせせら笑った。

「とんだ茶番じゃないか。世界中、大笑いだ。ここにいるみんなが、知っていることなんだから。この女の望みはただひとつ、老人があの世に行くことだって」

不気味な沈黙があたりを包んだ。やがてピーターは、自分を鼓舞するかのように続けた。

「みんな、ひと言もなしか？　一度くらいこの女に面とむかって言ってやろうっていう、気力のある者はひとりもいないのか？」

その瞬間、まわりの全員が彫像のように固まりついた。ピーターは助けを求めるみたいに、ジョンをふり返った。でも、無駄だった。少佐は口をひらこうとしない。ピーターは怒りと困惑で顔を真っ赤にした。そして居間から出ていくと、ドアをばたんと閉めた。

死の静寂のなかで何秒かがすぎた。ヴィヴィアンがわっと泣き出す。アンは彼女に歩みより、腕に手をあてた。

「ごめんなさいね。許してあげて、ピーターのこと。本当に、どうかしてるわ……」

「酷いわよね、あんなこと言うなんて。ねえ、ジョン？」とマーゴットも加勢した。

「まったくだ」と少佐はうなずいた。「みんな、苛立ってるんだ。こんな状態が、あんまり長く続くから。それでジョンも、つい思ってもいないことを言ってしまったんだ」

「放っておいてちょうだい」ヴィヴィアンはすすり泣いた。「あなたたちの言葉なんか、信じられない」

「そんなこと言わないで」アンはさらに慰めた。「わたしたちだって、鬼でもなければ蛇でもないわ……」

エスターもヴィヴィアンをなだめようとしたけれど、あまり効果はなかった。こうして何分かがすぎ、ようやくヴィヴィアンは泣き止んだものの、怒りはいっこうに収まらない。柱時計の針が午後六時四十五分を指しているのを見て、彼女は言葉を切りながらゆっくりと言った。

「まだ帰ってこないわ」

そしてエスターやマーゴットの手を乱暴にふりほどき、立ちあがった。

「あなたたちはここで、好き勝手なことを言ってればいいのよ……わたしはやるべきことをするから」

ヴィヴィアンは赤いドレスをはためかせ、ドアにむかった。ドアがばたんと閉まる音がする。そのあと玄関ホールに響く足音が聞こえ、玄関のどっしりとしたドアが閉まる音で壁が震えた。

再び死の沈黙が続いた。みんな、ひと言も発せず、顔を見合わせている。やがてジョンが口をひらいた。

「追いかけたほうがいいな……あんな格好じゃ、寒いだろうし……」

「たしかにおかしいわ」とアンが思案顔で言った。「よく考えたら、ヴィヴィアンの言うとおりかも。本当ならお父様は、とっくに戻ってるはずだもの」

マーゴットとエスターもそのとおりだと言って、みんなでジョンのあとを追うことにした。ところが居間を出る前に、玄関ホールからまたどたどたという足音が聞こえ、居間のドアが大きくあいてヴィヴィアンがあらわれた。さっきよりさらに顔が蒼ざめている。

「見たの……」と彼女は幻を見るような目をして、口ごもりながら言った。「いたのよ、外に」

「何の話だ？」少佐が勢いこんでたずねる。

「……《白い女》よ……あの女が小道を横ぎって……ほんの数秒のことだったけれど、間違いないわ」

すぐにみんなして、玄関の明かりが届くあたりを調べ始めた。そのあいだに、騒ぎを聞きつけたピーターもやって来て、仲間に加わった。それから懐中電灯を用意して、さらに遠くまで小道を見てまわった。鉄柵の正門から数メートルのあたりで、ヴィヴィアンは《白い女》を目撃したのだという。けれども探索は、長く続かなかった。一、二分したところで、少佐が手にした懐中電灯の光が、木の脇にぐったりと横たわるマチュー卿の体をとらえた。ジョンはさっと調べて仲間をふり返り、重々しく首を横にふった。けれども彼が懐中電灯のむきを変える前に、みんなが死者の顔を見ることができた。そこには名状しがたい恐怖の表情がくっきりと浮かんでいた。

18　消えた本

十一月六日

「とうとう《白い女》は、求めていたものを手に入れたってわけか」ルイス警部は組み合わせた両手をテーブルに置き、うつむいてため息まじりに言った。「敵の完勝です」

その午後、閑散とした宿屋の店内で、警部は初動の捜査で判明した事柄をオーウェンに説明していた。オーウェンは新たな事件が起きたと知らされ、ロンドンから駆けつけたところだった。

「検死結果が出るのは明日ですが」と警部は続けた。「検死医は最初の見立てでほぼ間違いないだろうと言っています。マチュー卿はなにか激しい恐怖によって引き起こされたショックにより亡くなったのだろうと。わたしもそう思いますね。死体は両目を大きく見ひらき、口もとが引きつっていましたから。それに不審な傷痕やこぶ、血腫は、ひとつもありませんでした」

オーウェンはもの思わしげにうなずいた。

「するとマチュー卿がこの世で最後に見たものは、死の女のやさしげな微笑みか、手招きする白い指ってことか……《白い女》が何度もあらわれたあとですからね、きっと覚悟はできていたでしょうが……」

「《白い女》にとっては、たやすい獲物だったと……」

「庭を散歩中に《白い女》を目にしただけで、そこまで怯えるものでしょうか？」

「いや、そうは思えませんね。検死医にもたずねてみましたが、ありえないだろうという答えでした」

「だったら《白い女》はなにか、特殊な策を講じたのでしょう。でも、どんな策を？　どうしたらマチュー卿を、そんなに怖がらせることができるのか？　ところで死体は木の傍にあったんですよね？　鉄柵の正門から、ほど近いあたりに？」

「ええ、砂利の小道から十メートルと離れていません。正門からも同じくらいです。屋敷の玄関からは、たっぷり五十メートルはありました。となると細君のヴィヴィアンは、容疑者リストからはずれます。彼女が居間を出てから、《白い女》を見たと告げに戻ってくるまで、ほとんど一分もたっていないとみんな証言していますから。犯人がどんな手を使ったのかはわかりませんが、そんな短時間で犯行に及ぶのは難しいでしょう。ほかの人物は誰も、確固たるアリバイはありません。みんな少なくとも十分ほど、居間にいない時間がありました。マーゴット・ピールだけは別ですが。彼女は一瞬たりとも、居間から出ていません」

オーウェンの顔に笑みが浮かんだ。

「ふむ……まるで犯人はあの女だと言わんばかりの口ぶりですね」

「とんでもない。わたしはただ、事実を並べているだけです。ちなみに午後六時から午後七時まで、各人の行動をざっとまとめてみました。マチュー卿が散歩に出てから、死体で見つかるまでの時間です。それは検死医による死亡推定時刻とも一致しています」

ルイス警部はポケットから紙を取り出し、テーブルに置いた。

「これをお持ちください、バーンズさん。わたしは写しがありますから」

「ありがとうございます。助かります。死体発見現場の木のまわりも、すでに細かく調べたけれど、なにも見つからなかったんですね。さもなければ、とっくに話しているでしょうから」

「そのとおり、目ぼしいものはなにも。ともあれ、鳥の羽根はありませんでした。今回はね」と警部は冗談めかして言い添えた。「そうそう、まだ話してませんでしたよね。前に手に入れた二本の羽根は、同じカラスのものでした。鑑識課の者が確認しました。つまりマチュー卿の窓の下に落ちていたのは、ミス・シーグレイヴのカラスの羽根だったってことです」

ルイス警部はひと息ついて残りのビールを飲み干すと、手の甲で口ひげをぬぐって薄っすら笑みを浮かべた。

「ここからなんですよ、ミス・シーグレイヴについて話が面白くなるのは……」

「彼女にもすでに訊問したんですよね？　するとまたしてもアリバイがなかったと？」

「まあ、順を追って話しますから、バーンズさん。落ち着きましょう。ええ、昼食の前に訊問しました。するとまあ、今度はアリバイがあるらしいんです」

「ちょうどうまい具合に？」

「《らしい》って言ったじゃないですか」とルイス警部は悪戯っぽくつけ加えた。「時間的にはぎりぎりのところなので、もう少し証言を集めないと……」

警部はそこで言葉を切り、足もとの革かばんからクラフト紙の封筒を取り出した。なかに四つ折りにした紙切れが入っている。

「まずはこれを見てください……ミス・シーグレイヴが言うには、昨日の朝、郵便受けにこれが入っていたそうなんです。ほら、すべて大文字で書かれ、署名はありません……」

「おかしな手紙だな」オーウェンは手紙に目を通すと、そうつぶやいた。

「少なくともそれだけは言えますね。でも結論を出す前に、彼女のアリバイを確認したほうがよさそうです」

「そこはお任せしましょう」

「まだ続きがあるんです」とルイスは同じ口調で続けた。「リチャーズ家の公証人と、電話で話すことができました。個人的な知り合いでもあるのでね。故人の最後の意志について、快く大筋を教えてくれました。聞いたらきっと、びっくりしますよ」

「びっくりって、どんな？」

「小さな驚きがひとつと、大きな驚きがひとつ……小さなほうはある程度予想していましたが、大きなほうは……」

ルイス警部は左右を見まわすと、オーウェンのほうに身を乗り出した。

「ここなら壁に耳ありとは思いませんが、万が一ということもあるので……」

「あなたにはかないませんね、警部さん。店にいるのは、ほとんどぼくたちだけじゃないですか……」

「いいですか、よくお聞きください」

警部はオーウェンの耳もとで、何事かささやいた。するとオーウェンは、にっこり笑ってうなずいた。

「実を言うと、そうかもしれないとは思ってました。でも正直、ただの仮定にすぎなかったので。いずれにせよ、遺言書の内容が正式に明かされたら、屋敷はきっとうえをしたへの大騒ぎだ」

「遺言書の公表は、明後日に予定されています。またのちほど、お知らせします。まだあともう一点、大ニュースが残ってます」

警部はまたしても革かばんから、さっきよりも大きくてぶ厚い封筒を取り出した。

「まだサプライズがあるんですか?」とオーウェンは大喜びで叫んだ。「いやはや、あなたのかばんは、まさにびっくり箱だ」

「実を言えば、オーウェンさんのおかげでもあるんです。だってほら、最後の電話を覚えていますよね?　あなたは行方不明になった本のことを気にかけて……」

「マチュー卿が寝る前に読んでいた本という?」

「ええ、その本がはい、これなんです」

ルイス警部が封筒からそっと本を取り出すと、オーウェンはたずねた。

「どうやって見つけたんですか？」

「独力で見つけたわけではありません。あなたのご指摘を受けて、屋敷を訪れた際にその話をしたんです。そうしたら今朝になって、この本がわたしの手もとに届きました。リチャーズ夫人が二階の書斎から探し出してくれたんです。書類の山に埋もれていたのを。いっぷう変わった表紙がなければ、気づかなかったでしょうけど……」

オーウェンは満足げな笑みを浮かべて、手にした本を見つめた。件《くだん》の表紙は黒と紫の木目模様《モアレ》で、本というより書類ホルダーを思わせた。表紙をひらくと、なかは厚紙に書かれた手稿だった。ページ数はせいぜい二十か三十といったところ。傾きがちの、ゆったりとしてエレガントな筆跡だ……オーウェンはいっそうの笑顔で警部にたずねた。

「誰が書いたのか、ご存じですか？」

「心あたりはありますよ。あなたが推測するとおり……」

「ミス・シーグレイヴの筆跡は知りませんが、間違いありません。これはトランス状態で書いたという自動筆記の原稿でしょう。お読みになりましたか？」

「そんな時間があったと思いますか、バーンズさん」とルイス警部は不満たらしく言った。「昨晩は四時間しか休めなかったんですよ。ひたすら眠って元気を回復するので精一杯でした」

「たしかに」とオーウェンは同情するように言った。

「最初のところだけ、ちらっと見てみましたが、わけがわかりませんでした。でも、あなたなら、そこからしかるべき結果を引き出すのでしょうが」

「そうですとも、しかもただちにね」とオーウェンは、ページをめくりながら答えた。「早くも事件の捜査に、大きな進展がありましたよ。《白い女》もいよいよ命運が尽きたようだ」

オーウェンは言葉を切った。しばらく沈黙が続いたあと、警部はたずねた。

「で、これからどうするおつもりで？」

「まずはミス・シーグレイヴともう一度会いたいのですが」

「折悪しく、彼女は今、ロンドンに行っているはずです。今日の午後は占いの店で、大事な予約が入っていると言ってましたから」

オーウェンは懐中時計に目をやった。

「午後三時三十五分か」彼は考えこんだ。「うまくすれば次の汽車に乗って、夕方にはロンドンに着ける。きっと彼女はほかのお客を占ったあと、ぼくにも最後にいくらか時間を取ってくれるでしょう」

それからバーンズは木目模様の表紙に手をあて、こう力強くつけ加えた。

「これをお借りしてもよろしいですか？　汽車のなかでもう少し読んでおきたいので」

19　占い

深い静寂のなか、重苦しい雰囲気が部屋を包んでいた。濃い紫色をしたビロードの壁紙と、あせたエメラルドグリーンの壁紙のせいだろうか、部屋は宝石箱さながらだった。入念に計算された照明の下に、いくつもの水晶球が輝いている。主な明かりは、ロウソクを灯した二つの枝つき大燭台だった。絵画や金色に輝く本の背表紙、銘木の箱のあちらこちらに、秘教的なシンボルが見てとれる。けれども部屋の中央に置かれた小さな丸テーブルには、黒いクロスが敷かれているだけだ。リーシアはそのうえに指を広げた手をのせ、謎めいた表情で客を見つめていた。紫色のターバン。どことなくアジア的な、三角形の細面。黒いダイヤモンドさながら、きらきら光る大きな目。まるで仏塔の女神のようだ。ターバンに巻いた金銀の細紐とイヤリングのおかげで、いっそう神秘的だった。

　ミュージックホールの舞台や交霊会には慣れているオーウェンだったが、それでもはっと目を見張った。十分前、にぎやかで活気に満ちたオックスフォード・ストリートで、彼女の店の前に立ったときは、まさかこんなにがらりと世界が一変するとは想像していなかった。入口のうえに掲げられた看板にも、いささか陳腐な謳い文句ながら、金文字でこう書かれていたけれど。《千里眼の占い師リーシア、忘却の河《レテ》の申し子》。けれども一歩なかに足を踏み入れると、初めて別世界が目の前に広がった。オーウェンはタイミングがよかった。リーシアは最後の客を終え、店を閉めようとしていたところだったから。

「どうして話してくれなかったんです？」長い沈黙のあと、オーウェンはたずねた。

リーシアの顔にほんのり笑みが射した。

「バーンズさん、占ってもらいに来たんですか、それとも訊問に？」

「その両方です。今日のぼくにはその二つが、互いに不可欠なので。だから質問を繰り返しますが、どうして黙っていたんです？」

「何の話かしら？」

「よくおわかりのはずだ。それともご自慢の能力が、すっかり失せてしまったとでも？」

負けたわ、とでもいうように、リーシアは肩をすくめた。

「誰にも明かさないと約束したからです。あれはわたしたちだけの秘密でした。彼が死ぬまで、秘密にしておかねばならなかったんです」

「実を言うとあなたが学校の話をしたとき、もしかしてと思ったんです。覚えていますか？　学校へ行く費用のことになったら、あなたは言葉を濁しました。そこでぼくは考えました。あなたのお母様は、ひとりですべて賄いきれなかっただろう。だったら、誰が……」

「それが本当に重要なんですか、バーンズさん？」

「ええ、少なくとも、事件を解決するためにはね。ついでに言っておきますが、自動筆記で書いた原稿は、もう捜していただかなくてもけっこうです」

「興味を無くされたと？」

「いいえ、一段と興味津々ですとも。でも、必要なものは手に入りましたから。ほら、お見せしましょう」

そう言ってオーウェンは、ルイス警部から託された手稿を取り出した。

リーシアが面白そうにページをめくり始めると、オーウェンはたずねた。

「たしかにあなたの筆跡ですよね？」

「ええ、もちろんです。表紙にも見覚えがありますし」

「どうしてそれをマチュー卿が持っていたんでしょう？」

「占って欲しいとわたしの家にやって来たとき、わたしが書いた原稿に興味を持ったんです。あなたと同じように。それで借りていきたいとたのまれて」

「その話も、うかがっていませんでしたね」

「ええ、どうしてわざわざ話すんです？　マチュー卿がわたしの家からなにか借りていくことは、前にもありましたから」

「原稿の中身は、あなたもすでに読んでいたんですよね？」

「いいえ、少し間を置いてから読むことにしているんです。なんというか……距離を取って客観的に見たほうが、メッセージの意味がよりよく理解できるので。この原稿は、前日か、前々日に書いたものでした」

「それでは、まだこの原稿は読んでないと？」オーウェンは念を押した。

「ええ、残念ながら。読んでみたいとのちのち思ったのですが、いろんな事件が続いて叶いませんでした。マチュー卿が訪ねてくることもありませんでしたし。原稿は紛失したんだろうと思っていました。そんな話を聞いたような。誰から聞いたのか、覚えていませんが」

「おそらくピーター・コーシャンさんでしょう。あなたのところに、占ってもらいに来たときにでも」

「そうそう、彼に違いありません……リチャーズ邸に暮らしている人で、あのあと会ったのは、コーシャンさんだけですから」

「あなたの話は、にわかに信じられませんがね」

「でも、それがことの次第なんです……」

「あなたが自動筆記の成果を、じっくり読み返そうとしなかったことを言ってるんです」

「それが本当に大事なことなんですか？」

「もし読んでいたなら、そんな質問はしないでしょうね」

「あらまあ」と彼女は皮肉っぽく言った。「だったらさっそくここで、過ちを改めましょうか。でも、少し時間がかかるかも……」

「それにはおよびません」とオーウェンは答えて手稿を取り返した。「その話はまた折を見てすることにしましょう」

オーウェンは知ったばかりの事実に気を取られ、カードを選ぶようにリーシアに言われたときも、うまく集中できなかった。

「緊張しているようですね、バーンズさん」

《占い師じゃなくたって、それくらいわかるだろうさ》とバーンズは苦々しい気持ちで思った。

「だったら引くカードは一枚だけにしましょう。あなたの過去を言いあてても、インチキだと非難されかねません。だって有名人ですから、あなたのことは簡単に調べられます。同じく現在についても、今あなたが抱えている問題は容易に想像がつきます。だったら、残るはあなたの未来についてです。さあ、いいですか、あなたは運命の手となりました。意識を集中させて……」

オーウェンはさんざんためらった末、リーシアが扇状に広げたカードのなかから、真ん中の一枚を引いた。リーシアがおもてに返すと、それは岩壁の奥にチョークで描いたような、ありふれた丸だった。

「丸印」とリーシアはささやいた。「正直、これは最良とまでは言わないまでも、とてもいいシンボルのひとつです」

「で……その意味は？」

「意味するところはさまざまですが、基本的にそれは生の円環、再生の円環を示します。星々の、銀河の、全宇宙の、無限に続く円環運動です。大袈裟な言い方をするなら、あなたは永遠だということです。けれどももちろん、なにものも永遠ではありえません。あなたの場合、その名声が死後もずっと続くことを意味しているのだろうと思います」

「ふむ……あなたの話を信じるべきかどうかはわかりませんが、そう言われて悪い気はしませんね」

「ともかくあなたは自信を持って、先へ先へと進まれることです。もしなにか、これはという質問がおありなら」

「ええ、もちろんありますとも。ぼくが今日、とりわけ知りたいのは、《白い女》の陰に隠れているのは誰かです」

リーシアはモナリザのような微笑みを浮かべて、オーウェンをじっと見つめた。

「あなたもすでに、あたりをつけているのでは？」

「ええ、まあ」とオーウェンは、リーシアに劣らず謎めいた表情で答えた。「でもなにか証拠というか手がかりでもいただければ、無駄にならないでしょう」

オーウェンは新たに三枚のカードを選び、表を下にして黒いビロードのうえに並べた。それは女占い師と彼のあいだを遮る、神秘のバリアーをなしていた。馬鹿げた考えだと理性ではわかっていたけれど、それでも彼は決定的な一瞬が近づきつつあると感じていた。

「まず、はっきり断っておきますが、バーンズさん」とリーシアは重々しい口調で言った。「なにか明らかな手がかりを得られると期待しないでくださいね。カードが告げるのは、あなたを導く目印のようなものです。この部屋を出ても、そのイメージはあなたと共にあって、望むと望まざるとにかかわらず、意識するとしないとにかかわらず、捜査の道筋をつけることになります。それでもまだ続けたいと？」

「ますますその気になりますね」

「それでは始めましょう。あなたの選んだ一枚目のカードをひらいてください」

オーウェンは熱に浮かされたような手つきで、カードをおもてにむけた。平野にぽつんと立つ小屋というか、インディアンのテントの絵だ。

「なるほど……」リーシアは瞼にしわを寄せて考えこんだ。「これは家庭というか避難所というか、いずれにせよ親密な場所のシンボルね。今で言うならバラックや家、ホテル、ビルかもしれません。二枚目のカードに行きましょう……」

次にめくったカードには、燃えるように真っ赤なハートが描かれていた。

「当然のことながら、これは愛や情熱をあらわしていますが」とリーシアは説明した。「カードのむきが逆さまになっている点に注意してください。つまりシンボルも逆むきに、悪い意味で解釈しなければなりません。憎しみ、嫉妬、あるいは不倫……さらには、二枚のカードがどう結びつくのかも考えねばなりません。でもそれができるのは、あなたひとりでしょう……」

三枚目のカードには、光り輝く空を飛ぶ鳥が描かれていた。

「羽根がたくさんあります」とリーシアは叫んだ。「ツバメでしょうか、よくわかりません

らない」

が……」

「もしかしたらカラスかも」とオーウェンは冗談めかして言った。「いや、まったくわけがわか

「このカードのメッセージは、わたしにもほかの二枚ほど明瞭ではありません。前のメッセージと慎重に結びつけなければ。今、あなたから聞いた話による先入観もあることですし。いずれにせよ、このカードを無視するわけにはいきません……確たる存在理由があるのですから。それ以上のことは、言えませんが」

オーウェンは三枚のカードをじっと見つめながら、わずかに興奮気味の声で言った。

「どうやらぼくの手の内に、何枚か切り札がまわってきたようです」

「そうでしょうとも。でもそれをうまく使えるかは、あなたしだいです」

20　鳥の名前

十一月七日

その朝、明るい太陽がロンドンを照らしていた。からりとした新鮮な大気を抜けて降り注ぐ光を受け、みんな上機嫌で元気いっぱいに動きまわっている。けれども、ジョン・ウェデキンド警視だけ別だった。ロンドン警視庁にあるオフィスの窓から、陽光に輝く首都の美しい景色を楽しんではいたけれど。悩みの種はすぐ足もとにある、狭い隙間の並んだ鋳鉄製の塊だった。

「いまいましいラジエターめ！」ウェデキンド警視はスイッチをがちゃがちゃ押しながら、大声で毒づいた。「ちっとも言うことを聞かないんだから。用もないのに暖めたり、暖房を全開にしてるのに寒風を吹き出したり。それがもう二週間も続いている」

デスクの前に腰かけたオーウェン・バーンズは、こう指摘した。

「故障係に連絡してないんですか？」

「もちろんしてますとも。数えきれないほどの作業員が、次々やって来ましたが、そろいもそろって能無しばかりだ。そして決まってこう言うんです。《さあ、これで大丈夫。またなにかありましたら、遠慮なく言ってください》なんて。役立たずの横柄な若造が、この国にはどんどん増えている。しかたない。窓をあけておきましょう。さもないと話を終えるころには、蒸し風呂状態でしょうから」

警視は汗で光る額を手の甲で拭い、デスクのむこうに腰かけると、探偵とむかい合ってため息をついた。

「退職万歳です」

「まだ間があるのでは？」

「ええ、でも今から待ち遠しいですよ」

「退職したら、何をするおつもりで？　考えていますか？」

「やらないことなら決めてますよ、バーンズさん。アナキストや過激派、詐欺師、強盗、泥棒、やくざ者を追いまわすのはもうやめだ。せっせと苦労して汗水たらし、命がけで働いた末にわかったんです。犯罪者を五人、牢にぶち込むと、裁判官は勢いづいてその倍を釈放するって。まるで上層部と寄生虫どもは、密約でも交わしてるんじゃないかと思うほどだ。しょせん薄汚い世界を這いまわり、何をしようが感謝されるどころか、ぼかすか殴られるだけの哀れな悪党たちなど……」

「まあまあ、ウェデキンドさん、そう嘆かないで。警察官としての意欲を満たしてくれる、巧妙な殺人者もいるじゃないですか」

「ええ、でもそれはみんな、あなたが捜査に加わった事件です。わたしたち警察官吏には、それに加えて今挙げたような、うんざりするような日常業務がありますからね」

「ともかく、目下抱えている事件に戻りましょう」

「そうですな」とウェデキンドは言って、もじゃもじゃの髪の毛を両手で撫でつけた。「で、どちらから始めますか？　あなたのほう？　どうやらそちらにも、新たな収穫があったようですからね」

オーウェンはざっと状況をまとめた。つい最近わかったばかりの事実についてはとりわけ詳しく語り、そのあとこうつけ加えた。

「そしてちょうど今朝、ルイス警部から知らせを受けたというわけです」

「彼はうまくやっているようじゃないですか？」ウェデキンド警視はそう言って、煙草に火をつけた。

「ええ、たしかに。熱心で誠実な、思慮深い仕事ぶりです。いざとなれば、なかなかの手腕も発揮しますし。一時的に《隠しておいた》、例のカラスの羽根の件ですよ。そのおかげで、犯人はミスを犯すことになりました。警部は届いたばかりの検死報告書を、今朝ぼくにも見せてくれたのですが……」

「ほう？」ウェデキンド警視は目を輝かせた。「あててみましょうか……老人は心臓発作で死んだのではなかったとか？」

「いやいや、そこは最初の診断どおりでした。けれども気になるものが見つかって。ほんのちょっとしたものですが、見過ごすわけには……」

「それは、いったい？」

「髪の毛から検出されたんですが、自然についたとは思われません。繰り返しますが、ほんのちょっとしたものなんです。でも、専門家たちはきっぱり言ってます。左頭頂部の髪の毛から、火薬の微小な燃えかすが見つかったと」

「爆発か、銃を撃ったときに出るような？」

「そのようです。しかしとても些細な痕跡なので、どんな火薬なのかはよくわかりませんでした。いずれにせよ、ルイス警部はあらためて現場を入念に調べる予定です。屋外ですから、成果があるか疑問ですが」

「なるほど。とはいえ、これで新たな局面がひらけそうだ。なにか巧みな遠隔操作で爆発を引き起こすか、強烈な光を発するかしたのでは？」

「目がくらんでショック死するほど、強烈な光ってことですか？　考えられませんね。爆発が起きたか銃を撃ったか、そのほうがまだありえます。ただ問題は、屋敷の誰もそんな物音を聞いていないってことなんです」

「それで困っていると？」

「ええ」とオーウェンは答えて首をひねった。「というのも、その結果考えられるのは……いやまあ、いいでしょう。で、あなたのほうは？」

ウェデキンド警視はデスクのうえのファイルを手に取り、気のない風を装ってぺらぺらとめく

った。

「大した収穫はありませんが、それでも、多少は……ジーグラーについてなんですが、思った

より迅速に事態が進展しました。ほとんどが簡単な消去法ではっきりさせることができました

よ。つまり容疑者はみんな、復讐をたくらむ娘や息子ではありえないという確証が得られたんで

す。二人の人物を別にすればね。ひとりは実質的に確かめようがないから。もうひとりについて

は、なにがあろうと不思議ではありません。二重のすり替わりとでも呼ぶべきことが、行われた

のかも。まるで荒唐無稽な謎解きですがね。ロンドン警視庁の力だけでは、そこはどうしようも

ないでしょう。犯人の正体を暴けるのは、親しい知り合いか近親者だけです……誰のことを言っ

ているのか、おわかりですよね？」

「わかってますとも。でも、その線に沿って捜査を進めると、手の内を明かすことになりかねま

せん」

「さもなければ、屋敷の外部の人間という可能性も残っています。例えば、村の誰か……」

オーウェンはもの思わしげに指を口にあてた。

「それはぼくもすでに考えてみました。だとすると、村人みんなのことを調べねばなりません。

ルイス警部に話してみましょう。その任務には、彼がいちばんうってつけですから。それはさて

おき、ジーグラー家の子どもたちに関する調査が終わって、ほっとしました。いつものことながら、見事なお手並みには感服しています。ちょうどいいタイミングでしたよ。実はあと少しばかり、やって欲しいことがあって……」

　ウェデキンド警視はずる賢そうな笑みを浮かべ、ゆったりと椅子に腰かけて両手の指を絡み合わせた。

「あなたのことだから、わけもなくそんなお世辞を並べやしないと思っていましたよ。それで、何をしろと？」

「本題に入る前に、ひとつ説明しておきたいことがあります。ほら、前にもお話ししましたよね。マチュー卿が寝る前に読んでいたという本。リーシアが自動筆記で書いた原稿ですが、それが見つかったあと、というかまたあらわれたあと、じっくりと考えてみたんですが……」

　それから十五分ほど、オーウェンは彼の見解を説明した。ウェデキンド警視は途中で口を挟むこともなく、なるほどというようにただうなずきながら聞いていた。

「いやはや」ようやくウェデキンド警視は口をひらいた。「それではっきりしました……大きな前進じゃないですか。なんとも信じがたい事件だ。よく考えれば、すべて明らかなことなのに！」

「ただ困ったことに、今のところなんの証拠もありません」

「そこでわたしが乗り出すと？」

「ええ。昨日、直感的にひらめいたのですが……」

「直感的に？　これはまた、いつものあなたらしくない手法ですな」

「頭にふとひとつの光景が浮かびました。そのきっかけというのが……いやまあ、それはどうでもいい。ともかくその光景をもとにして、推理の筋道を立てたんです。もし証拠があるとするなら、過去に遡って探さねばなりません」

「過去に遡って探すなんて、簡単におっしゃいますがね」

「ここ最近でいいんです。思うに事件の主な出来事より、せいぜい数か月前まででしょう。ぼくの考えでは……」

今度もウェデキンド警視は、黙ってしばらくオーウェンの話に耳を傾けていたが、やがて大声で叫んだ。

「なんですって？　それが《あと少しばかり》だって言うんですか？　干し草の束のなかから針を見つけるようなものじゃないですか！」

「でも、どこかに痕跡が残っているはずだ。間違いありません……」

「わたしもそうは思いますが。でもきっと、偽名を使っていたでしょうし。確かめるには本人の写真も手に入れねばなりません。ほかに手がかりはないのですか？」

「ああ、そうだ、もしかするとそこには、鳥の名前がついているかもしれません」

「《イーグル》とか《三羽の鳩》とか《カワセミ》とか？」

「ええ、例えばですが。でも確かな話じゃありませんから、忘れてもらったほうがいいでしょう……いい加減なことを言って、惑わしてはいけないので……」

「ご自分が何をさせようとしているのか、わかっているんでしょうね、バーンズさん。それがどんなに大変なことかくらいは、知っていてもらわないと。ロンドンじゅうに何軒ホテルがあると思ってるんですか？」

「まずは主要な地域だけでもかまいません。ここからここまでと、おおよそ範囲を想定して……」

「だからって！　充分な人員だって準備できませんし」

「でも、間違いありません。どこかに証拠があるはずだ。もしかするとむこうも、ささいな危険を冒しているかもしれません。だとすると、調べるのにだいぶ時間が節約できます。普通はこういう場合、用心して支払いは現金で済ませるでしょう。でも充分な持ち合わせがなくて、たまたま小切手を使った可能性もあります。だとしたらこの間の、銀行口座を確認してみるのも有効な方法でしょう。調べる銀行は限られています。もちろん、よほど運がよくないといけませんが……」

「そう願いますね、バーンズさん。本当にそう願います。うまくすれば四十八時間で、問題は解決できるでしょう。わたしが自らあたることにします。それはそうと、ストックさんはどうしました？　あなたの忠実な助手たるアキレス大将は？　もしかして、仲たがいでも？」

「とんでもない。残念ながら目下、とても忙しいとかで。でも、最後の謎解きには、ぜひとも席を用意して欲しいと言ってましたよ」

「思うにそれも、もう間近でしょうね」とウェデキンド警視は冷やかすように言った。

オーウェンは謎めいた表情で、ただうなずくばかりだった。

「ええ」彼はようやくそう言った。「期待どおりの証拠を、あなたが手に入れてくれたあかつきには」

21　遺言書

十一月八日

翌日、バックワース荘の居間は死の静寂に包まれていた。午後三時を告げる柱時計の音が、まるで弔鐘のように大きく響いた。屋敷の住人はひとり残らず集まっている。リーシア・シーグレイヴの姿もある。その脇にはオーウェン・バーンズとルイス警部が、警護するかのように立っていた。みんなリーシアを無視しているが、ときおりちらりとむけられる目には、つねに軽蔑がこもっていた。こうして一同が会したのには、二つの目的があった。ひとつは《白い女》事件の解明。そしてもうひとつは、そろそろ到着するはずのスロアン公証人から話を聞くことだった。

ほどなく外からエンジン音と、砂利を軋ませるタイヤの音が聞こえた。スロアン公証人は居間に入ってくると自己紹介をし、少し遅れたことを詫びた。その手慣れたようすからは、長年の経験が感じられた。しわくちゃの顔をした小男で、あごが何重にもなっている。皆の注意を引くためなのか、それともただの癖なのか、発言の度に決まってまず咳払いをした。

「おほん……」とスロアンはテーブルの前にすわりながら言って、スーツケースをあけた。「まずはっきり申しあげておきますが、故人の財産がいかほどのものか、正確な評価はまだわたしにもできておりません。半分から三分の二は、株式か国債などですが、その額はこれから判定することになります。数多くの金庫に収められた金塊や宝石類の評価にも、まだ取りかかっておりませんが、ざっと見てこの家屋敷の二、三倍の価値はあるでしょう。もちろん地所や建物も相続分に加わります。賢明なるかなマチュー卿は、単純明快な方法を取ることにしました。まずは全体を種目ごとに分け、それぞれ十分の一を別にします。そのうち一部は慈善事業に寄付しますが――寄付先はこのあと読みあげます――大部分はここにおられるエスター・エイディーさんにさしあげることとなります。ご本人の言によれば、《献身的な仕事ぶりに感謝し、長年にわたる密やかな友情の証として。彼女との友情は年月とともに輝きをいや増し、わたしの人生で貴重なものだった》とあります」

教育係の目に涙がこみあげた。彼女は故人に対する感謝をこめ、大きくゆっくりとうなずいた。

そのあと十分間にわたり、スロアン公証人は慈善団体の長いリストをえんえんと読みあげた。皆はそれを苛立ちを隠しきれずに眺めていた。

「残りについては」と公証人は続けた。「さらにことは簡明です。マチュー卿は財産の半分を妻のヴィヴィアン・リチャーズ夫人、旧姓マーシュさんに遺贈し、あとの半分は子どもたちで均等に分けることになってます……」

「それですべて？」とアンが遮った。

「ええ、まあ」

「ブラヴォー」とアンは手を叩きながら叫んだ。「お見事、ヴィヴィアン、あなたの勝ちね。だってそうでしょ、たった数週間の結婚期間で、大金を手に入れたんだから」

「お願いよ、アン」屋敷の女主人は肩をすくめた。「言いすぎだわ。マットがこの場にいたら、きっとたしなめるでしょうね」

「あなたは黙ってるの、ピーター？」アンは怒りにまかせて続けた。「それにマーゴット姉さんやジョンも？」

やがてアンは口もとに奇妙な笑みが浮かべ、リーシアに目をとめた。

「ああ……そこにもうひとり、がっかりしてる人がいたわね。わが家の若い後家さんと変わらないほど体を張ったのに、見返りはなにひとつ得られなかった人が。お生憎様、父はあなたの存在なんか、すっかり忘れてしまったみたい。新たな遺言書にあなたの名前を記すのは、好ましくないと判断したのよ……」

「もしかして、少しばかり誤解があるようですが」と公証人が、力いっぱい咳払いをしてから言った。

「誤解ですって？」アンは不快そうに眉をひそめる。

「ミス・シーグレイヴのことなら、しっかり遺言書に書かれていますが」

「でもさっきのお話によると……」

「……ええ、あとの半分は子どもたちで均等に分けることになってます。でもお子さんは三名ですから。あなた、お姉さまのマーゴットさん……それにリーシア・シーグレイヴさんです」

みんなびっくり仰天し、公証人からミス・シーグレイヴへ視線をむけた。やがてアンが、ヒステリックな金切り声をあげた。

「でもあなた、今までそんなことひと言も言わなかったじゃない？」

占い師はそっとうなずいた。

「ええ、父に厳しく止められていたので。理由はおわかりになりますよね。父は母との関係を、誰にも知られたくなかったんです。そして二人の愛の結晶の存在も。自分でこんな言い方をするのもなんですが」

「なのに、まるでお父様と……」

「そんなこと、わたしの口からは一度も言ってません。それにこのことで傷ついた人間がいたとすれば、それはあなたよりこのわたしのほうです。あなたみたいに恵まれた子ども時代を送れなかったんですから」

一瞬、ためらったあと、アンは猛然と言い返した。

「あなたの思いどおりにはさせないわよ。遺言書の無効を申し立てるから」

「おほん……そうは行きますまいよ、奥様」とスロアン公証人が口を挟んだ。「この遺言書は規則にのっとり、わたしの目の前で書かれました。そのとき故マチュー卿の精神状態はまったく正常だったと断言できます。というわけで、皆さんよろしければ、わたしはここらで引きあげさせてもらいます。次回またお会いする機会には、もっと細かな点について詰められるでしょう」公証人はテーブルのうえの書類を集めながら、さらにつけ加えた。「ああ、忘れていました……これをお渡ししなければ、シーグレイヴさん。お父上からの私信です」

スロアン公証人はちらりと困惑げな笑みを浮かべて、茶色い封筒を差し出した。

公証人が部屋をあとにしたときも、まだあたりは驚きに包まれていた。やがてオーウェン・バーンズが口をひらいた。

「この新たな状況に慣れるには、まだ数日かかりそうな方もおられるでしょうが、《白い女》の謎はまだ闇のなかです。そこでこれからその一端を、皆さんと解明したいと思います」

「でもその正体は、もうわかっているじゃないの？」とアンがまた金切り声をあげた。「この悪魔のような女に決まってるわ。遺産の分け前を手っ取り早く受け取るためには、手段を選ばなかったってことよ」

「もちろん、この女しかありえません」とピーターも妻に同調した。「根拠をあげろと言うなら、この遺言書が決定的な証拠です」

「皆さんの疑いは当然ですが」とオーウェンは、心を和ませる声で言った。「もっと詳細に事件を検討してみましょう。まずはとりわけ主要な謎のひとつ、《白い女》が書斎から忽然と消えた件について。今からおよそ一か月半前、故人が《白い女》のあとを追って書斎に入ると、女の姿はありませんでした。一見すると説明のつかない、驚くべき出来事ですが、リチャーズ夫人が先日見つけ出したマチュー卿の《枕頭の書》のおかげで謎が解けました。それはシーグレイヴさんが書いた、一種の短編小説でした。思いつくまま自由に書かれていますが、とても啓示的です。死とその謎をテーマにした短い物語で、それがこの土地に伝わる《白い女》の姿を取ってあらわれるのです。美しい顔、恐ろしい白い指、彼女が発する冷気が、豊かな表現力で巧みに描かれています。シーグレイヴさんが言うには、一種のトランス状態でいっきに書きあげたのだそうです。そんなふうにして、誰に見せるでもなく書いた原稿が、ほかにもいくつかあるのだとか。ところがある日、父親のマチュー卿がそれを借りていき……

もしわれわれがこの事実を把握して、マチュー卿は事件の晩、寝る前に《白い女》の物語を読んだのだとわかっていれば、すぐにことの成り行きを理解したでしょう。明らかに彼は数時間後、その話を悪夢のなかで再現したのです。彼にとってあまりに恐ろしい、驚くべき悪夢だったので、本当の出来事だと信じこんでしまいました。あの晩、《白い女》を見たのは、というか見たと思ったのは、マチュー卿ひとりでしたよね。ほかの人たちはみんな、彼のあとについて書斎に入っていっただけです。マチュー卿はそこに《白い女》を追いつめたつもりでした。けれども《白い女》は、もともと彼の想像のなかにしかいなかったのです。本人もあとから、もしかしてと思ったかもしれません。けれども自信満々に断言してしまった手前、ひっこみがつかなくなったのでしょう。ぼけ老人扱いされるのを恐れて、自分で自分を納得させようと、《白い女》の姿かたちや顔つきについて、細々《こまごま》と描写を重ねていったのです。それに三か月前、アンさんとピーターさんも《白い女》を目撃していますから、幻覚じゃないと思いこんだはずです。つまり謎解きは、単なる悪夢ということです。でもそれが、この事件すべての発端だったのです……」

「なんとまあ！」とアンは言った。「だったらますます明らかじゃないの。ミス・シーグレイヴはそうとわかったうえで、もっともらしく悪夢の続きを演じたんだわ。お父様が恐怖のあまり絶命するまで、あの手この手で脅かして」

「たしかに一見すると、そう思いたくもなるのですが、ここにまずひとつ問題が出てきます。シーグレイヴさんは自動筆記で書いたその原稿を、読み返していないと言うんです」

「あなたはそんなことを信じるんですか？」アンは怒りのあまり息を詰まらせた。

「ぼくが彼女を信じようが信じまいが、原稿は誰でも読むことができました。なぜか何週間ものあいだ、行方不明になっていましたから」

「ずいぶんとまた、偏った考え方をなさるんですね、バーンズさん」アンは食ってかかった。

「わたしもアンに賛成せざるをえないわね」とヴィヴィアンも言った。

「そんなことありません」オーウェンは平然と答えた。「どうしてかもおわかりいただけるでしょう。あとの成り行きを見ると、何者かがシーグレイヴさんにすべての罪を着せようとしていると、考えざるをえないからです。のちにマチュー卿の寝室のすぐ近くから、カラスの羽根が見つかりました。シーグレイヴさんにとっては、きわめて不利な証拠です。ルイス警部もぼくも、このことは誰にも言わずにおきました。ところが数日後には、村中の噂になっていました。そこでぼくは思いました。こんな噂を流したのは、犯人にほかならないのではと。犯人はシーグレイヴさんを窮地に立たせようとしたものの、われわれが羽根の話を秘密にしているものだから、我慢しきれなくなったのでしょう。

それだけではありません。先週の火曜日、つまりマチュー卿が亡くなった日、シーグレイヴさんの家の郵便受けに匿名の手紙が届きました。文面を読みあげましょう。《羽根を仕掛けた人物について知りたければ、午後七時ぴったりに屋敷の前まで来い。》羽根を仕掛けた人物というのは、彼女に罪を着せるため、マチュー卿の窓の下にカラスの羽根を置いていった者のことでしょう。だとしたら、シーグレイヴさんは犯人ではありません」

「馬鹿馬鹿しいったらないわ」とヴィヴィアンが口を挟んだ。「その手紙はあなたがたを騙すために、自分で書いたのよ。決まってるじゃない」

「明々白々だと言ってもいいくらいね」とアンも賛同した。

「先を続けましょう」オーウェンは平然とそう言った。「シーグレイヴさんはひとが思っているほど愚かじゃありません。彼女は罠に気づきました。指定された場所へ行くには行ったものの……たっぷり一時間以上早く出かけたのです。午後五時四十五分ごろ、すでにあたりは暗くなっていました。屋敷の庭に誰かいます。でも残念ながら、顔は見わけられませんでした。なにかたくらみがありそうだと彼女は直感し、さっさと道を引き返したのです……」

沈黙が続いたあと、アンがまたしても攻撃にかかった。

「わかってないわね、バーンズさん。あなたの評判は、少し過大評価されているんじゃないかしら」

「それはまたどうして？」

アンはあきれたように両手をあげて天を仰いだ。

「よくもまあ、うぶというか無邪気というか……」彼女は怒りで目を輝かせ、言葉を区切りながらゆっくりと言った。「あの女は口から出まかせを言ってるのに、あなたはそれを信じているからよ！」

「ぼくだけではありません。ルイス警部もです。彼は自ら出むいて、ニコルス家から証言を集めてきました。あなたもあの一家とはお知り合いですよね。パトリック・ニコルスにその妻、妻の両親、男の子二人と、その下に女の子がひとり。その全員が、はっきり言っているんです。あの晩、午後五時五十五分にシーグレイヴさんが家にやって来て、二時間以上いっしょにいた、その間一瞬たりとも席をはずさなかったと。だからあの晩、あなたの異母姉妹のシーグレイヴさんは、お父上を殺したはずないんです。だって午後六時に、お父上はまだ生きていたんですから。つまり犯人は別にいるんです……」

22　マチュー卿の墓

十一月十日

スコップですくった土が何杯か、棺のうえにかけられると、リーシアは涙を堪えきれなくなった。牧師が故人を讃えているあいだは、どうにか持ちこたえていた。牧師が描く父親の肖像は、どこからどう見ても少しばかり褒めすぎだった。リーシアには立場上、それがよくわかったし、母親が聞いたらきっと同じように思っただろう。けれども埋葬は、なにか悲しい決定的な出来事だった。村で、そしてほかの場所でも、彼女にひとつだけ残された愛の絆が断たれてしまったのだ。父は完璧な人間じゃなかったけれど、思っていたよりずっとわたしを愛してくれていたんだ。亡くなったあとに届いたあの手紙を読んだら、それがはっきりとわかった。言葉遣いは簡素だけれど、とても胸に迫るものがあって……

スコップの土が棺をすっかり覆い隠しても、リーシアはそこに父の顔が見えるような気がした……彼女は体をこわばらせ、目をそむけた。わたしはひとり、ひとりぼっちだ。敵意に満ちた人々に囲まれて。

マーゴットとは、いつの日か和解できるかもしれない。不可能じゃないわ。わたしが異母姉妹だと知ったとき、彼女の冷ややかな仮面の下で、ほんの少し心が揺れ動くのが見てとれたもの。でもアンの敵意は揺るぎそうもない。ヴィヴィアンも同じだ。でも、彼女のことはどうでもいい。獰猛な黒豹のような目にも、リーシアは動じなかった。ピーターも同類だろう。遺言書が読みあげられているときから、彼はただひたすら軽蔑のまなざしでリーシアを見つめていた。エスターはいつもどおり無表情だったけれど、お悔やみを言いに来てくれた。ジョン・ピールもだ。彼は同情の微笑さえ浮かべていた。善良な性格なのだろう。それに彼もまた、人生のつらい試練に耐えてきた。ルイス警部も挨拶に来た。彼が訊問のときに使った二枚舌を、リーシアは忘れていなかった。とりわけ、カラスの羽根を手に入れようとしたときのことは。でも彼は、自分の仕事をしただけなのだ。リーシアの嫌疑がすっかり晴れて、今は心からほっとしているようだし。歳は離れているけれど、リーシアは彼を幼馴染だと思っていた。少なくとも、最近までは。この先、またそう思えるときが来ないとも限らない。

三々五々、散らばっていく会葬者たちを、リーシアはそっと見やった。オーウェン・バーンズ探偵の姿はない。彼が来るとは限らなかったが、少し残念だった。彼をどう感じているのか、実のところ自分でもよくわからなかった。辛辣な皮肉にいらいらさせられることもあれば――慇懃無礼な舌戦を楽しんでもいたけれど――思いやり深い態度を示すこともある。リーシアは心のなかで苦笑いをし、肩をすくめた。

墓地の湿った草を踏みしめて出口にむかい、家路についた。帰宅すると、いっしょに暮らす動物たちがそれぞれのやり方で暖かく迎えてくれた。哀れっぽい目をした老ビーグル犬は、いつものように熱烈に。三匹の猫は彼女のふくらはぎにまとわりつきながら悩ましげな鳴き声をあげ、ウサギはとても控えめに。そしてカラスは、例によってカアカアと二度鳴き声をあげた。リーシアは暖炉の火をあおった。にわかに激しい疲労感に襲われ、肘掛け椅子にすわりこんだ。すぐ脇の棚に目をやると、手の届くところに父親の手紙があった。もう何度も読み返した手紙。そのたび、捨ててしまいかけた。きっぱりと過去を断ち切るため、苦しいだけの記憶から逃れるために。彼女はまた手紙を手に取った。読み進めるうちに目がうるみ、やがて熱い涙が頬を伝うのを感じた。読み終えると手紙をくしゃくしゃと丸め、火に投げ入れた。彼女は体を縮こまらせ、すすり泣き始めた。そうやっていつまでも泣き続けた。

動物たちはリーシアのそんなようすを見慣れていなかったので、まわりに集まってきた。彼女を半円形に取り囲み、じっと静かに見守っている。ビーグル犬の表情豊かな目には、同情の気持ちがありありと浮かんでいた。その点、猫の目は謎めいて、何を考えているのかわかりづらかった。けれども猫の場合、ボールみたいに丸くうずくまった背中を見るとよくわかる。前に伸ばした上半身は首のあたりで狭まり、そのうえに耳をぴんと立てた丸い頭がのっている。そんなときに注意深く観察すれば、猫の考えが読み取れるだろう。獲物を狙っているのか、ただなにか気になるものがあるのか、もっと深く感じ入っているのか。カラスの心情はさらに測りがたい。黒く輝く目に、ときおり喜怒哀楽の動きがちらりと浮かぶだけだ。いずれにせよ、そのとき動物たちは、熱い涙を流し続ける主人をじっと見つめていた。

オーウェン・バーンズはロンドンのアパートで暖炉の脇にすわりこみ、犯罪学の本を読みふけっていた。傍らのカーペットのうえには、すでに目を通した本が五、六冊積んである。これまでのところ、収穫はなかった。彼はページをめくりながら、心のなかで毒づいた。けれど目あての記事はこのなかにあるはずだと、確信していた。

そのとき電話のベルが鳴り、彼ははっと体を凍りつかせた。立ちあがって玄関に行き、受話器を取る。

「ウェデキンドさん」とオーウェンは、ややあってから言った。「驚きましたね。まさか日曜日の晩に、こんな遅くまで仕事しているとは……」

「いつもは違うんですが、あなたのためですから」警視の声が雑音混じりに響いた。

「じゃあ、うかがいましょう、ウェデキンドさん」とオーウェンは言った。「なにもただのお愛想で、電話してきたわけでは……」

「もちろんです。けれどあなたもわたしの話に、喜んでいただけるでしょう。よく聞いてくださいよ……」

オーウェンは受話器を握りしめたまま、しばらくじっと黙っていた。その顔が、徐々に輝き出す。やがて彼は口ごもるように言った。

「ま……間違いありませんか？　本当に、確かなんですね？」

「確かも確か、三名の証人のうち、二名はきっぱりと断言しています。それにしても、あなたの鋭い直感には感服します」

「直感というより」オーウェンはぶつぶつつぶやいた。「論理的に考えて、二人はホテルで……ところでホテルは、どこで見つかったんですか？　ぼくが言ったとおりの範囲でしたか？　ああ、やっぱり。それならあなたもおわかりのとおり……」

「わたしが言ってるのは、名前のことですよ、バーンズさん。ホテルの名前です。あなたが推測したように、鳥の名前というわけではありませんでしたが、あたらずとも遠からず。判断はお任せしますが、実は……」

オーウェンは電話を切ったあとも、受話器に手をあてたまましばらくじっと動かなかった。混乱した頭のなかでは奇妙な疑問が、いくつも激しく渦巻いていた。今までずっと、驚異的な推理力だけで謎を解明したと自負してきたけれど、今回は……

彼はぶるっと身震いして、受話器を置きなおした。そして市外電話の交換手に、コッツウォルズの番号につないでもらった。ほどなく、よく知った声が受話器のむこうから聞こえた。

「ああ、アキレス、元気だったか？　そうか、それはよかった……近々、一日空けてもらえるとありがたいんだが。どうしてかって？　もちろん、終幕のためさ。そうそう……《白い女》事件がついに解決したんだ！」

23　再びスーツケースが話題に

アキレス・ストックの手記（承前）

十一月十二日

わたしがいちばん気になったのは、オーウェン・バーンズが運びこんだスーツケースだった。彼は事件の展開を最後まで教えてくれたけれど、スーツケースの中身は頑として明かそうとしなかった。縦が一メートル以上もある旧式の水牛革製で、手入れは行き届いている。さらに奇妙なのは、やけに軽いことだった。ほとんどスーツケース本体の重みしか感じられない。振ってみると、たしかになにか入っているようだが、おそらく紙きれか鳥の羽根ていどのものだろう。

もとより暗い午後の日だったけれど、バックワース荘の居間を包む雰囲気の陰鬱なことと言ったらなかった。さながらリチャーズ一族は、敵意と不安でいっぱいになった影の一軍だった。ミス・リーシア・シーグレイヴもそれは同じだが、まだほかのみんなほどではない。彼らの前には警察官とその関係者が四人、顔を並べている。ルイス警部、オーウェン・バーンズ、わたしアキレス・ストック、そしてウェデキンド警視である。両端のたれた長い口ひげを生やし、厳めしい表情をしたウェデキンド警視は、いかにも粗暴で恐ろしい警察官らしく見えた。

重苦しい沈黙のあと、オーウェンが口をひらいた。

「皆さん、まず初めにおたずねしなければならないことがあります。この屋敷に銃器があるかどうかご存じですか？」

そう訊かれてみんな驚いたように視線を交わしていたが、やがてごそごそ話し合った末、故人が猟銃を二丁、拳銃を二丁持っていたということで意見が一致した。

「猟銃は考慮に入れずにおきましょう」とオーウェンは言った。「かさばりすぎますから。二丁の拳銃はどこにあるか知ってますか？」

その点についても、検討の必要はほとんどなかった。アン、マーゴット、エスターは口をそろえて、マチュー卿の書斎にあると答えた。一丁は引出しに、もう一丁は棚の上段に。

「なるほど。それでは三人いっしょに、さもなければ二人いっしょに取りに行ってもらえるとありがたいのですが」

アンとマーゴットが肩をすくめて部屋を出ていった。たっぷり五分ほどして戻ってくると、マーゴットがリボルバーを一丁ふりかざして言った。

「これしか見つかりませんでした。もうひとつは……なくなったみたいで」

「そちらもこれと同じくリボルバーでしたか？」

「いいえ、これより小型の、黒いオートマチック拳銃でした。名称まではわかりませんが。でも妙だわ、なくなってしまうなんて……」

「妙かどうかはともかく」とアンが言った。「事件とどんな関係があるんですか、バーンズさん。説明してください」

　オーウェンはリボルバーの弾倉をかしゃかしゃとまわしながら答えた。

「ええ、喜んで。たしかに皆さんご承知のように、銃で撃たれた者はこの事件でひとりもいません。けれどもお父上の髪からは、火薬の微細な燃えかすが検出されたんです。死体が見つかった木の近くを細かく調べましたが、なにも収穫はありませんでした。それは認めねばなりません。もし拳銃が二丁ともあったなら、ぼくもこの仮説は放棄したでしょう。でも、ひとつ消えていたとなると……それで犯人の思惑がわかりました。銃を撃ったあと、きれいに掃除をしたら、疑いを招きかねません。長年、使っていないはずの銃なんですから。だったらいっそ隠してしまったほうがいい、と考えたのです。捜してみるまでもありません。この場にないということが、使用されたなによりの証です。ぼくが今、手にしているほうは、明らかに長年使われていません。どう思われますか、ウェデキンドさん？」

　警視はオーウェンが差し出した銃をつかみ、その道のプロらしく手際よく調べた。

「すばらしい銃ですな……ウェブリーｍｋ１、なかなかの逸品だ。火薬の臭いはしないし、最近掃除をしたようすもない。ええ、たしかに長年使われていませんん」

「何の話をされているのか、さっぱりわからないのですが」とアンが、激しく苛立ったように言った。

「そこのところは、またあとで触れることにします」とオーウェンは答えた。「そのほうがわかりやすいでしょうから。まずは《白い女》の件に戻りましょう。幽霊の正体がシーグレイヴさんでなかったことは、今や皆さんご承知のとおりです。だとすると、話はすっかり変わってきます。しかも、あらゆる点で。おそらく《白い女》は、屋敷の誰かでしょう。つまり今、われわれのなかにいるんです。その点を詰める前に、われわれは復讐の線もじっくり検討したことを言っておかねばなりません。マチュー卿の仇敵ジーグラーの子どもが仇討のため、羊小屋のオオカミよろしく正体を隠してここに入りこんだじゃないかと」

「そんな人間が、わたしたちのなかにいるっていうの？」とヴィヴィアンが驚きの声をあげた。

「わたしたちのひとりだと？　まさか、そんな」

「ええ、年齢的にもおおよそ合いますし。でもご安心ください。皆さん、白でしたから。まあ、大体のところは。というのも二人だけ、まだ怪しい人物がいるので。まあその可能性は、ほとんどありませんがね」

「誰なんですか？」とヴィヴィアンは勢いこんでたずねた。

「あなたですよ。なにしろ波瀾万丈の過去ですからね、怪しいところだらけです」

「それじゃあ、わたしがジーグラーの娘だと？　そんな人、会ったこともないわ。何をしていたの？」

「最後につかめた足どりは、ハンブルクの港で売春婦をしていました。でもあなたとの共通点は、年齢だけです。それにあなたがジーグラーの娘だったら、マチュー卿が気づいたでしょうし」

「お気づかいどうも、バーンズさん。では、ほかに誰が？」

オーウェンはきっぱりとジョン・ピールに目をむけた。

「わたしですって？」とジョンは叫んだ。びっくりすると同時に、面白がっているようだ。

「はい、少佐。だとすると、二重のすり替わりがあったことになります。かつて船の遭難で行方不明になったジーグラーの息子は、アフガニスタンの反乱軍から奇跡的に逃れた男のふりをし、さらにはジョン・ピール少佐を名のって……」

「いや、馬鹿馬鹿しいにもほどがある！」

「だとしたら、わたしが気づかないはずないでしょう？」とマーゴットも皮肉っぽく言った。

「もちろんですよ。でもわれわれは、どんな手がかりもなおざりにしたくなかったんです。それにご主人の驚くべき話には、どうしても疑念を掻き立てられたので。それはそれとして、われわれはもっと信憑性のある手がかりも追いました。復讐の線がだめなら、残るは遺産争いの線です。そもそも事件の発端がマチュー卿の悪夢にあったことは、前回見たとおりです。ですからあらためて繰り返しませんが、そのときなんです、犯人の奸計が出来あがったのは。《白い女》があらわれたように見せかけ、少しずつ段階を追ってマチュー卿を怯えさせる。そうやって彼を弱らせたあげくに、文字どおり死ぬほどの恐怖をあたえて、致命的な一撃を加えようというわけです。

殺人者は誰か？　おそらく共犯者もいるでしょう。単独犯では不可能だと思われる状況も、いくつかありますから。だったらそれは何者か？　その疑問に答えるため、出来事を時系列順に追い、もっとも怪しい人物をあぶり出していくことにしましょう。

マチュー卿が悪夢を見るきっかけについて、犯人が知っていたのは明らかです。シーグレイヴさんが書いた短い物語も、きっと読んだことでしょう。だからこそあの原稿を、いっとき隠しておいたのです。

そのあと、池の畔でハリー少年が死んだ事件が続きます。これは唯一、屋敷の外で起きた出来事ですが、思うに《白い女》伝説の信憑性を高め、人をも殺しかねないその恐ろしい力を強調するためにたくらまれたのでしょう。死の迎えがすぐそこに迫っているかと思って、マチュー卿を怯えさせるために。

ところでリチャーズ夫人、あなたはムーグなる怪しげな人物と待ち合わせの約束をしたと主張しておられますよね？」

「ええ……はい」とヴィヴィアンは不意を突かれたように答えた。

「思うにあなたは嘘をついている。アンドリュー・ムーグの足跡は、いくら調べてもまったくつかめませんでしたから。それにいろいろ考え合わせると、あなたが受け取ったというメッセージの内容は、あなたにとってもっと危険なものだったはずだからです。とはいえあなたがあの晩、《白い女》を演じていたのだとすると、どうして宿屋に姿をあらわしたのかが解せません……」

「ありがたいお言葉ですこと、バーンズさん」

「ひとつ稼いだポイントは、大事にしてくださいよ。このあとすぐに、何ポイントも失うかもしれませんから。

池の畔にあらわれた女の話は、とりわけ驚くべきものでしょう。それは異論の余地がありません。たまたま毒草を口にしてしまった少年のもとへ、死神が迎えにやってきたのです。しかしながら、いかにも神秘的な舞台背景――ぼくもいっとき、身を浸してみましたが――から切り離してみると、厳密な分析にいつまでも耐えられるものではありません。ハリー少年の友だち二人の証言を、考慮に入れてもです。幽霊の白い手が触れると、ハリーはたちまち息絶えただなんて、まったく信じられません。けれどもぼくがいちばん驚いたのは、ハリーが牛みたいに草を食べ始めたという点です。というか正確には、毒草の茎をかじり出したんです。まさか、ありえませんよね。しかも彼が自分から、そんな挑発をしたあとに。つまりハリーは、友だち二人をかつぐために演じられた幽霊芝居の共演者だったんです。もちろん彼は、その結末を知りませんでした。彼は罠にかかったキツネを見つけたあと、その日の午後に《白い女》といっしょに《幽霊芝居》の計画を練ったのでしょう。震えあがったジャックとビリーが逃げ出すところまでは、われわれがすでに知っているとおりにことが運びました。《白い女》はそのあとすぐに戻ってきて、計画に従ってハリーを《介抱》しました。毒草の茎を吐き出しても、用心のためにしかるべき解毒剤を飲まねばならないと、女はハリーに説明していました。けれども彼女がハリー少年の首をそっとささえて飲ませたのは、解毒剤ではありませんでした。それどころか、毒草の自家製エキスだったのです。おそらくこの毒草特有の小さな実も、すりつぶして入っていたのでしょう。それが死体の胃のなかから見つかったのです。彼女はうっとりするような声で、こう言っているようすが目に浮かびますよ。《しばらくは苦しいでしょうけど、こうしないと……動いてはいけないわ……横になっていなさい》と。

三十分ほどして、ハリーの死体が見つかりました。ジャックとビリーの証言どおり、毒草による中毒死でした。なんとも狡猾な殺人ですが、芸術的な観点からすればすばらしい傑作です」

冷たい風が聴衆のあいだを吹き抜けた。やがてヴィヴィアンが叫んだ。

「ええ、なんて恐ろしい。そんなこと、わたしにできるはずないでしょ」

「続きにかかりましょう」オーウェンはそう言っただけで、ほかにはなんのコメントもなかった。

「ちょうど一か月ほど前のことです。その晩、《白い女》はこの屋敷をパニックに陥れました。まずはマチュー卿の寝室に姿をあらわしたのですが、そのときあなたはたまたま彼といっしょにいたんですよね、リチャーズ夫人。マチュー卿は《白い女》をちらりと目にしただけでした。あなたは《怪物》から夫を守ろうと、さっとベッドランプをつかんで振りあげました。でも顔からなにから、しっかりその女を見ています。ずいぶんと詳しく、証言していますから。ぼくはその晩すでに、共犯者がいるとふんでいました。だから寝室にあらわれた《白い女》は、あなたの共犯者だろうと考えました。シーツをかぶるか、適当な白い服を着ればいいんですから。女がランプをたたき落としたので、あたりは真っ暗になりました。驚いたことにあなたは少し間を置いてから、ようやく叫び声をあげました。共犯者が《白い女》の扮装を脱ぎ捨て、そっとベッドに戻る時間を見計らっていたのでしょう。共犯者はそこで初めて目を覚ましたように飛び起きました。ややあってヒューズが飛びました。これは前にも説明したとおり、どこのコンセントからでも簡単にできることです。屋敷がパニックに陥った機に乗じて、あなたはマチュー卿の寝室に引き返し、怯えきっている夫をもう一度おどかして、あわよくば息の根をとめてやろうとしました。暗闇のなかで仮面をつけ、部屋着を脱いで白いネグリジェ姿に着替えるのは簡単なことでした。皆の証言にあるとおり、あなたはピーターさんといっしょに屋根裏部屋を調べているものと思われていたので、なんの心配もいりません。ピール少佐が廊下の階段のあたりに《白い女》がいるのに気づいたとき、ピーターさんは三階の屋根裏部屋から二階におりてくる途中でした。そのときうしろにあなたがいたと、ピーターさん自身も証言していますがね。でも《白い女》は間違いなくあなたです。あなたは追手をまくため、一階に駆けおりました。そのときヒューズの修理が済んで、明かりがつきました。玄関のドアがあいているのを見て――本当は前もってあけてあったのですが――みんなは《白い女》が外に逃げたのだと思いました。《白い女》が村から来たのだとすれば、シーグレイヴさんに対する疑いも強まると思ったのです。この推理に基づくなら、あなたの共犯者は言うまでもなくピーター・コーシャンさんです……」

「なんですって?」とアンが、怒りで頰を赤らめ食ってかかった。「わたしの夫が……」

オーウェンは落ち着くようにと身ぶりで示した。

「さっきも言ったように、これは仮説にすぎません。ほかの役者によるほかの組み合わせだって、考えられるでしょう。いずれにせよ、共犯者は必要です。リチャーズ夫人、あなたは《白い女》のようすを、やけにこと細かに描写しています。そこにぼくは疑念を抱きました。先ほどあげた一ポイントは、返してもらうことにしましょう。コーシャンさん、あなたも目下、一ポイント減です。では、次の幕に入りましょう。

その後、二週間足らずして、犯人たちはまた行動に出ました。今度こそ、とどめの一撃を加えるために。演出は前回ほど凝ってはいないものの、念が入っていました。冷気が部屋に入りこむよう、窓を大きくあけ放ちます。ロウソクを一本灯し、ちょうどいい明るさになるよう調整します。シーツと毛布をそっと引き、眠っているマチュー卿のパジャマのボタンをはずして胸をむき出しにすれば準備完了。《白い女》のほうは冷たいのを我慢して、手を冷やさねばなりません。夜の冷気に素手をさらすか、しばらく冷水に浸すかすればいいんです。そりゃまあどちらも、そうそう楽ではありませんけどね。苦労に見合うだけのものが、その先には待っているんです。それから彼女は仮面をつけました。ヴェネチア風の美しい仮面ですが、それが恐怖を掻き立てる決め手なのです。寒さで目覚めたとたん、そんなものが部屋にいたら、マチュー卿はどんなに恐ろしかったか、想像がつこうというものです。悪夢の女の冷たい両手をいきなり胸に押しあてられ、震えあがったに違いありません。犯人の二人組は、ついにとどめを刺したと思いました。けれども念のため、窓はあけ放しておきました。侵入者が取った経路を示す目的もあったでしょう。例のカラスの羽根もです。するとここで、ひとつ疑問が出てきます。あなたがたのうち、羽根を手に入れるチャンスがあったのは誰か？」

一同はお互い、疑り深げな視線を交わした。オーウェンが先を続ける。

「ぼくが自ら仕入れた情報によれば、マチュー卿のほかにこの屋敷からシーグレイヴさんの家を訪れたのは、占ってもらいにやって来たピーター・コーシャンただひとりだそうです」

それからオーウェンは、わざと悲しげな顔で言った。

「すみませんね、コーシャンさん。また一ポイント減です。ぼくの計算が正しければ、これでマイナス二ポイントですよ。

幸か不幸か、そこは見方次第ですが、とどめになるはずだったこの一撃にもマチュー卿は持ちこたえました。こうなったら、次は確実に仕留めなければ。シーグレイヴさんに罪を着せることも、忘れてはいけません。そこで犯人は匿名の手紙を送り、彼女を犯行現場におびき寄せることにしましたが、前回説明したようにそれは失敗に終わりました。

《白い女》のふりをして脅すだけではこれまで不充分だったのだから、完全に息の根をとめるには作戦を変えねばなりません。犯罪学の資料にもその手口が載っていましたが、おそらく犯人は自分たちで思いついたのでしょう……それはどちらでもかまいません。作戦の原理と、実際の手順はこうです。マチュー卿は庭を散歩しているとき、目出し帽をかぶって銃を持った賊に襲われました。賊はできるだけ跡が残らないよう、ショールかなにか幅の広い布でマチュー卿をうしろ手にして木に縛りつけました。猿轡《さるぐつわ》も嚙ませておいたでしょう。しばらくひとりにしておくので、そのあいだに助けを呼ばれては困るからです。賊は戻ってくると、リボルバーをマチュー卿に見せました……」

　オーウェンはそこで言葉を切り、マチュー卿の書斎から持ってきた銃を手に取った。

「ええそう、この拳銃です」オーウェンは弾倉をかしゃかしゃとまわしては、そのたびに引き金を引いた。「おそらく賊は、もうすぐ《白い女》がやって来るとかなんとか、そんな話をしたことでしょう。これからロシアンルーレットが始まるのだと言って、マチュー卿を震えあがらせました。銃身がこめかみに押しつけられます。引き金を引く恐ろしい音が、何度もマチュー卿の頭のなかにこだましました。そしてとうとう、ものすごい銃声が鳴り響きました。けれども爆音を発したのは、弾をこめてないリボルバーのほうではなく、行方不明のオートマチック拳銃でした。銃口は空にむかっていたものの、マチュー卿の頭のすぐ近くから弾が発射されたので、髪に火薬のかすがわずかに残ってしまったのです。健康な人間だって、こんな目に遭わされたらたまったものじゃありません。心臓が弱っていたマチュー卿には、もちろん致命的でした……」

「むちゃくちゃだわ！」とヴィヴィアンが叫んだ。「まったく、どうかしてるわよ。あなたが言うような恐ろしい銃声なんて、誰も聞いていないじゃない。ええ、そうよ、誰ひとり」

　するとオーウェンは、ジョン・ピールのほうを見てたずねた。

「どう思われますか、少佐？　技術的な観点から言って？」

「もちろん、マチュー卿の心臓は耐えきれなかったでしょう……でも、そんな銃声は聞こえませんでした。間違いありません。これでも耳はいいほうですが……」

「それではあの晩、皆さんがどこで何をしていたか、もう一度確認してみることにしましょう」

オーウェンはポケットから手帳を取り出し、ページをめくって読みあげた。

「午後六時、ヴィヴィアン、アン、マーゴット、ジョン、マチュー卿は居間に、つまりここにいました。マチュー卿は散歩に出かけ、ジョンはビリヤード室に行きました。

午後六時十五分、ピーターとジョンはビリヤード室で合流。アンは染みのついた服を着替えるために居間を出て、入れ替わりにエスターが入ってくる。

午後六時三十分、アンが居間に戻ってきて、ジョンとピーターもそれに続く。ヴィヴィアンは夫の帰りが遅いのを心配する。ヴィヴィアンとピーターのあいだで激しい口論が始まり、ピーターは激昂したようすで立ち去る。それが午後六時四十分弱くらい。午後六時四十五分少しすぎに、今度はヴィヴィアンがやはり苛立ったように、夫を迎えに行くと言って居間を離れる。そのとき彼女は、大きな音を立ててドアを閉めた。とりわけ玄関のドアを。屋敷の壁が震えるほどだったと、みんな口をそろえて言ってます。ヴィヴィアンはほどなく外で、今や毎度おなじみになった《白い女》を目撃し、ほかのみんなに知らせに戻ってくる。大慌てで捜索が始まり、そこにピーターも加わる。そして午後七時ごろ、マチュー卿の死体が発見されます」

オーウェンは手帳をぱたんと閉じ、うなずいた。

「ここから言えるのは、マーゴットさんだけは容疑者からはっきり除外できるということです。彼女はいっときも居間を離れていませんから。アンさん、エスターさん、ジョンさん、ピーターさんには十五分ほど、ひとりでいる時間がありました。その間にマチュー卿を襲って木に縛りつけ、先ほど見たような方法でショック死させることは可能でしょう。でも、その役目は男性むきだと思いますがね。銃声の件に移りましょう。少なくともそれについては、疑問の余地がなさそうです。銃声を覆い隠せるような物音は、ヴィヴィアンさんが玄関のドアを閉めたときの、《屋敷の壁が震えるほどの》音だけです。少佐、またしてもあなたの経験によるご判断を仰ぎますが、どう思われますか?」

ジョン・ピールは困ったような顔をした。

「もちろん、ありえるでしょうね。でもそれには、両方の音がぴったり同時に鳴らないと……」

オーウェンは抜け目なさそうに笑ってうなずくと、ピーター・コーシャンのほうにゆっくりと歩み寄った。そして正面から顔を見すえて言った。

「そのとき外にいたのは、あなただけです。あなたはいつもどおり六時に散歩に出たマチュー卿を襲い、猿轡を嚙ませて木に縛りつけたあと、六時十五分にピールさんとビリヤードを始めました。いったん居間に戻って、六時四十分、激昂したふりをして外に出るなり犠牲者のもとに駆けつけ、玄関のドアをうかがいながらロシアンルーレットごっこを始めたのです。玄関ホールの明かりがつきました。それが合図です……ドアがあいて、共犯者が出てきます……今だ！　あなたは弾がこめてあるオートマチック拳銃を空にむけ、引き金を引きます。それから死体のいましめをほどき、なに食わぬ顔でみんなと合流したのです」

「馬鹿馬鹿しい」とピーターは口ごもるように言った。「そんな役割なら、外から来た共犯者だって誰でも演じられる……」

「じゃあ、玄関ドアによるトリックは認めるんですね？」

「いや、わたしはなにも認めちゃいない。すべて単なる仮定の話じゃないか」

「行方不明になった拳銃のこともですか？　まあ、いいでしょう。でも、また一ポイント、減点せざるを得ませんね。あなたも、リチャーズ夫人も。天秤が大きく傾き始めましたよ」

それからオーウェンは、黙って凍りついている聴衆にむかって言った。

「そう思いませんか？」

彼は芝居じみた動作でくるりと体を半回転させ、背中で両手を握り合わせて言った。

「では先を続けましょう。もう次の幕はありませんが、実はひとつ飛ばした幕があります。第一幕、六月半ば、初めて《白い女》が屋敷にあらわれた一件です。本当のことを言うとコーシャンさんに気をつかって、わざと触れませんでした。さもないと、いきなり二ポイント減になりかねません。ぼくからするとそういう試合展開は、あまりエレガントではないんでね。あの出来事はわれわれにとって、時系列上の大きな問題だったと言わねばなりません。ヴィヴィアンさんが秘書としてこの屋敷にやって来る前に、《白い女》があらわれていたのでは、ぼくの推理が成り立たなくなってしまいますから。でもこれは、名人技をやってのけたコーシャンさんを讃えて言っているんです。尊敬と賞賛をこめて、数ポイントあげてもいいんじゃないかと思うほどです。事実関係を簡単に思い返しておきましょう。コーシャンさんは夜遅く、一服しようと庭に出て、《白い女》と遭遇しました。《白い女》は逃げ出し、鉄柵の囲いを魔法のようにすり抜けてしまいました。コーシャンさんの奥さんも、事件の証人です。これが時系列順に見た最初の出来事ですが、そうした捉え方は正しいと同時に誤りでもありました……

どういうことか、説明しましょう。その晩、アンさんは夫のピーターさんが女性といっしょにいるのを目撃しました。けれども女は、たちまち姿を消した。これは本当の出来事です。けれどもアンさんは、その女が《白》かったとははっきり言っていません。遠くから見た《小さな人影》にすぎなかったというだけで。夫の要領を得ない説明を聞いて、アンさんは不貞を疑いました。それは間違いではありませんでした。証拠はなにもありませんが、その女はヴィヴィアンさんだったと思ってまず間違いないでしょう。当時の名前はヴィヴィアン・マーシュで、二人はすでに不倫関係にありました。その三か月後、マチュー卿の悪夢騒ぎがあって初めて、ピーターさんは《冷気を発し、鉄柵をすり抜ける》という《白い女》の存在を持ち出しました。なかなか巧みな作戦です。だってそのおかげで、妻のアンさんから不貞を疑われることはなくなったのですから。最初からそう言わなかったのは、あまりに突拍子もない話なので、信じてもらえなかっただろうからだなどと、もっともらしい説明もつけました。しかしマチュー卿の悪夢騒ぎのあと、この話は俄然大きな意味を持つようになりました。こうして今、われわれの手には、悪夢と浮気の言いわけという二つのささやかな出来事が残りました。二人の共犯者はそれを巧みに再利用し、犯罪計画の準備をなんの苦もなく整えたのです」

オーウェンはわざとらしいほど落ち着きはらって、アンのほうにむきなおった。

「この考察の妥当性を評価するのに、あなたほどうってつけの人はいません。ですから当時のことを、よく思い出してください……」

アンはしばらくのあいだ、彫像のようにじっと動かなかった。やがて夫を見つめる彼女の顔が歪んだ。

「ピーター、今の話はでたらめだって言ってちょうだい」

「もちろん、でたらめさ」とピーターは肩をすくめて答えた。「そりゃまあ、あんなふうに言われたら、怪しいと思うかもしれないけど、ぼくは本当のことしか言ってない。もとはといえばみんな、きみのお父さんの夢からきてるんだ。あんまり真に迫っていたので、頭から離れなかったんだろう。時間がたつにつれ、たしかに話が少し大袈裟になってしまったかもしれない。いろいろ類似点もあったし。でも、大事なところは真実で……」

アンの顔は蒼白だった。まだ疑っているのだろう。彼女は震える手でヴィヴィアンを指さし、口ごもるようにたずねた。

「この女とは、なんの関係もないのね？　はっきりそう誓える？」

「もちろん、誓えるとも」

「なかなか力強い言葉ですね、コーシャンさん」とオーウェンが言った。「反論のおつもりでしょうが、ぼくは自説に自信があります。というのもそのあと、あなたはシーグレイヴさんを訪ねていますよね。《白い女》がまたあらわれるかどうか、占ってもらうために。ああした状況で、彼女のような占い師が、『大丈夫、心配いりません。《白い女》騒ぎはもう収まるでしょう』と答えるとは思えません。あなたは悲痛な面持ちでここに戻ってくると、もうすぐまたひと騒動持ちあがると告げました。内心、ほくほくしながら。それも計画の続きだったんです。シーグレイヴさんのもとを訪れたのには、もうひとつ目的がありました。彼女をうまく理想的な容疑者に仕立てあげられそうか、値踏みしようと思ったのです。カラスの羽根のことは、言うまでもありません。あれを盗むことができたのは、あなただけです……これでよしとばかりに、あなたがたは第三段階に移りました。池の畔でハリー少年が死んだ事件です……」

「話にならないわ」とヴィヴィアンは、怒りで顔を真っ赤にして言った。「ただ好き勝手なことを言ってるだけじゃない。口から出まかせで、みんなの注目を浴びるのが嬉しいんでしょ。そうやってわたしたちを苦しめ、チェス盤の駒みたいに動かして、うまくいったとほくそ笑んでいるんだわ。恐ろしい事件を経験したあとだっていうのに、どうしてそんな目に遭わねばならないの？」

「いやはや、大したお方だ、バーンズさん」とピーターは言った。少し落ち着きを取り戻したらしい。「でもそんな作戦なら、外部の人間にだってできるじゃないですか。シーグレイヴさんは別にしても。どうやら彼女の嫌疑は晴れたようですから。ジーグラーの子どもたちの線を、もっと追ったほうがいいのでは？　どう思われますか、ルイス警部さん？　それにウェデキンド警視さんも？」

警視はためらいを見せた。

「まあ、そうですな……たしかに、机上の空論と言われればそれまでですが。確たる証拠はほとんどありません。司法当局はなにより証拠を求めるので……」

「そうそう、証拠でしたね」とオーウェンは言って、額をぴしゃりと叩いた。「うっかりしてました……アキレス、あのスーツケースはどこに置いたっけな？」

「あそこさ。ソファの脇だ」とわたしは勢いよく答えた。「いや、動かないでいい。ぼくが取ってくるから」

オーウェンはスーツケースをつかんで重さを量り、ヴィヴィアンに差し出した。彼女は熱いものに触れるかのように、そっと手を出した。

けれども異様に軽いのに気づくと、黒い瞳を期待で輝かせ、こう言った。

「わかったわ、バーンズさん」

「おや、そうですか？」

「どうやら空っぽみたいだけど、あなたが今話したヨタ話の証拠が詰まってるとでも？」

「だといいんですがね、本当に。でも、まったく空っぽというわけではありません。さあ、お見せしましょう」

オーウェンはスーツケースをあけ、大きな孔雀の羽根を三本取り出した。なるほど、軽かったわけだ。びっくりして眺めている聴衆の前に、彼は羽根を並べた。

「すばらしい羽根だと思いませんか？」と彼は続けた。「この模様には、なにか荘厳なものがあります。それにこの青緑色の輝き……なぜかぼくは幼いころから、孔雀の羽根が大好きだったんです」

わたしはますますわけがわからなくなった。わが友はいったい何の話をしようとしているんだ？

「三本の孔雀の羽根」と彼は言った。「そう聞いて、何か思いあたることはありませんか？　そう、ロンドンのラミリーズ・ストリートにある、こぢんまりとして快適なホテルの名前です。ほら、これがホテルのマッチです。三本の羽根の絵が、うまくデザインされていますよね。でもあなたがたは、すでにこのマッチを使う機会があったのでは？」

ピーター・コーシャンはたちまち蒼ざめた。そのあいだにも、ウェデキンド警視は上着の前をあけて銃を露わにした。

「あとはこの二枚の写真です」とオーウェンは言って、もう一度スーツケースに手を入れた。

「見ればわかるとおり、あなたがたお二人の写真ですが、コーシャンさんのほうは現在の顔と比べると、だいぶよく撮れているようです。リチャーズ夫人のほうは、変わりませんね」

オーウェンは取っておきの笑みを浮かべ、こう続けた。

「写真写りも実物に劣らず美しいですとも。その美貌があなたの人生で、最大の切り札でした。でも今回は、それが裏目に出てしまいました。ホテルの三人の従業員は、この写真を見せるとすぐにあなただとわかりました……あなたのような女性は、そうそう町を歩いちゃいませんからね。コーシャンさんについては、初めしばらくためらっていました。けれども滞在が延びたおり、彼が切った小切手が決め手となりました。ホテルの話によると、あなたがたはお二人で六月から八月まで、定期的に訪れていたそうですね……言うまでもありませんが、お二人の人目を忍ぶ関係は、天秤にずっしりとのしかかりますよ……」

ウェデキンド警視は一歩前に出ると、重々しい口調で言った。

「法律に基づき、二重殺人の罪でお二人を逮捕します。あなたがたに認められている権利は、すなわち……」

「あの少年は殺していないわ」とヴィヴィアンは叫んだ。

「黙っていろ」とピーターがぴしゃりと言った。「なにも言うんじゃない。ひと言もだ。弁護士の立ち合いを待って……」

激しい平手打ちがピーターの両頬に炸裂し、彼は言葉を途切れさせた。アンは手を押さえながら肘掛け椅子にすわりこみ、すすり泣き始めた。

エピローグ

十一月十五日

オーウェン・バーンズはもの思いにふけりながら、バックワース村の大通りをうつむきがちに歩いていた。とそのとき、脇の小道からいきなり人が飛び出して、あやうくぶつかりそうになった。見るとそれはルイス警部だった。

「バーンズさんじゃないですか！」と警部は叫んだ。「まさかここでまたお会いするとは、思ってもいませんでした。あの事件はもう片づいたのだし、いったい何をしているんですか？」

「その質問は、そっくりお返ししますよ」とオーウェンは笑って言った。

ルイス警部はうしろにたっている、半ば草木に覆われた家に目をやりため息まじりに言った。

「けっこうな大仕事になりそうだ、と思っていたところなんです。少し甘く見ていたかも。ほら、ここはわたしの実家で。でも本当に苦労の甲斐があるのか、今になって疑問に思い始めてます」

「ぼくの意見を言ってもいいですか？」

「ええ、ぜひ聞かせてください」

「思うにそれは、仕事の問題ではないでしょう。だってあなたはいつだって、やる気満々の方ですから。問題はむしろ、あなたが本当にここに住みたいのかどうかです……」

「いやまったく、あなたにはなにも隠せませんね」とルイス警部は笑って答えた。

「あなたのいるべき場所はここだと、個人的は思っていますがね」

「本当に？　でもまだ、わたしの質問には答えていませんよ」

「実はですね」オーウェンはためらいがちに言った。「シーグレイヴさんにお別れの挨拶を言いにきたんです。前回、最後の謎解きをしたときは、そんな雰囲気でもなかったので……」

「彼女はずいぶんと落ちこんでいるようです」とルイス警部は考えこみながら言った。「父親の死に、ショックを受けているんです。埋葬のときだって、明らかにほかの誰よりも打ちひしがれていました」

「その後、彼女と話しましたか？」

「ほんの二言、三言だけですが。カラスの羽根を手に入れるため、彼女の家で二枚舌使ったことを、許してくれてはいないでしょう」

「そんなことはないですよ。あなたも会いに行ったほうがいい」

警察官は決心がつかないというように肩をすくめた。

「それにしても、驚くべき事件でした。実を言うと、最初はあなたのことを少し疑っていたんです、バーンズさん。でも、あなたはしっかりと実力を発揮されました。あの晩、犯人を追いつめる手際といったら、まさに名人芸でした。ピーターも馬鹿ですよ。妻が老人の遺産をもらうのを、おとなしく待っていればいいものを。なにもあんな手のこんだ策略をめぐらせなくたって。しかも組んだ相手がまた、なんともいかがわしい女ときてる。たしかに掛け金は三倍ですが、あんな危険を冒すだけの価値があったんですかね？」

「おそらくあの二人は、徹底的にやるつもりだったのでしょう。アンが次の犠牲者だったのは間違いありません。莫大な遺産を心おきなく使って、二人でぬくぬくと暮らすには、彼女が最後の障害ですから。そしてピーターは、遺産の残りもほとんど手に入れたことでしょう」

「なんて恐ろしい連中なんだ！　しかも彼らは、少年を殺すのも厭わなかったんですから……」

「あれには少々疑問が残りますが」オーウェンはうつむきがちになって答えた。

「ああ、わかりました。あの晩、ヴィヴィアンが必死に無実を訴えたので、心が痛んだというわけですか」

「そのとおり」とオーウェンは笑って言った。「たとえ死刑にはならないまでも、あんな美人が刑務所で一生を終えるかと思うと、胸が痛みますからね。でも腕利きの弁護士がついてあの美貌があれば、刑も少しは軽くなるのでは？　いずれにせよ少年の事件では訴追しないということで、ウェデキンド警視とも話がついています」

「おや、どうしてまた？」

「第一にあの事件はすでに、事故死ということで片がついているからです。第二にあれは、《白い女》があらわれたほかの事件と、はっきり異なっているから。場所も違えば被害者も違います。第三に優秀な弁護士なら、ヴィヴィアンの不可解な行動を盾に攻めてくるでしょう。彼女が事件の直前、村の宿屋に三十分ほど姿をあらわした点をね。ハリー少年の事件でアリバイが認められると、ほかの事件すべてにも影響して、有罪に疑問符がつきかねません……」

警部はうなずいた。

「なるほど、ありえます。そこまでは考えてみませんでした」

「もうひとつ、おそらくあなたが思ってもみなかったことがありますよ」

「何でしょう？」

「あなた自身ですよ。あなたも第一容疑者になりえたんです」

「わたしが？」ルイス警部は驚きのあまり、目をくるくるさせた。

「もちろんです。あなたは行方不明になっていた、あのジーグラーの息子だったかもしれないですからね。あなたは村を離れてずいぶんになりますし、意外な犯人にはぴったりです。仕事熱心で優秀な警察官で、怪しげなところなどなにひとつない人物……」

「そ……そんなことを考えてたんですか？」

バーンズの顔にますます笑みが広がった。

「ちらりと脳裏をかすめたことがあるのは、否定しませんよ。とりわけ、あなたがカラスの羽根を見つけたときはね。あなたがとても愛想がよく、献身的で、仕事熱心なものだから……いやまあ、こんな仕事を三十年も続けていると、素直にものが見られなくなってしまうんです。歯に衣着せぬもの言いで、お気を悪くしないで欲しいのですが……」

「とんでもない」とルイス警部は愉快そうに答えた。「ご忠告のほどはよくわかりました。次はもっと不愛想な態度を見せられるようにしますよ」

二人の男は仲よく握手を交わすと、別れていった。

「愛想のよさは、心底それに値する人たちに取っておくことです」とオーウェンはふり返って言った。

ルイス警部は少し当惑気味にうなずいた。最後のひと言がどういう意味なのか、よくわからないままに。

それから少しして、オーウェンはリーシアと彼女の取りまきたちを前にしていた。猫のうちの一匹は主人の膝にのり、元気に喉を鳴らしている。

「またお会いできると思っていました、バーンズさん」とリーシアは、悪戯っぽい表情で言った。

「あなたの直感というやつですね？」

「ええ、そう言ってもいいでしょう」

「実はそれについて、お話ししたいと思っていたんです。あなたのすばらしい直感についてね。このあいだはあやうく騙されるところだったと、ぜひあなたに言っておきたかった。わが緻密なる推理力を駆使し、独力で犯人たちの密会場所を見つけ出したものと、おかげですっかり信じこんでしまいました。論理的に考えて、ヴィヴィアンはマチュー卿と結婚する前からピーターとつき合っていたはずだ、二人はホテルでときどき会っていたに違いない。そうした仮定から出発して、捜査範囲を絞りこみました。パディントン駅から出発して地下鉄のオックスフォード・サーカス駅を通って、ピーターの保険代理店があるウォーダー・ストリートへ至る線に沿った範囲です。とりわけ最後の一角は、ピーターが職場に行く日、歩きまわっているはずの場所です。彼はそのゾーンのホテルをとりわけよく知っているだろう、小切手を使っていないか調べてみる手もあると思いつきました。そう、すべて自分の頭で考えたことだと確信していたんです。あなたはただ、あたりさわりのない話をしただけなんだから。そこからぼくは、持ち前の推理力を駆使していったのだと。けれども鳥が描かれた三枚目のカードについて、あなたはさらにこうつけ加えました。《羽根がたくさんあります》と」

オーウェンは微笑みながら首を横にふると、言葉を続けた。

「あの一言は余計でしたね。ホテル《三本の孔雀の羽根》は、オックスフォード・ストリートにあるあなたの店から目と鼻の先だとわかって確信しましたよ。それを除けば、あなたはとても注意深く、巧妙に言葉を選んでいました。カード占いには精通していらっしゃるようだ。簡単な連想で、思いのままに暗示を与えることができるんですから。《憎しみ》や《バラック》という言葉からは、大した連想は働きません。《嫉妬》や《ビル》も同じです。しかし《ホテル》に《不倫》とくれば、密会する二人の姿がすぐに思い浮かびます。ぼくは自分自身でそんな連想を働かせたのだと、思いこんでしまいました……いや、まったく見事なものだ。そうやって自由自在にひとの心を操るんですから」

「そちらの方面は、あなたもお得意のようですが、バーンズさん」

「まあ、多少は。あなたの足もとにも及びませんがね。というわけで、あの《占い》からは多くのことが読み取れます。まずはあなたが、ピーターとヴィヴィアンの奸計を知っていたということ。その特異な能力によって見抜いた、あるいは感じ取ったとも考えられますが……ぼくは単にこう思ってます。あなたはピーターが妻ではない女性といっしょにあのホテルに入るところを、ある日偶然見かけたのだろうと……」

　リーシアはモナリザの微笑を浮かべて猫を撫でている。

　オーウェンは少し間を置いたあと、話題を変えた。

「実はさっき、ばったりルイス警部に会いまして。お父上の埋葬のとき、あなたはずいぶんショックを受けているようすだったとか」

「それが意外だとでも？」

「ええ、少し。ご自分でも言ってたじゃないですか、お父上のなかには二人の異なった人間がいる。ひとりは善人、もうひとりは悪人だと……」

「あなたもおわかりでしょう。わたしと父の関係は特殊だけれど、ある意味わかりやすいんです。

わたしは父を愛していました。なんといっても、実の父親ですから。でも、わたしと母を捨てたことは許せませんでした」

「そのお母様は、いみじくもあなたをリーシアと名づけました。ギリシャ語で《忘却》の意味です。ギリシャ神話に出てくる忘却の河《レテ》を思わせる、珍しい名前ですよね。あなたもお店の看板に掲げて、謳っているように」

「バーンズさん、あなたはなにひとつ見逃さないんですね。本当に驚きだわ」

「でもお父上は、最後に遺言書のなかであなたを忘れてはいませんでした。お金の面でも、それに心の面でも。だからあなたひとりに、私信を残したんです。あの手紙のおかげで、あなたはお父上を見る目が変わったんじゃないですか……それも、がらりと」

　リーシアは唾を飲みこみうなずいた。

「そのとおりです。自分がどんなに父を愛していたか、よくわかりました。それに父が、わたしを少しも忘れていなかったことも……馬鹿げた社会のしきたりを気にして、わたしとのあいだに壁を作ってしまったことを、父がどんなに悔いていたかも。父の心にはそんな壁などなかったのに。それに父が母をどんなに愛していたかも、手紙には書いてありました」

　リーシアはそこで言葉を切り、すすり泣き始めた。

「よくわかりますよ」

「いいえ、あなたにはわからないわ」

「わかりますとも。その記憶、その誤解は、最期のときまであなたの胸に残るでしょうよ」

リーシアは突然、驚きの目をオーウェンにむけた。

「ということで、あなたはピーターとヴィヴィアンの不倫関係を前から知っていました。そうとわかったら、今まで見えていなかったことが見えてきて、いくつか疑問も生じました。とりわけハリー少年の事件が、本当にヴィヴィアンのたくらみなのかどうかについて。そしてこう思うに至りました。あの晩、《白い女》を演じたのは彼女ではない。それはあなただったと」

オーウェンは続く沈黙のなかで煙草に火をつけ、天井に吐き出した丸い煙をもの思わしげな目で追いながら言葉を続けた。

「これは仮説にすぎません。証明する手立てはなにひとつありませんからね。しかしこの仮説を、論理的に展開してみましょう。あなたの心理に基づけば、あの残忍な少年に毒を盛るのになんのためらいもなかっただろうと、ぼくはずっと思っていました。あなたは彼を嫌悪し、憎んでいましたから。動物虐待という、あなたの目からすると許しがたい犯罪ゆえにです。あなたはぼくの前で、ハリーが猫の尻尾をちょん切った話をし、自分にも犯行の動機があると堂々と認めていました。そうやって率直に話せば、かえって疑いを逸らすことができると思ったのでしょう。あるいはぼくがほかから聞きつける前に、自分から話すことにしたのか。そもそもあなたはハリーを騙すのに、ヴィヴィアンより有利な立場にありました。仲なおりを装い、うまく言いくるめればいいのです。毒草を使った殺害計画を立てるのだってそうです。あなたのような《野生児》は、誰よりもよく野草の秘密を知っているでしょうから。事件の晩、ヴィヴィアンを宿屋に呼び出した謎の手紙もあります。そんな小細工の目的は、もちろん彼女を屋敷から池の近くまでおびき寄せることです。そうすればアリバイもなく、少年たちの前で《白い女》を演じたかもしれないと疑われるだろうから。きっとピーターとの関係をほのめかす手紙だったのでしょう。だからヴィヴィアンは、アンドリュー・ムーグなんていうありもしない昔の恋人をでっちあげねばなりませんでした」

「ハリーを消し去るのに、そんな手のこんだお芝居をしたっていうんですか？　もしわたしがその気なら、もっと簡単な方法がいくらでもあるのに？」

「たしかに。けれども問題は、ハリーを殺すことだけではありませんでした。あのとき、あなたが置かれていた状況を、もっと詳しく検討してみましょう。やはりぼくの仮説ですがね。あなたはピーターとヴィヴィアンが不倫関係にあるのを知っていました。そして二人が父親の遺産を狙っているらしいと見抜きました。最初に《白い女》が屋敷にあらわれたのは、マチュー卿の悪夢が引き起こした空想だと気づいていましたし、その悪夢の原因は、マチュー卿があなたから借りていった原稿だということもわかっていました。たとえあなたが自分の原稿を読んでいなかったとしても――そこは大いに疑わしいのですが――《白い女》の話だということくらいは知っていたはずです。それは復讐する《白い女》の物語、まさしくあなたが賞賛する《白い女》の物語です。その幻想に彩られた一編だと言ってもいいでしょう。そこを出発点として、あなたは察知したのです。ピーターが故意に嘘をつき、噴水の近くで見かけた見知らぬ女の一件を《白い女》の話に粉飾していると。すでにこの段階で、あなたがピーターとヴィヴィアンの計画を疑っていたとしても不思議はありません。二人は前にも《白い女》があらわれたように見せかけ、計画を実行に移そうとしているのだと……

そんなとき、ピーターがあなたのところへやって来ました。残念ながらぼくはその場にいませんでしたが、想像するに二大名人によるチェスの試合さながらだったことでしょう。片やピーターはあなたに探りを入れ、できれば犯人に仕立ててあげようとしている。片やあなたは的確に相手の意図を見抜いている。ピーターがあなたの家から帰るときに思っていたのとは逆に、あなたのほうが完璧に彼を操ってきたんです。きっとあなたはカード占いで、彼が計画に突き進むよう巧みにしむけたことでしょう。悪魔の二人組は、マチュー卿の遺産の大部分を奪おうと準備している。彼らを好きにさせるわけにはいかない。ともかく、なんらかの手は打たねば。あなたの作戦はこうでした。まずは二人に最後までやらせてから追いつめる。彼らの首根っこは押さえてあって、いつでも告発することができます。ホテル《三枚の孔雀の羽根》で逢引きを重ねていたことを明かせば、彼らにとって致命的ですから。だったらどうしてもっと早く告発しなかったのかと、ひとは疑問に思うでしょう……

その疑問に答える前に、ハリー少年の死に戻りましょう。あなたは単なる個人的な仕返しで、彼を殺したのではありません。というのも時系列で見るとあの事件は、あなたがピーターと会って、《白い女》はまたあらわれるだろうと予言した直後に起きたからです。あなたは前からの続きとして、あの事件を起こしました。悪魔の二人組を思いどおりに導き、鼓舞するために……もちろんピーターとヴィヴァンは、びっくりしたに違いません。彼らにとって願ってもないことが、絶妙のタイミングで起きたのですから。妙だとは思ったけれど、計画に役立つなら心配することはない……そして二人も次なる手に出たのです……

その間あなたは、事件の推移を見守っていました。自宅で、ぬくぬくと火に暖まりながら。心穏やかにとまでは言いません。自分が疑われているのはわかっていたし、敵があなたに罪を着せようとしているのも知らないわけではなかったから。だからこそマチュー卿が殺された晩、犯人たちが匿名の手紙であなたをバックワース荘におびき寄せ、罠にかけようとしたとき、適切な対処ができたのです。待ち合わせ場所に着いて罠だと確かめると、あなたはすぐさまニコルス家に避難し、アリバイを確保しました。けれどもあなたは、なんの危険もありませんでした。いつでも《三本の孔雀の羽根》という最強の切り札を取り出し、敵を打ち破ることができるのですから。

こんな丁々発止の犯罪ゲームに——どちらの陣営も闇のなかで、慎重に駒を進めていたのだけれど——ぼくはすっかり困惑しました。長年探偵の仕事をしていますが、正直、こんな状況は記憶にありません。そして最後に残った問題は、あなたの不可解な態度です。ピーターとヴィヴィアンのたくらみを、なぜ父親のマチュー卿に知らせなかったのか？　いつでもいい、たった一言で父親を救うことができたのに、あなたはそれをしなかった。いったい、どうして？

もちろんあなたも、どうすべきかずっと悩んでいたことでしょう。親子の関係について、父親が犯した《罪》について、長いあいだ考え続けたはずです。彼が持つ善人の面と悪人の面を秤にかけていたからで、遺産の分け前を早く手に入れるためだったとは思ってません。結局、天秤がどちらに傾いたのかは、知ってのとおりです。けれども死後の手紙を読んで、あなたは父親を誤解していたことに気づきました。だからこそ、今でもそんなに嘆き悲しんでいるのです……」

長い沈黙が続いた。オーウェンは、リーシアと動物たちの視線がじっと自分に注がれるのを感じた。リーシアの目から、心の内は読み取れなかった。動物たちの目は、半ば閉じている。

「理屈はなんとでもつけられますよ、バーンズさん」リーシアはようやく口をひらいた。「あなたは気の利いた言葉で、もっともらしいことを言っているだけです。わたしのカード占いも、似たようなものだけど……あなたがこのカードを使って占ったら、さぞかし大きな《トランプの城》ができるでしょうね？」

「ええ、たしかに。ぼくだってよくわかっています。この仮説は少し風が吹いただけで崩れ落ちてしまう砂上の楼閣だって。正直言って、ぼくの説にはなんの証拠もありません。いくら調べたところで、証拠が見つかる可能性はほとんどないでしょう。実質的に、あなたはなにも手を下していないのですから。池の畔で、《白い女》を演じた以外にはね。ハリーの死については、虐待された猫の一件を裁判所に申し出て判断を仰ぐしかありません。お父上の記憶は、一生あなたに重くのしかかって離れることはないでしょう。墓参りに行くたび、天眼に気づくはずだ。詩の文句ではないけれど、《天眼、墓地にありて、カインを眺む》ということです」

「ヴィクトル・ユゴーね」

「そのとおり。でもこのあたりは風が強いので、ぼくが作ったトランプの城が崩れてしまう前に、ひとつ考えてみたんです。あなたが引き取って世話をしている、小さな仲間たちのことをね。もちろん、今ここにいる生き物だけではありません。彼らを運命に任せるのは、ぼくとしても忍びない。それにあなたはこの世で多くの善行を施したし、これからも施すでしょう。たまたま犯した罪を補って余りあるくらいに」

リーシアの茶色い大きな目が輝きを増した。

「あなたは友人だとわかっていました、バーンズさん。最初に会ったときから、すぐにわかりました。動物たちのことで、意気投合したときに……」

オーウェンは彼女の目を見つめた。

「ぼくはどんなことにも耐えられますが、猫の謎めいた目だけには弱いんです」

リーシアは重々しい表情で、しばらくじっと動かなかったが、やがて声の調子を変えてこう言った。

「そうそう、実はちょっと困っていることがあって。つい最近、家族が増えたんです。隣の農園から、捨て子を三匹預かってきたので。とってもかわいい子猫です。二匹はもらい手が見つかったけれど、まだ一匹残っていて……どなたか飼ってくれそうな人を知らないかしら？」

リーシアは不思議な女性だ。ほかの娘たちとはまったく違っている。オーウェンもそれには気づいていたけれど、こんなときだというのにびっくりするほどやすやすと話題を変えるのには、あっけにとられた。彼は少し考えたあとうなずいた。

「だったら、ルイス警部がいいでしょう。彼ならいい父親になれそうだ。とりわけ、その子猫ちゃんの……」

[解説] オーウェン・バーンズ・シリーズの魅力

飯城勇三

本書『白い女の謎』で、行舟文化のバーンズ・シリーズの翻訳は完結した。以下にシリーズの作品を挙げてみると——

《長篇》

①Le Roi du désordre（1994）　『混沌の王』（2021）
②Les sept merveilles du crime（1997）　『殺人七不思議』（2020）
③Les Douze crimes d' Hercule（2001）　未訳
④La Ruelle fantôme（2005）　『あやかしの裏通り』（2018）
⑤La Chambre d' Horus（2007）　未訳
⑥Le Masque du vampire（2014）　『吸血鬼の仮面』（2023）
⑦La Montre en or（2019）　『金時計』（2019）
⑧Le Mystère de la Dame Blanche（2020）　『白い女の謎』（2024）（本書）

《短篇》

- La marchande de fleurs（1998）「花売りの少女」長篇⑦付録
- La Hache（2000）「斧」長篇④付録
- L'Homme au visage d'argile（2012）「粘土の顔の男」長篇②付録
- Le Loup de Fenrir（2015）「怪狼フェンリル」長篇①付録
- Le Casque d'Hadès（2019）「ハデスの兜」長篇⑧付録
- Le Voleur d'étoiles（2021）「星を盗む者」長篇⑥付録

未訳が二作残ってはいるものの、快挙と言って良いだろう。私自身、一読者としてこのシリーズは楽しませてもらい、年間ベストなどに選んだことも少なくない。

また、名探偵として見た場合、ツイスト博士よりもバーンズの方が魅力的だった。これが解説者の提灯持ちではないことは、本書と前後して刊行される予定の拙著『名探偵ガイド』（星海社新書）に、ツイスト博士ではなくバーンズを選んでいることで証明できると思う。

では、そのバーンズ・シリーズの魅力を見ていくことにする。まずは、バーンズ自身の魅力から。

オーウェン・バーンズ

私がバーンズ・シリーズの存在を知ったのは、南雲堂のムック『本格ミステリー・ワールド2011』の「ポール・アルテとのメイル交換」（つずみ綾）という記事だった。このアルテのインタビュー記事は二〇〇九年版から二〇一七年版まで毎号掲載されているが、その三回目で、アルテはバーンズについて、こう語っている（以下、「インタビュー」とだけ記した文はこの連載から）。

オーウェン・バーンズをご紹介できて、嬉しいです。私はオーウェン・バーンズを作中に登場させるのが大好きなんですよ。エキセントリックで、挑発的で、オスカー・ワイルド――輝かしく、不死のワイルド――のイメージにならって創造したキャラクターです。彼は芸術の批評家で、並外れた推理能力をスコットランド・ヤードに役立てています。唯一気がかりにしていることは美の追求で、自分の才能に見合ったライヴァルを必要としています。彼は、「完璧な犯罪は芸術作品であり、その作者は芸術家である」と述べます。

アルテの「私はオーウェン・バーンズを作中に登場させるのが大好きなんですよ」という言葉

は、読者に「ツイスト博士を作中に登場させるのは大好きではないのか？」というツッコミを許してしまうが、これは本音なのだろう。というのも、ツイスト博士は、アルテが自身の好みに従ってゼロから作り上げた探偵ではないからだ。『赤髯王の呪い』の柄刀一の解説によると、実質的な処女作であるこの長篇の探偵役は、初稿では——J・D・カーが生み出した名探偵——フェル博士だったのだ。それがツイスト博士に代わったのは、版権の問題がクリアできなかっただけに過ぎない。つまり、ツイスト博士とフェル博士の違いは、名前と外見だけなのだ。

言うまでもないが、アルテ本来の作風とカーの作風はイコールではない。詳細は後述するが、独創的なトリックを軸とするカーの作風において最も輝くフェル博士を自作に登場させることは、アルテにとって「大好き」とは言えないのだろう。

例えば、前述のインタビューでは、アルテは「（ツイスト博士と比べて）バーンズはよりコミカルで、極端なふるまいをします。おそらくそのために、私はちょっとバーンズをえこひいきしたくなるのですよね」と語っている。しかし、「コミカルで、極端なふるまい」をするというのは、フェル博士にも当てはまるではないか。おそらく、カーの「コミカル」、つまり「ドタバタ」は、アルテの好みではないのだろう。

では、どのような「コミカル」が作者の好みかというと、私見では、ある長篇におけるバーンズのふるまいのようなものだと思われる。この作のバーンズは、「ぼくの審美眼は女性の丸みをおびた体についつい引きつけられてしまうんだ」と言って、美女の胸の谷間を観察して、痣らしきものに気づく。だが、首飾りで隠れているので、確証を得ることができない。そこで、ウェイターを利用して彼女を椅子から落とし（と27章で言っている）、胸元をのぞき込んで確認する——うん、フランス風だ。

次は、殊能将之の言葉を引いてみよう。『殊能将之 読書日記 2000-2009』の『混沌の王』評の中で、殊能は「このオーウェン・バーンズという男、本当に無責任である。なにしろ、**勧善懲悪という概念がない**のだからすごい」と語っている。確かに英米本格の探偵と比べたら「すごい」かもしれないが、アルセーヌ・ルパンやファントマを生み出したフランスでは、それほど「すごい」というわけではない。

逆に言うと、アルテの作風を知りたいならば、ツイスト博士ものよりバーンズものを読んだ方が良い。『赤髯王の呪い』を書いた頃のアルテは、自分の作風がわかっていなかったので、まずは好きなカーを真似てみた。だが、バーンズものの第一作を書いた時には、既に九作の長篇を上梓していた。つまり、作者が自分が書きたい、書きやすい作風を認識し、それに合わせて生み出されたのが、名探偵バーンズということになる。

ここで補足を一つ。右に挙げたバーンズものの作風が興味深いのは、これがミステリ部分と巧妙に連携している点。

例えば、美女の胸の痣の件は、明記してしまったら、読者は誰でも入れ替わりトリックに気づいてしまう。かといって、書かないとアンフェアだと叩かれる。そこで作者は、「痣のことは書かないが、バーンズの不可解な行動を利用して間接的に書く」手法を用いたわけである。

また、名探偵は、警察やワトソン役に――実は読者に――意味ありげなヒントを出すことがある。ミステリ・ファンなら、ホームズの「その夜の犬の不思議な行動」や、ヘンリー・メリヴェール卿の「ユダの窓は、君たちの家にもある。この部屋にもある」といった言葉を思い出すに違いない。そして同時に、「もったいつけずにさっさと話せよ。事件を解決する気はないのか」と感じたことも思い出すだろう。確かに、名探偵が真相を伏せてほのめかしをする理由を作中で巧く説明できている作品は少ない。だが、他の名探偵と異なり勧善懲悪という概念がないバーンスならば、わかりにくい上にミスリードが仕組まれているヒントを出しても不自然ではないというわけである。加えて、本シリーズではワトソン役がかなりいじられているのだが、これはコミカルであると同時に、ミスリードにもなっている。同じようにワトソン役いじりが得意な銘探偵メルカトル鮎（麻耶雄嵩）を連想した読者もけっこういるに違いない。

今度は、オーウェン・バーンズの初登場作である『混沌の王』に沿って見ていこう。

この作では、伝統に従い、ワトソン役で語り手のアキレス・ストックとの出会いが描かれている。しかも、その花屋でのごく短い場面だけでバーンズのキャラが端的に表現されていて、作者のセンスがうかがえるのだ。

花屋で「アメリカいちの美女」に花を贈ろうとするバーンズ。彼はまず一種類の花を選び、花屋に「それはおすすめできない」と言われ、読者は「バーンズは鑑識眼がないのだな」と思う。だが、その直後、彼は「この花以外を全部買う」と言って、自らの鑑識眼を示す。実に巧妙かつコミカルではないか。

この場面では、バーンズの外見も描写されているが、これも興味深い。「でっぷりとした太った巨体、くいしん坊そうな唇、眠たそうに垂れた瞼」と、あまり女性にもてそうにない外見なのだ――と書くと、「フェル博士やメリヴェール卿だって、似たような外見じゃないか」と言う人は少なくないだろう。しかし、バーンズはフェル博士たちとは異なり、二十代半ばで、独身で、いつも女性を追いかけ回しているのだ。

もちろんこれも、作者の計算だろう。ドリアン・グレイのような美青年が女性を追いかけ回してもコミカルにはならない上に、読者が反発するからだ。

しかも、この設定もまた、ミステリ部分と連携している。バーンズを名探偵として見た場合、ツイスト博士のように、事件に対して距離を置くタイプではない。事件関係者と関わり合い、恋愛関係になることだってあるのだ。

そして、この事件関係者との恋愛が、推理に影響を与えている。言うまでもないが、J・D・カーのようにワトソン役の恋愛ならば、名探偵の推理に影響が及ぶことはない。ワトソン役にとっては「大事な恋人」でも、探偵役にとっては「容疑者の一人」に過ぎないのだから。

バーンズものでは、しばしば、彼の事件関係者への恋愛感情が、捜査や推理に影響を及ぼしているように見える。ただし、そう見えるからといって、実際にそうだとは限らない。バーンズが美女の色香に迷って推理を間違えるのか、色香に迷うが推理は間違えないのか、そもそも色香に迷ってはいないのかは、解決篇を読むまではわからない。これもまた、ツイスト博士ものにはない、バーンズものならではの魅力だと言える。

では、そのバーンズの肩書きは、というと、作中では「耽美主義者、思想家、哲学者、詩人、作家」と言われているが、登場人物表では「美術評論家」だけ。冒頭では、バーンズは『アーチー・ボウが肝心』という劇を書いたとされているが、こちらはメインの仕事ではないらしい。そして、この肩書きで思い浮かぶ名探偵は、ヴァン・ダインが生み出したファイロ・ヴァンス以外にない――と書くと、「美術評論家なのは探偵ではなく作者の方だ」とか、「ヴァンスは大道芸や美女まで美術だと見なしていないぞ」といった反論が出るかもしれない。だが、ミステリ部分との連携を考えた場合、二人は〝美術評論〟を同じように使っているのだ。

まず、バーンズで注目すべきは、『混沌の王』第二章の次の文。

すると彼（バーンズ）は、きっぱりとこう答えた。ときとして犯罪は芸術作品に匹敵し、その犯人は芸術家に比類しうると。彼はさらに続けて、自分ならどんなに不可解な犯罪の謎も解決できると豪語したのだった。なぜなら芸術家たる自分には、犯罪世界の輩《ともがら》が作り出したものを容易に感知することができるからと。ただしその犯罪が、真に並はずれたものであるならば。

これは自身の探偵法を語っているわけで、実際、『混沌の王』のラストでは、バーンズは「（犯人は）まさに偉大な芸術家だ」と言っている。

ここで、ヴァン・ダインの『ベンスン殺人事件』を読むと、作中でファイロ・ヴァンスがよく似たことを言っているのに気づくと思う。

ヴァンスはこう語る。頭の良い犯人が行ったごく一部の犯罪は、物質的手がかりを用いる警察の捜査では解決できない。なぜならば、犯人が手がかりを偽装するからだ。解決するには心理的手がかりを用いれば良い。美術評論家が絵画を見るだけで、その表現形式や技巧や精神性から画家を特定できるように、探偵は犯罪から犯人の個性を見抜くことができる。

……どうだろうか。バーンズもヴァンスも、あらゆる犯罪について語っているのではない。天才的な犯人が行ったごく一部の犯罪だけを語り、そういった犯罪を生み出した犯人の個性を美術評論家のように解き明かす、と言っているのだ。『殺人七不思議』では、「オーウェンは《研ぎ澄まされた感性》で《殺人者という名の芸術家》の心性に分け入り、必ずや最後にその正体を暴いた」と言われているが、これをファイロ・ヴァンスと置き換えても違和感はないだろう。

ここまで見てきたように、バーンズの造形、事件との関わり、推理法は、ツイスト博士とかなり異なっている。ところが、今度は探偵ではなく作風を見ると、もっと異なっているのだ。では、その作風の違いを、作品ごとに見ていこう。真相は明かしていないが、ヒントめいた文は出て来るので、白紙の状態で未読作を読みたい人は、その作を取り上げている箇所は飛ばしてほしい。

『混沌の王』（一九九四年）

バーンズものの作風は二種類あるが、本作は「幻想的な謎を論理的に解体する」作風。こう書くと、島田荘司が提唱した奇想理論のように思うかもしれないが、その通り。もちろん、アルテはバーンズ・シリーズの開始時点では、島田荘司が奇想理論を実践した『眩暈』（一九九二年）などの作は読んでいない。それなのに、作者がやろうとしたことは同じなのだ。

だが、この作風について語る前に、ツイスト博士ものの作風を考察しよう。

バーンズのデビュー後にアルテが書いたツイスト博士ものは翻訳されていないが、紹介文などを読むと、バーンズものの作風が入っているように見える。そこで、本稿ではツイスト博士ものの作風は、一九九四年以前の作品のものと見なすことにさせてもらいたい。

こちらの作風は、J・D・カーと同じで、トリックが軸になっている。作者はまず、独創的なトリックか、既存のトリックの独創的な変形を考案。次に、そのトリックを生かすためのシチュエーションを考え出す。トリックは軸なので変えることはできないが、シチュエーションはいくらでも変えることができる。

一方、「幻想的な謎を論理的に解体する」作風では、作者はまず、幻想的なシチュエーションを考案。次に、そのシチュエーションを実現するためのトリックを考え出す。シチュエーションは軸なので変えることはできないが、トリックはいくらでも変えることはできる。つまり、トリックが〝目的〟から〝手段〟に変わっているのだ。

例として、この作風がはっきり出ているアルテ作品『吸血鬼の仮面』を見てみよう。アルテはこの作品について、インタビューでこう語っている。

吸血鬼の伝説をとりまく謎めいた現象はあまりにも多く、謎が最後にすべて解決される古典的なミステリー形式では説明しきれないのです。とりわけ、吸血鬼はコウモリに変身したり、煙になったりと目に見えない存在で、鏡にも映りません。吸血鬼に襲われた被害者はよみがえって吸血鬼になったりします。なんとまあ！　あまりにも手強い問題ばかりで、しばしば投げ出しそうになりましたよ！　でも、私はこの冒険に取り組もうと決めたとき、これらの謎のすべてを扱いたいと思ったのです。

この文を読むだけで、作者の狙いが「吸血鬼の仕業としか思えない事件を起こす」ことにあり、トリックはその実現手段に過ぎないことがわかると思う。Ｊ・Ｄ・カーの『三つの棺』（一九三五年）や『囁く影』（一九四六年）も吸血鬼伝説のほのめかしがあるが、あくまでもメインは密室トリックであり、吸血鬼は入れ替え可能なオプションに過ぎない。

ここでミステリ・ファンならば、「ホームズものの『バスカヴィル家の犬』（一九〇二年）が魔犬伝説を現代に甦らせたのと同じではないか」と考えるかもしれないが、同じではない。『バスカヴィル』では、読者が「魔犬は人間によるトリックではないか」と考えると、真相を見抜くことは難しくない。だが、『吸血鬼の仮面』では、読者が「吸血鬼は人間によるトリックではないか」と考えても、状況の不可能性が圧倒的なので、真相を見抜くことは難しいのだ。これこそが、バーンズものが本格ミステリとして高く評価される理由に他ならない。

そして、本格ミステリとして見た場合、トリックが目的か手段かという違いは、評価の違いをも生み出す。

トリックが作者の目的ならば、読者は既存のトリックと比較して評価を行う。例えば、ツイスト博士ものの『第四の扉』の読者は、この作のメイントリックを、クレイトン・ロースンの短篇や歌野晶午の長篇と比較して評価するが、これは間違ってはいない。

だが、トリックが作者の手段ならば、こういった評価方法は間違いになる。読者は、「このトリックは先例がある」と批判するのではなく、「この先例のあるトリックを〝人が鏡に映らない〟現象を作り出すために使うとは思わなかった」と考えるべきなのだ。

　また、アルテは不可能状況に対して、「証人が嘘をついた」や「何人もの共犯者がいた」や「被害者が協力した」といったトリックを用いることが少なくないが、これらはミステリ・マニアなら高い評価は与えないだろう。従って、このトリックをメインにした作品を〈新案トリック品評会〉に出品しても、賞を獲得することはできない。

　だが、こういった陳腐なトリックを〝幻想的な謎〟を生み出すために用いた場合は、評価は逆になる。吸血鬼が起こしたとしか思えない出来事が十個あったとすると、そのすべてに独創的なトリックを用いることはできないが、それは読者も了承済み。読者は十個の出来事に対して、「これは偽証でできる。これは複数の目撃者がいるので偽証ではなく共犯者利用かな」といった感じで推理を進めるので、むしろトリックは陳腐な方が良いとも言える。そして、十個の中に、陳腐なトリックでは実現不可能な出来事が一、二個あれば、読者は満足して本を閉じるわけである。

　ただし、『混沌の王』では、作者はまだこの作風を完全に身につけておらず、ツイスト博士ものの作風の延長上にあるようにも見える。つまり、混沌の王は、吸血鬼の先輩ではなく赤髯王の後輩に見えてしまうのだ。その証拠として、再び殊能将之の『読書日記』から、『混沌の王』評を引こう。殊能は「肝心の不可能犯罪がいまいちなので、あまり高くは評価できません。せいぜい短編向きの小粒なトリックなんですよ。トリックを考えるのに疲れちゃったのかな」と語っているが、これがツイスト博士ものの作風に従った評価――〈新案トリック品評会〉における評価──であることは明らかだろう。

ならば、『混沌の王』はアルテの作風移行期の中途半端な凡作かというと、そうではない。ミステリとして見た場合、ツイスト博士ものにはない、二つの大きな魅力を持っているのだ。

一つ目は、バーンズの推理。ツイスト博士はカーの探偵と同じで、推理を積み重ねていくタイプではない。だが、本作におけるバーンズは、手がかりを基に推理を積み重ねている。特に、エドウィン殺しでは、
①「謎を解くには、ありえないことを排除していくだけでいい。そうして残った仮説は、どんなに馬鹿げて見えようが真実にほかならない」というホームズの名言に従って事件の構図をひっくり返し、
②「被害者の顔の引っかき傷」の手がかりで、その新たな構図を裏づけ、
③いくつもの手がかりを用いて、犯行当時の犯人と被害者の動きを再現する。
という見事な推理を披露してくれる。私は、エラリー・クイーンの『フランス白粉の秘密』における推理──いくつもの手がかりを用いて犯行当時の犯人の動きを再現する推理──を思い出したくらいである。バーンズものの、いや、アルテの作品の中でもトップクラスの推理ではないだろうか。

また、このハイレベルな推理によって、カーとの違いも浮かび出ている。数は少ないが、カー

にも「幻想的な謎」を前面に出した作品がある――例えば、十七世紀の毒殺魔が現代に甦ったのではないかという幻想的な謎を持つ『火刑法廷』（一九三七年）。ただし、こちらの解決篇では、アルテのように謎を論理的に解明しているのではなく、「こうすれば犯行が可能になります」と言っているだけに過ぎない。だから、いくらでもどんでん返しが追加できるわけである。つまり、カー作品では、「幻想的な謎」があっても、それが「論理的に解体」されているわけではないのだ。

二つ目は、バーンズと事件関係者の女性との関わり。前述したように、バーンズが事件関係者の女性に惚れているのかいないのか、惚れているなら推理や捜査に影響を受けているのかいないのかが解決篇まではっきりしないため、読者はバーンズを完全には信じ切れない。特に、シリーズ第一作となる『混沌の王』では、読者はバーンズの過去の活躍を知らないため、どこまで信じて良いか迷うに違いない。まあ、日本では発表順に訳されなかったため、このあたりのミスリードの効果が弱くなってしまったが……。例えば、この作の20章でバーンズが披露する推理が穴だらけであることは、読者にもわかる。しかし、バーンズ自身がこの推理を正しいと思っているかどうかは、本国の読者にはわからない――が、後続の作品を先に読んでいる日本の読者にはわかるのだ。

また、本作では、探偵役のバーンズだけでなく、ワトソン役のストックも、別の事件関係者といい仲になっている。読者は、バーンズの相手役だけでなくストックの相手役までも疑うべきかどうか、迷ってしまうに違いない。

ちなみに私は、バーンズが美女とのデートを優先して捜査をストックに押しつける場面を読んだ時、「事件関係者の注意をストックに引きつけておいて、自分はこっそりと捜査をするつもりだな」と思ったのだが……。

しかし、何と言っても驚いたのは、21章とエピローグに出て来るバーンズの「犯人は芸術家」という言葉の意味。冒頭でバーンズが「真に並はずれた犯罪は芸術だ」という意味の宣言をしているので、読者は「芸術家」というのは比喩だと考えるに違いない。だが、これは比喩ではなかったのだ。

こうして『混沌の王』を見てみると、トリックを目的から手段に変える作風の切り替えは巧くいったとは言い難い。だが、「シリーズ第一作では読者が探偵役になじみがない」という設定を生かした様々な仕掛けは巧くいったと言ってもかまわないだろう。大山誠一郎がこの本の帯に「本作で、美学者探偵オーウェン・バーンズがますます好きになりました。彼の言動や推理から目が離せません」という文を寄せた理由も、おそらくここにある。

ここで触れておきたいのは、同年に発表されたツイスト博士ものの『死まで１３９歩』には「幻想的な謎を論理的に解体する」作風の片鱗がうかがえること。ひょっとしたら、この作風をツイスト博士で試したら巧くいかなかったので、作者はバーンズを生み出したのかもしれない。

『殺人七不思議』（一九九七年）

バーンズ・シリーズのもう一つの作風は、見立て殺人もの。これはシリーズ二作目となる本作で用いられているが、一見すると、一作目の作風を受け継いでいるように思える。〈混沌の王〉の伝説を〈世界七不思議〉に置き換え、複数の犯罪を不可能状況に設定。個々のトリックはあくまでも七不思議を実現するための〝手段〟であり、〝目的〟ではない。そして、犯罪を芸術と見なすバーンズの推理――。

だが、ミステリの観点からは、大きな違いがある。それは、『殺人七不思議』は見立て殺人ものだが、『混沌の王』はそうではない、ということ。『混沌の王』や『吸血鬼の仮面』では、初めのうちは、起きた殺人は伝説の怪物によるものだと考えられ、解決篇では人間によるものだと明らかにされる。だが、〈世界七不思議〉は、そもそも殺人とは関係ない。従って犯人は、殺人とは無関係の七不思議を殺人に結びつける必要がある。これが〝見立て〟というわけである。そして、読者が解くべき謎は、「殺人者は怪物か人間か？」ではなく、「見立て殺人を行った人間は誰か？」になる。

ここで考慮すべきは、見立ての謎を解こうとすると、超越性が浮かび上がるという点。マザーグースの歌詞に従って人を殺していくと、被害者は歌詞に従属する存在となり、人間以下になる。一方、人間を次々と人間以下に貶《おと》めていくと、犯人は人間以上になる。見立て殺人の二大傑作『僧正殺人事件』（ヴァン・ダイン／一九二九年）と『そして誰もいなくなった』（アガサ・クリスティ／一九三九年）の犯人が、共に自分は特別な存在だと考えているのは、偶然の一致ではない。

この超越性を、ヴァン・ダインはニーチェの超人思想と結びつけたが、アルテは芸術と結びつけた。見立てに気づいたバーンズは、「あまりに美しすぎる符合」だと語り、「一連の殺人事件の目的は、美の探求にほかならないのです」と語る。この姿は、『混沌の王』よりもさらに、ファイロ・ヴァンスに近づいている。本作の4章では、バーンズがジョン・コンスタブルの絵の技法を分析しながら殺人の捜査に重ね合わせる場面があるが、これは、ヴァンスが『ベンスン殺人事件』で披露する心理的探偵法に他ならない。「たまたま現場に残された、偶発的なものもあれば、犯人がわざと残していったものもある。だとしたら誤った手がかりなんだが、えてして素人はそこに飛びついてしまうんだな」というバーンズの言葉も、ヴァンスの言葉と重なり合う。そして、クライマックスにおけるバーンズと超越的な犯人の対決場面もまた、『僧正殺人事件』を彷彿させる。

ただし、この作のバーンズは、ヴァンスの欠点も受け継いでしまっている。それは、「連続殺人を途中で止められない」という欠点。バーンズは三番目の殺人から捜査に加わっているのに、七人全員が殺されるまで――見立てが完成するまで――事件を解決できないのだ。もちろん作者は言い訳を用意していて、15章でバーンズにこう言わせている。

> **ぼくたちは美に惑わされている。それこそが犯人による挑戦だ。夜空で輝く星のような犯罪、夜露に濡れた花のように優美でみずみずしい、黄金色に輝く驚異。ぼくたちはその美しさに目をくらまされ、真実が見えていない。**

ツイスト博士が言ったら失笑を買うような言い訳だが、もちろん、バーンズなら問題はない――かな？　もっとも、バーンズがこの作では冴えた推理をまったく見せないというわけではない。個人的には、エピローグで披露する、アナグラムを使った推理が気に入っている。

だが、『殺人七不思議』は、単なる『僧正殺人事件』の物真似ではない。アルテ独自の魅力が加わっているのだ。

一つ目の魅力は、犯罪の不可能性。『僧正』も『そして誰も』も、個々の殺人は不可能犯罪ではない。おそらく二人の作者は、〈見立て〉と〈不可能性〉の二つを一作に盛り込む必要を感じなかったのだろう。そして、その必要性を見つけ出したのが、横溝正史。彼のある長篇の犯人は、見立て殺人を不可能状況下で行うが、それは密室ではなくアリバイを作るためだった。警察に見立て殺人の犯人だと疑われても、アリバイがあるので、逮捕されることはない。

本作の不可能状況も、犯人にとってはアリバイ工作になっている。だが、横溝作品と異なり、それは動機の一つに過ぎない。犯人が七つの見立て不可能殺人を行った最大の動機は、バーンズにあった。未読の人のためにこれ以上は伏せておくが、この動機のため、クライマックスのバーンズと犯人の対決には、『僧正殺人事件』にはない魅力が加わっているのだ。

これが『殺人七不思議』の二つ目の魅力に他ならない。不可能状況は誰にとっても不可能状況だが、芸術作品は、鑑賞する人によって評価は異なる。この作の犯人はすばらしい芸術家であり、その犯罪はすばらしい芸術作品である。だが、ツイスト博士には、そのすばらしさは理解できない。バーンズが、バーンズこそが、正しく理解できるのだ。かくしてバーンズから芸術の霊感を受けた犯人は、彼を事件に導き、理解してもらおうと考える。この犯人と探偵の一種の共犯関係もまた、本作の魅力なのだ。

アルテは、もともとは芸術で使われる手法である〝見立て〟を用いて、芸術家の犯人による芸術的な犯罪を芸術批評家の探偵が解き明かす『殺人七不思議』を描き、成功を収めた。強いて本作の欠点を挙げると、個々の不可能犯罪トリックの中には評価できないものもあることだろうか。だが、本作においてトリックは、殺人七不思議を作り出すという目的を果たすための手段に過ぎないので、トリックだけ抜き出しての評価はさほど重要ではない。加えて、大山誠一郎が『2021本格ミステリ・ベスト10』で本作を海外部門の四位に選んだ際に添えたコメントの「無茶な点もあるが、名探偵のキャラクターがそれをカバーしている」という指摘も重要だろう。また、第四の殺人トリックを批判する人は少なくないが、この作品世界では、「美女の愛を手に入れるため恨みもない他人を七人殺す男」の存在が許容されていることを忘れてはならない。

次作『Les Douze crimes d'Hercule』は私は未読だが、『ヘラクレスの十二の犯罪』という題や、アルテのインタビューでの「彼（バーンズ）は十二件以上の殺人事件に取り組みます。びっくりするような不可能状況が、大勢の証人の前でおこる」という発言から見ると、『殺人七不思議』の作風を受け継いでいるように見える。おそらく、作者自身も、本作に手応えを感じたのだろう。――もっとも、行舟文化の編集者によると、出来がよくない方なので訳さなかったらしいが。

『あやかしの裏通り』（二〇〇五年）

次の『あやかしの裏通り』は、典型的な「幻想的な謎を論理的に解体する」作風。本作の幻想的な謎――裏通りの消失――が混沌の王や吸血鬼によるものではないため、より島田荘司作品に近づいている。このプロットを変えずにバーンズを御手洗潔に、ストックを石岡に代えても違和感がないように思える。まあ、時代が離れているというネックがあるが。

ここで、「裏通りの消失ならば、島田荘司作品ではなく、家屋が消失するE・クイーンの『神の灯』（一九三五年）を挙げるべきではないか」という人がいると思う。だが、トリックと幻想的な謎の関係を見ると、そうではない。

「神の灯」では、メイン・トリックが明らかになった瞬間に、幻想的な謎は解体される。これは密室ものやアリバイものと同じ構造だと言える。

だが、島田作品では、メイン・トリックが明らかになっただけでは、幻想的な謎は完全には解体されない。鎌倉がゴーストタウンと化す『眩暈』を例にとると、この幻想的な謎は、メイン・トリックが解き明かされてもなお、いくつもの謎が——マンションや車の謎が——残っているからだ。

『あやかしの裏通り』も同じで、24章のバーンズの推理で裏通り消失トリックはある程度解明されるが、そのトリックでは説明できない部分がまだ残っている。しかも、裏通りが時空を超える謎については、このトリックでは説明できない。こういった残った謎も解明して、ようやく「謎は解体された」と言えるのだ。

そして、すべての幻想的な謎を解き明かすバーンズの姿は、名探偵にふさわしい——と言いたいところだが、今回のバーンズの推理は、読者には難しい。シリーズ三作目でバーンズの名探偵ぶりが読者に知られているから許される手法だと言える。もっとも、日本ではこれが初紹介作品なのだが。

VS読者という観点からは、今回はストックの使い方が実に巧い。アルテ作品では証人が偽証するトリックが多いのだが、今回、読者はその可能性を考えることはできない。なぜならば、嘘をつかないはずのストックさえも時空を超える裏通りに迷い込んでしまうからだ。ここで読者は偽証トリックは使われていないと考えるしかなくなるわけである。ちなみに、『眩暈』でも、石岡が幻想的な謎を目撃する場面がある。

推理の代わり、というわけではないだろうが、本作には巧い伏線がいくつもある。特に、ラルフと男爵夫人が惹かれあう理由、バーンズが19章で行う実験の意味、そして、逃亡犯ジャックの使い方は見事と言うしかない。

さらに、本格ミステリとして見た場合、本作にはバーンズがらみの優れた趣向がある。それは、「犯人がバーンズの存在を意識している」点。『殺人七不思議』でも犯人はバーンズを意識しているが、それは〝芸術評論家〟として。こちらでは〝名探偵〟として意識しているのだ。そのため本作には、クイーンの中期作のような――『十日間の不思議』（一九四八年）のような――趣《おもむき》もある。

逆に言うと、本作のバーンズは文句なしの名探偵ではあるが、美学者らしさはさほど感じられない。そして、このバーンズの美学者から名探偵への重心の変化は、この後の作品にも引き継がれることになる。

『吸血鬼の仮面』（二〇一四年）

『あやかしの裏通り』の次作『La Chambre d'Horus（ホルスの間）』は未訳なので、またまたアルテのインタビューを引用しよう。

輝かしきバーンズは、古代エジプトの呪いを祓おうと試みますが、重厚な警報装置にもかかわらず、ミイラが石棺から逃げ出し、新しい犠牲者が出るのは防げませんでした。ですが、そのミイラが、とあるファラオ（註・古代エジプトの王）のものだとわかってから、調査は入り組んで行きます。不可思議な犯罪を解決するために、死の国の謎まで解かなければならないのでしょうか？　四千年以上も前に由来する密室の謎はいったいどういうことなのでしょう？

これは明らかに「幻想的な謎を論理的に解体する」作風だが、これまでのバーンズものとは大きな違いがある。それは、幻想的な謎が、作者のオリジナルかどうかという点。『ホルスの間』はミイラ男を扱っているが、われわれ読者は――映画や小説でおなじみなので――ミイラ男がどんな幻想的な謎や不可能状況を作り出すことができるかを事前に知っている。

仮に、作者がトリックの都合でミイラ男の設定を変えたら、読者は文句を言うに違いない。一方、『混沌の王』も『あやかしの裏通り』も、われわれ読者は、どんな幻想的な謎や不可能状況が発生するのか、事前にはわからない。作者がトリックの都合に合わせて作り上げた不可能状況を、読者は文句を言わずに受け入れるしかないのだ。

作者として楽なのは、明らかに後者のオリジナルの方。だが、作者としてやりがいがあるのは、前者だろう。都筑道夫などがしばしば描く「他人の考えたシチェーションに合理的な解決をつける」作風は、作者が名探偵の立場に近くなり、本格ミステリ心（？）が刺激されるからだ（私自身、贋作やパロディで何度も他人のシチュエーションに挑んでいるので、その楽しさは多少は理解できていると思う）。アルテ自身もそう感じたらしく、次作『吸血鬼の仮面』では、ミイラ男を吸血鬼に代え、再びこの作風に挑んでいる。私のこの考えが正しいことは、二九〇ページに引用したインタビュー記事の中で、アルテが『吸血鬼の仮面』について「あまりにも手強い問題ばかりで、しばしば投げ出しそうになりましたよ！　でも、私はこの冒険に取り組もうと決めたとき、これらの謎のすべてを扱いたいと思ったのです」と言っていることで明らかだろう。

その『吸血鬼の仮面』を、私はこの作風を最大限に生かした傑作だと見なしている。吸血鬼が実在するとしか思えない幻想的な謎の数々をバーンズが解き明かしていくこの物語は、優れた本格ミステリになっているからだ。

また、この作風はトリックだけ抜き出して評価すべきではない、と私はこれまで語ってきたが、本作のトリックは、そういう評価をされても耐えうるものになっている。一年前に死んだ女の死体が瑞々しかったトリックはアルテらしからぬスマートさだし（失礼！）、カーのトリックを改良した密室トリックは銀の弾丸の使い方が巧妙。単独ではあまり評価できない偽証や共犯者によるトリックも、今回は抑制されている。そしてもちろん、複数のトリックが組み合わさって浮かぶ幻想的な光景もすばらしい。私見では、「怪物の仕業だとしか思えない出来事が論理的に解体される」作風の最高傑作は化け猫を扱った泡坂妻夫の『猫女』（一九八五年）だが、『吸血鬼の仮面』はそれに匹敵すると思う。泡坂の作の、猫がベランダから消失するトリックなどは、アルテが書いたとしてもおかしくない。

では、バーンズの推理は、というと、『あやかしの裏通り』と同じく、読者には難しい。ただし、「瑞々しい死体」のトリックだけは——前述したようにスマートなので——読者にも解決可能だし、実際、私はある程度見抜くことができた。

また、バーンズの美学者探偵ぶりも、数は少ないが、『あやかしの裏通り』よりは描かれている。

まず、この作の吸血鬼伝説の元ネタは、作中では数年前に出たばかりのブラム・ストーカーの『吸血鬼ドラキュラ』（一八九七年）であって、ストーカーが参照した実際の吸血鬼伝説ではない。さらにアルテは、これにシェリダン・レ・ファニュの『吸血鬼カーミラ』（一八七二年）を加えている。つまり、謎の土台は現実ではなく、二つの芸術（文学）作品からなのだ。——もっとも、文学作品の利用はバーンズの専売特許ではなく、ツイスト博士もエドガー・アラン・ポーの「黒猫」などを使っているが。

さらにバーンズは、事件関係者の一人が描いた水彩画を推理に使っている。ミステリ的にはその水彩画に描かれている場所が重要なのだが、バーンズは、「このなかで（画家の）人生を激変させた出来事を描き、永遠に封じ込めた」と考え、隠された動機を見つけ出す。まさしく芸術探偵ではないか。

最後に、本作で最も注目すべき点を記しておこう。それは、35章のバーンズによる密室講義。ここで、「オーウェンはもったいぶったようすで、密室殺人のさまざまなトリックをひとくさり列挙した」。つまり、バーンズはここで、フェル博士が『三つの棺』で行ったような密室講義をしたわけである。だが、その内容を読者が知ることはできない。なぜならば、ストックが「読者諸氏をわずらわせないよう、そこは省略することにしよう」と考えたからだ。

同じ作者の『死まで139歩』（一九九四年）では、ツイスト博士がちゃんと密室講義をしているのに、なぜバーンズは省略したのだろうか？　その答えは二つ考えられる。

一つ目の答えは、作中年代の問題。ツイスト博士の講義は――作中人物の一人が指摘するように、そして、フェル博士の講義と同じように――密室ミステリに登場するトリックの講義になっている。この講義は一九四〇年代末に行われているので、講義で取り上げる密室ミステリには不自由しない。

だが、『吸血鬼の仮面』の作中年代は一九〇一年。講義で取り上げることができる密室ミステリが少なすぎるのだ。だからといって、作中年代を一九四〇年代にするわけにはいかない。例えば、作中では、吸血鬼だと疑われた人物が村人にリンチされる場面があるが、これを一九四〇年代の出来事として描くのは、かなり難しいだろう。そもそも一九四〇年代頃には、吸血鬼伝説は舞台や映画――クリストファー・リー版は後年だが――などで娯楽作品の一テーマに変質してしまい、幻想性も神秘性も薄れてしまっている。

ただし私は、もう一つの理由の方が大きいと思う。それは、バーンズとツイスト博士の立ち位置の違い。博士はメタレベル、つまり作品の外に立っている部分があるが、バーンズはあくまでも作品の内部に留まっているのだ。

フェル博士は『三つの棺』の中で密室講義をする際に、「われわれは探偵小説の中にいる人間だ」と宣言し、密室トリックは作中犯人ではなく作者が考えたものだとして講義を行っている。これがメタレベルからの台詞であることは言うまでもない。ツイスト博士はここまで露骨ではないが、『死まで139歩』の密室講義や本格ミステリ批判への応答など、何度も作者の代弁者をつとめている。

だが、バーンズはメタレベルに立つことはできない。なぜならば、彼は「ときとして犯罪は芸術作品に匹敵し、その犯人は芸術家に比類しうる」と言っているからだ。この、「巧妙な犯罪を作り上げた芸術家は作者ではなく犯人だ」という考えが、作中レベルのものであることは言うまでもない。この点からも、バーンズは――作者ではなく犯人の心理を推理しようとする――ファイロ・ヴァンスの後継者だと言えるだろう。

しかし、それならば、なぜバーンズは密室講義をやったのだろうか？　答えは引用した文のすぐ後でわかる。バーンズはまず、密室状況の証言に偽りはないと推理し、犯人が使ったのは窓かドアの二つしかないと限定。続いて、さまざまなトリックを一方の出入り口に当てはめて検討した結果、こちらの可能性を消去。次に、さまざまなトリックをもう一方の出入り口に当てはめて検討した結果、一つだけ残った可能なトリックが使われたと結論。

先行作品にまったく触れておらず、どう見ても、密室ミステリのトリックではなく、密室トリックの検討。E・A・ポーの世界最初の密室ミステリ――なので先行作品は存在しない――「モルグ街の殺人」（一八四一年）におけるデュパンの推理とよく似ている。ただし、ポーの場合は本当に先行作品がないのだが、アルテの場合は、実際にはいくらでもある。つまり、バーンズが密室講義をすると、一九〇一年以降に発表された密室ミステリのトリックを、さも自分が考えたかのように語らなければならなくなる。それを避けるために、作者は〝省略〟したのだろう。

ここまでメタレベルについて長々と述べてきたが、これには理由がある。次作『金時計』の考察で、その理由を語ろう。

『金時計』（二〇一九年）

この作は、現代と過去の二つの事件を描くという、ユニークな設定を持っている――と書くと、「そんな設定の作品はバーンズものにもツイスト博士ものにもあるじゃないか」と言われるかもしれない。だが、それらの作品では、探偵役は現在の事件を捜査し、そこからさかのぼって過去の事件も捜査している。ところが、本作のバーンズは、過去の事件（一九一一年）の捜査を行っているのだ。現在の事件は一九九一年で、これはバーンズにとっては八十年後の未来になる。つまり、現在の事件をバーンズが捜査することは不可能なのだ。

ならば、作者はどうやってこの不可能を可能にするのだろうか？　探偵役が過去にタイムスリップするJ・D・カーの『火よ燃えろ！』（一九五七年）のように、バーンズを未来にタイムスリップさせるのか？　あるいはバーンズのひ孫あたりを探偵役にして、「ひい爺ちゃんの名にかけて」とか言わせるのか？

この答えを作者は隠しているわけではないようなので明かしてしまうと、「バーンズは（その子孫も）現在の事件には一切関係しない」。つまり、現代の事件はオーウェン・バーンズの事件簿には含まれていないのだ。

もちろん、現代の事件は過去の事件と密接な関係がある。というか、その〝関係〟こそが――

こちらはここでは明かせないが——本作の最大の趣向なのだ。だが、一九一一年の章にしか登場しないバーンズがそれを知ることはない。知ることができるのは、現代篇の作中人物（の一部）と、読者だけなのだ。

そしてこれが、本作のユニークな魅力になっている。

バーンズにとっては、一九〇一年と一九一一年に起こった不可能犯罪を、いつものように論理的に解体した事件。

読者にとっては、八十年を隔てた二つの時代をめぐる幻想的な謎が提示されるが、現代篇には探偵役が存在しないために、論理的な解体はなされない作品。

過去篇だけに存在する探偵役が「二つの時代をめぐる幻想的な謎」を論理的に解体しようとするならば、その探偵はメタレベルに立つ必要がある。だが、既に述べたように、バーンズにはそれはできない。ならば、新たにメタレベルに立つ探偵を作れば良いかというと、それもできない。というのも、この幻想的な謎は——未読の人のために理由は伏せるが——同じテーマを扱った泡坂妻夫の『妖女のねむり』（一九八三年）とは異なり、論理的に解体できないのだ。探偵役ができるのは、伏線の回収だけに過ぎない。言い換えると、この謎は、読者に挑戦するタイプの本格ミステリで処理することはできないのだ。

だが、『金時計』はまぎれもなく本格ミステリになっている。その理由こそが、バーンズの存在に他ならない。本来、この設定だと最終章は現代篇になるはずなのに、本作はバーンズによる足跡トリックの解明で締めくくられているのだ。このため、現代篇は伏線回収タイプのミステリだが、過去篇だけは、探偵の推理を描く本格ミステリの構造を保つことができたわけである。

作者のこの姿勢を否定する人も少なくないだろう。バーンズを出さずにラストは現代篇ですべての伏線を回収して、「すべてが伏線！　八十年の時を超えた愛のミステリ！」とでも謳った方が評価されたかもしれない。だが、そういった作品は他にいくらでもある。本来は本格ミステリには組み込めないプロットを、シリーズ探偵を利用して組み込んでしまった本作の方が、ユニークなのではないだろうか。

短篇

次に取り上げるべきは本書『白い女の謎』となる。だが、本篇より前にこの解説を読んでいる人のために、先に短篇を考察しよう。

既に述べたように、バーンズものの魅力は、個々の不可能犯罪トリックではなく、「世界七不思議見立て」や「吸血鬼伝説の復活」といった、事件の全体的な構図に仕掛けられたトリックにある。ただし、これは長篇だから可能な作風。短篇の場合、「全体的な構図」がスケールダウンしているので、読者の注目は、一つしかない不可能犯罪トリックに向くことになる。従って、アルテが多用する「証人が嘘をついた」や「何人もの共犯者がいた」といったトリックがむきだしになり、高い評価が得られなくなってしまう――というのは私の杞憂だった。この欠点が出ているのは、「星を盗む者」一作のみ。それ以外の五作は、どれも良質の不可能犯罪ものになっているのだ。

まず、「幻想的な謎」が、どれも魅力にあふれている。空から橇《そり》で降りてくるサンタクロース、予知夢、粘土で作られた空飛ぶ怪物、北欧神話の怪狼フェンリル、かぶると透明になるハデスの兜、星の消滅、と短篇ならではの――長篇を支えるのは難しい――幻想的な謎を味わうことができる。

その幻想的な謎を作り出すトリックもまた、短篇向きのシンプルなものばかりで、長篇では時折見られるゴタゴタした感じを免れている。特に、「斧」と「粘土の顔の男」のトリックのスマートさは、感心するしかない。

しかし、最も感心するのは、その幻想的な謎を解き明かすバーンズの名探偵ぶり。短篇なので、事件の説明を聞いただけで解決してしまうのだ。「星を盗む者」など、全三十ページのわずか十六ページ目で真相を見抜き、「ピンの頭に書きこめるほどの小さなひと言で、説明がすむくらいに（真相は単純だ）」と言い放つ。さらに「粘土の顔の男」では、「小さな布きれ一枚でも奇跡は起こせるんだ」と語る。何よりもすばらしいのは、ほとんどの短篇が安楽椅子形式であること。つまり、バーンズが得たデータは、ストックも、そして読者も得ているのだ。ストックに先に推理を語らせてからそれを叩きつぶす短篇がいくつかあるが、作者は明らかに、ストックの背後に読者を見ている。読者が考えそうな推理をストックに語らせ、それを否定しているのだ。また、バーンズが事件を語る短篇もあるが、そこでは、「ぼくは手がかりになることは、ちゃんと強調しておいたぞ」と言っている。こちらも、作者がフェアプレイを意識している証拠になるだろう。

また、推理自体も切れがあるものが多い。私は、エドマンド・クリスピンの『列車に御用心』や『Fen Country』、それにクリスチアナ・ブランドの『招かれざる客たちのビュッフェ』といったイギリス作家の作品集に収められている、しゃれた短篇を思い出したくらいである。なお、本書の付録「ハデスの兜」は、メイン・トリックだけ抜き出して見ると感心しない人が少なくないと思う。だが、ベリー殺しとルブラン殺しの連携によるトリックの巧妙さを知ると、評価は一変するはずである。

嬉しいことに、行舟文化は、ツイスト博士ものとバーンズものとノンシリーズものを集めた短篇集を企画しているらしい。もしバーンズものの短篇が一冊にまとまったら、彼の名探偵としての評価は、さらに高まるはずである。

『白い女の謎』（二〇二〇年）

私見では、『吸血鬼の仮面』は、バーンズもので一、二を争う傑作と言って良い。しかし、傑作を書いてしまうと、次作で苦労するのはよくある話。アルテもそうだったらしく、次の『金時計』の刊行まで五年もかかり、しかも、外伝的な内容だった。その一年後に出た本作は、どのような内容なのだろうか？

設定を見ると、『混沌の王』のセルフリメイクのように見える。地方都市の伝説である死をもたらす〈混沌の王〉が〈白い女〉に代わり、鉄柵を通り抜けたり、部屋から消失したり、手を触れただけで子どもを殺したりするのだ。……クイーンのラジオドラマ「黒衣の女の冒険」とよく似た設定だが、偶然だろうか？　クイーンの作で呪われるのはイギリス人一家で、しかも、オスカー・ワイルドの小説が重要な手がかりになっているのだが。

ただし、読者が『白い女の謎』から受ける印象は、『混沌の王』とは大きく異なる。というのも、本作では作者が不可能状況を強調していないからだ。具体的に言うと、警察などによる不可能状況の徹底的な検証が描かれていない。そのため読者は、何となく「トリックはいくらでも考えられるのでは？」と感じてしまうのだ。

作者が意図的に不可能性を強調していないことは、8章でのバーンズの言葉「今のところさっぱりわからないのは、どうしてこんな手のこんだ策を巡らせるのか、その動機です」でわかる。バーンズは、〈白い女〉が生み出した不可能状況ではなく、〈白い女〉を生み出した犯人の動機を気にしているのだ。

では、本作において、不可能状況の代わりに物語を引っ張る謎は「動機」なのだろうか？　いや、それは、「誰が犯人か？」に他ならない。つまり、本作は「ハウダニット」でも「ホワイダニット」でもなく、「フーダニット」ものなのだ。

本作の作中年代は一九二四年で、〈混沌の王〉事件の二十年以上後という設定になっている。そのため、作中人物の多くは〈白い女〉は伝説の魔女ではなく、生身の人間が演じていると考えている（ただし、被害者は伝説を信じているので犯人がトリックを弄する意味はある）。そして、捜査陣は――体格などから――〈白い女〉は三人の事件関係者の一人の変装だと考える。だが、それは誰なのか？

捜査陣はさらに、被害者を恨んでいる兄妹を突きとめ、この二人が名前を変えて被害者の身近にいるのではないかと考える。だが、それは誰なのか？

そして解決篇。バーンズは犯人のトリックをあばき、容疑者の中からそのトリックが可能だった人物を絞り込んでいく。

例えば、犯人が弄したトリックの一つは、現実に使われたもの（バーンズの言葉を借りるならば「犯罪学の資料にもその手口が載っていました」）であるのに加え、J・D・カーが一九四〇年代の長篇で使っているので、その知識のある人なら、すぐに見抜いてしまう――はずなのだが、読者は見抜けない。なぜならば、犯人がある細工を行って、この有名なトリックは使われていないように見せかけたからだ。しかしバーンズは、被害者の髪や消えた銃からこのトリックを見抜き、「トリックを隠蔽するための細工ができた者は誰か」という観点から、容疑者を絞り込んでいく。

しかも、絞り込みの際には、トリックが可能だった容疑者に「一ポイント減」、不可能だった容疑者に「一ポイント増」と採点している。これはどう見ても、クイーン風の消去法推理の変奏だろう。つまり、バーンズや警察の目的は、幻想的な謎の解体ではなく、犯人の特定なのだ。

ところが、この〈犯人当て〉を上回る魅力的な趣向が、その後のエピローグで明かされる。ここで言及できないのが残念だが、探偵役がバーンズだから使える趣向で、過去作で似たような趣向を使っていて、クイーン風の趣向だと書いておこう。そして、これから読む人は、20章のバーンズとウェデキンド警視の会話をじっくり読んでほしい。


ここまで見てきたように、バーンズは事件ごとに探偵のタイプを変えていく——まるで多重人格探偵のように。フェル博士、ファイロ・ヴァンス、御手洗潔、そして、本作ではエラリー・クイーン。これは、対象となるバーンズの活躍譚が六長篇・六短篇も訳されたからこそできた考察であることは間違いない。行舟文化と訳者の平岡敦氏に感謝して、本稿を終わりにしよう。あと、できれば未訳の二作も……

著者 **ポール・アルテ**

フランスの推理作家。ジョン・ディクスン・カーに傾倒し、密室殺人などの不可能犯罪をテーマに、名探偵が活躍するクラシカルな本格ミステリを精力的に発表している。日本でも高い評価を得る。

訳者 **平岡敦**（ひらおか・あつし）

フランス文学翻訳家。１９５５年千葉市生まれ。早稲田大学第一文学部仏文科卒、中央大学大学院仏文学専攻修了。大学在学中はワセダミステリクラブに所属。現在は中央大学、法政大学等で仏語、仏文学を講じるかたわら、フランス・ミステリを中心に純文学、怪奇小説、ファンタジー、ＳＦ、児童文学、絵本など幅広い分野で翻訳活動を続けている。『この世でいちばんすばらしい馬』および『水曜日の本屋さん』で産経児童出版文化賞を、『オペラ座の怪人』で日仏翻訳文学賞を、『天国でまた会おう』で日本翻訳家協会翻訳特別賞を受賞する。そのほか主な訳書にグランジェ『クリムゾン・リバー』、アルテ『第四の扉』、ルブラン『怪盗紳士ルパン』がある。

2024年12月18日初版第一刷発行

白い女の謎

著者　ポール・アルテ
訳者　平岡敦
装画　ポール・アルテ
装幀　福ヶ迫昌信
編集　張舟　秋好亮平
発行所　(株)行舟文化
発行者　シュウ ヨウ
福岡県福岡市東区土井2-7-5
HP　http://www.gyoshu.co.jp
E-mail　info@gyoshu.co.jp
TEL　092-982-8463
FAX　092-982-3372

印刷・製本　シナノ書籍印刷株式会社
落丁乱丁のある場合は送料小社負担で
お取替え致します。
ISBN 978-4-909735-20-1　C0097
Printed and bound in Japan

行舟文化単行本　目録

＊二〇二四年十二月現在（文芸）

行舟文化単行本　目録

＊二〇二四年十二月現在（評論・研究）

行舟文化文庫本　目録

＊二〇二四年十二月現在（文芸）